U0096164

法藏知津

五編：佛教思想・文化・語言研究專輯

杜 潔 祥 主編

第23冊

中古佛經完成動詞之研究（上）

曾 昱 夫 著

花木蘭文化出版社

國家圖書館出版品預行編目資料

中古佛經完成動詞之研究(上)／曾昱夫 著 -- 初版 -- 新北市：
花木蘭文化出版社，2017〔民 106〕
目 4+180 面；19×26 公分
(法藏知津五編：佛教思想‧文化‧語言研究專輯　第 23 冊)
ISBN 978-986-254-868-4（精裝）
1. 佛經 2. 漢語語法
802.08　　04014807

ISBN-978-986-254-868-4

法藏知津五編：佛教思想‧文化‧語言研究專輯
五　編　第二三冊　ISBN：978-986-254-868-4

中古佛經完成動詞之研究（上）

作　　者　曾昱夫
主　　編　杜潔祥
副總編輯　楊嘉樂
編　　輯　許郁翎
出　　版　花木蘭文化出版社
社　　長　高小娟
聯絡地址　235 新北市中和區中安街七二號十三樓
　　　　　電話：02-2923-1455／傳眞：02-2923-1452
網　　址　http://www.huamulan.tw 信箱 hml 810518@gmail.com
印　　刷　普羅文化出版廣告事業
初　　版　2017 年 3 月
定　　價　五編 25 冊（精裝）新台幣 48,000 元　

作者簡介

曾昱夫
學歷：淡江大學中國文學系畢業
　　　國立臺灣大學中國文學研究所碩士
　　　國立中正大學中國文學研究所博士
現職：淡江大學中國文學系助理教授
學術專長：聲韻學、語言學、歷史語法學
著作：《戰國楚地簡帛音韻研究》與〈論《說文解字》從「今」諧聲系列之上古音聲母構擬〉、〈論中古佛經「已」字語法功能之發展與演變〉等論文。

提　要

在漢語語法史的研究裏，對現代漢語完成貌來源、發展與演變機制等體貌範疇的研究，一直是學術界關注的重點。當中雖然也有學者針對中古時期完成貌句式進行探討，然而大多數的焦點，仍然側重在「了」字從近代到現代漢語的發展。就漢語表達完成貌的語法形式而言，中古時期產生了「動＋賓＋完成動詞」之完成貌句式，因此想要切確掌握漢語完成貌的演變脈絡，就必須弄清整個東漢魏晉南北朝時期完成動詞的使用情形。由於佛經語料保留較多中古時期口語現象，故本論文以「中古佛經完成動詞之研究」爲題，希望透過對中古佛經完成動詞的分析，探論漢語中古時期完成貌句式的來源與演變。

本論文分析中古佛經之完成動詞，致力於討論以下幾個核心議題：

一、釐析完成動詞「畢」、「訖」、「竟」、「已」在中古佛經裏的語法功能與性質。

二、經由佛經語料與中土文獻的比較，探討漢語中古完成貌句式的來源。

三、分析完成動詞「畢」、「訖」、「竟」、「已」在漢語中古時期的發展與演變機制。

本論文架構及各章節的安排如下：

第一章「前言」，首要介紹本論文的研究動機、研究範圍、過去研究概況、語料擇別、研究方法與步驟等內容。

第二章敘述本論文語法研究的理論基礎，就「完成動詞」的定義及它與時間體系的關係、語法化演變的相關機制等概念，加以簡要說明。

第三章至第六章分別就「畢」、「訖」、「竟」、「已」等字在中古漢譯佛經中的各種用法，進行詳盡的描述。藉由佛經文獻裏例句的歸納，分析「畢」、「訖」、「竟」、「已」等字在佛經中的詞義、詞性及語法功能。

第七章觀察漢譯佛經中「已畢」、「已訖」、「已竟」、「畢已」、「訖已」、「竟已」、「畢訖」、「訖竟」等雙音節連文形式，以及「已畢竟」、「已畢訖」等三音節連文形式，探討它們是否已構成雙音節或三音節複合詞的語法成分，以及它們之間內部結構的語法關係。

第八章歸納、分析完成動詞在中土文獻裏的語法功能，並進一步比較完成動詞在佛經與中土文獻兩種不同語料中的使用情形。對於「畢」、「訖」、「竟」、「已」的語法性質與來源問題做初步討論。

第九章從「詞彙」與「句法」的角度切入，綜合比較完成動詞「畢」、「訖」、「竟」、「已」之間的差異，並探討完成貌句式在中古時期的來源、演變與發展。

第十章「結論」，針對前面第三至第九章各議題的探討，總結本論文的研究成果。

目次

上冊

下冊

第一章　前　言

1.1　研究動機與目的

佛教文化以印度爲發源地，向外傳播到世界各地。而以梵文、巴利文、藏文、胡語等寫成的佛經文獻，至今或多或少仍有保留，但是這當中都沒有一種佛經文獻，比得上用漢文書寫成的佛經，那樣完整而且豐富詳實。因此，擁有全世界最豐富資源的漢文佛典，便成爲佛教研究的中樞。

然而過去對於漢文佛典的研究，都是以宗教、哲學、思想等角度出發，很少注意到佛經文獻在其他方面的研究價值。一直到梁啓超、胡適以後，學者們才開始注意到它在文學上的研究價值，並擴大了世人對於佛經文獻的視野。近年來，學者們更將對漢文佛典的研究層面與領域，由宗教、哲學、思想以及文學，拓展至語言學的研究上。

漢文佛典主要是指漢語系文字書寫成的佛教經典，這當中又可分爲「漢譯佛典」與「中土撰述」兩大部分。其中漢譯佛典包含東漢以來，所有被翻譯成中文的佛教經典；中土撰述的佛典，則是在佛教傳入中國以後，由漢地本國佛教徒所撰寫而成的佛學著作。由於佛教的傳播，主要是以一般百姓爲對象，因此在佛經的翻譯與撰寫上，必然是以通俗的語言爲基礎。所以不論是「漢譯」或者是「中土撰述」的佛典，都一定保存了漢語歷史上大量白話口語的語料。

這也是引起語言學家重視這方面資料的主要原因之一。

至於漢譯佛典對於漢語語法史研究的貢獻與價值，就斷代與分期的角度而言，主要在於反映了漢語中古時期的語言概況。關於漢語史分期的問題，歷來學者有不同的分法，如王力（1958）分爲上古期（三世紀以前）、中古期（四世紀至十二世紀）、近代（十三世紀至十九世紀）、現代（二十世紀五四運動以後）；〔註1〕太田辰夫（1988）則分爲上古（商周至漢）、中古（魏晉南北朝）、近古（唐五代至宋元明）、近代（清）、現代（民國以降）。〔註2〕除了實際分期相異，各家在分期標準上也不盡相同。有關各家分期的異同與標準，魏培泉（2000）有很詳細的論述，並且就語法演變的角度論證了東漢魏晉南北朝在分期上當劃歸中古漢語。〔註3〕本文在分期上，採用魏培泉先生的觀點。

朱慶之（1992）曾經針對漢文佛典，得到如下的統計數字：

東漢	80 部	105 卷	約 84 萬字
三國	65 部	97 卷	約 78 萬字
西晉	142 部	284 卷	約 230 萬字
東晉	51 部	294 卷	約 230 萬字
東晉列國	106 部	789 卷	約 630 萬字
南北朝	245 部	958 卷	約 770 萬字
隋	125 部	660 卷	約 530 萬字
唐	692 部	3745 卷	約 3000 萬字
宋	368 部	1335 卷	約 1100 萬字
夏遼	2 部	3 卷	約 24000 字
元	28 部	88 卷	約 70 萬字
明	21 部	65 卷	約 52 萬字
清	7 部	7 卷	約 6 萬字
失譯	274 部	469 卷	約 357 萬字

他並且說：

> 從上述統計數據可以看到，漢文佛典譯撰的主要時期是東漢至宋

〔註1〕王力《漢語史稿》，頁 43，中華書局，北京，2004。

〔註2〕太田辰夫著，江藍生、白維國譯《漢語史通考》，頁 2，重慶出版社，重慶，1991。

〔註3〕魏培泉〈東漢魏晉南北朝在語法史上的地位〉，《漢學研究》第 18 卷特刊，頁 199～230，2000。

> 代，總數達 2148 部，8736 卷。按照漢語史的分期，東漢魏晉南北朝爲中古漢語時期，隋唐五代爲中古漢語到近代漢語的過渡時期，宋代至清代爲近代漢語時期，那麼，漢文佛典的語言正好主要反映的是整個中古時期以及中古向近代過渡時期的漢語狀況。〔註 4〕

同時就文獻資料的內涵而言，他也指出漢譯佛典的三個明顯優勢：一、可據以進行更細的斷代研究。二、可據以進行個人言語的研究。三、可據以進行語言的歷時研究。

由於佛經的翻譯，從唐代以後，翻譯的過程與方式基本上已經定型，故而比較無法表現口語上的語言現象，因此漢譯佛典的語言面貌，主要仍是呈現東漢魏晉南北朝時期的語言概況。另外，魏培泉（1990）就佛經文獻的性質與特點，認爲佛經與其他典籍相比，在語言學研究上有以下五項優點：〔註 5〕

> 第一，語料相當多，不是其他類型的文獻所可比擬的。第二，佛經通常是一兩個人或者是一個譯經團體在較有限的時間内譯出的，不是蒐集各種不同文獻編成的，所以其語言内在的一致性就較高。有的譯作篇幅還相當大，能夠顯示較多的語法現象。這種作品只要成立時間確定，就是一個比較理想的研究材料。第三，佛典中有不少故事，這是中國文學傳統較短缺的。佛經既有豐富的敘事文字，又能說理，其文類涵蓋面是相當寬廣的。其四，佛經的内容常有不憚煩絮，一再重複的現象，因此同一作品中常有許多重複的部分。佛經也有不少譯作内容是同源的，因此例句可資比較的就不少。文學上的冗贅在語法的研究上反倒是件好事，因爲一再的重複可以方便我們進行是非異同的比較。第五，佛經的譯寫固然在時地上也有偏倚之處，可是大體來說每一個時段的作品都相當多，也横跨南北，在地域的分布上也還算差強人意。在研究語言流變及方言分布上，佛經的這個優點就不比其他類型的語料遜色。

可見得漢譯佛典的研究，是漢語史研究的重要語料，特別是就中古漢語時期這一階段而言，更有其反映當時口語概況的價值。竺家寧（1998）云：

〔註 4〕朱慶之《佛典與中古漢語詞彙研究》，頁 36～37，文津出版社，台北，1992。

〔註 5〕魏培泉《漢魏六朝稱代詞研究》，頁 5～6，中央研究院語言學研究所，台北，2004。

> 研究「佛經語言學」的知識至少有兩個目標：第一、是要通讀佛經，熟悉佛經語言的面貌，不僅知其然，還要知其所以然。第二、在於瞭解我們自己語言的變遷歷史。知道語音怎麼變？詞彙怎麼變？意義怎麼變？句法怎麼變？〔註6〕

因此從「語言學」的角度切入，對於中古翻譯佛經進行爬梳與整理，除了能得知漢語歷史的發展之外，在某種程度上，它也能幫助我們通讀佛經。

而在漢語語法史的研究裏，漢語體貌範疇的演變歷史，一直是關注的重點，特別是對現代漢語完成貌的來源、發展與演變機制等。這當中雖然也有對中古時期完成貌句式進行探討，然而大多數的研究焦點，仍然放在「了」字從近代漢語到現代漢語的演變機制，較少有學者把研究的重心，放在中古時期這一階段完成動詞的發展與演變上。同時學者們對於完成貌詞尾「了」的來源，也有不同的意見。一種認爲中古漢語的完成貌，是經由整個「動詞＋賓語＋完成動詞」的句式來表達，其產生的過程爲漢語內部自身的發展。之後完成貌詞尾「了」，則由中古的完成動詞經由詞彙替換演變而來。另一種則是認爲在中古漢語裏，一部分出現在「動詞＋賓語＋完成動詞」結構裡的「已」，基本上已經具備完成貌的功能。它與表達「完結」概念的其他完成動詞是有區別的，而此種「已」的出現，乃是受到翻譯佛經中梵文的影響。這兩種不同的看法，如果不把中古漢語佛經中的完成動詞，作一全面的觀察與分析，那麼對於這種歧見，將也很難作出客觀的判斷。曹廣順（1995）提及：

> 漢魏譯經中的某些語法現象與同期本土著作常常顯示出較大差距，使用譯經資料在斷定時代、弄清文義上也有一些問題，所以佛經文獻的使用應當慎重，同時也須要對其有一個較全面、系統的研究，以求從整體上有一個較明晰的了解。〔註7〕

也因此弄清整個東漢魏晉南北朝時期，翻譯佛經中完成動詞「已、畢、訖、竟」的使用情形，以及其發展與演變的過程，也就成爲漢語語法史上所必須面對與處理的問題，而這也是本論文之所以選擇這個議題作爲研究重心的原因。

〔註6〕 竺家寧〈佛經同形義異詞舉隅〉，《國立中正大學學報》（人文分冊）第九卷第一期，頁2，1998。

〔註7〕 曹廣順《近代漢語助詞》，頁97，注釋4，語文出版社，北京，1995。

1.2 前人研究成果

自從王力（1958）指出「動詞形尾『了』和『著』的產生，是近代漢語語法史上劃時代的一件大事。它們在未成爲形尾以前，經歷過一些什麼發展過程，是值得我們深切注意的。」〔註 8〕之後，對於完成貌詞尾「了」的來源與演變，就一直成爲學界研究的重點。張洪年（1977）認爲「了」、「已」、「訖」用在句末當中，表示完成貌是受到梵文的影響。〔註 9〕趙金銘（1979）則認爲在敦煌變文當中，出現了從「動＋賓＋副＋了」發展到「動＋賓＋了」的兩種句式，顯示「了」字已產生虛化。〔註 10〕張洪年、趙金銘兩位先生的研究，都是以敦煌變文爲主，因此討論的都是完成貌詞尾「了」在唐代以後的發展。之後，梅祖麟（1981）〔註 11〕、潘維桂、楊天戈（1980、1984）〔註 12〕、曹廣順（1986）〔註 13〕、李訥、石毓智（1997）〔註 14〕、吳福祥（1998）〔註 15〕、楊永龍（2001）〔註 16〕、林新平（2006）〔註 17〕、具熙卿（2007）〔註 18〕等學者也都相繼投入有關完成貌詞尾「了」，在各個時期的使用情況與發展過程的討論中。

〔註 8〕王力《漢語史稿》，頁 361，中華書局，北京，2004。

〔註 9〕張洪年〈變文中的完成貌虛詞〉，《中國語言學報》第 5 期，頁 55～74，1977。

〔註 10〕趙金銘〈敦煌變文中所見的“了”和“著”〉，《中國語文》第 1 期，頁 64～69，1979。

〔註 11〕梅祖麟〈現代漢語完成貌句式和詞尾的來源〉，《語言研究》第一冊，頁 65～77，1981。

〔註 12〕潘維桂、楊天戈〈魏晉南北朝時期“了”字的用法——“了”字綜合研究之一〉，王云路、方一新編《中古漢語研究》，頁 307～320，商務印書館，北京，2000。又〈宋元時期“了”字的用法，兼談“了”字的虛化過程〉，《語言論集》第 2 輯，頁 71～90，中國人民大學出版社，北京，1984。

〔註 13〕曹廣順〈《祖堂集》中的“底”（地）、“却”（了）、“著”〉，《中國語文》第 3 期，頁 192～202，1986。

〔註 14〕李訥、石毓智〈論漢語體標記誕生的機制〉，《中國語文》第 2 期，頁 82～96，1997。

〔註 15〕吳福祥〈重談“動＋了＋賓”格式的來源和完成體助詞“了”的產生〉，《中國語文》第 6 期，頁 452～462，1998。

〔註 16〕楊永龍《《朱子語類》完成體研究》，河南大學出版社，開封，2001。

〔註 17〕林新平《《祖堂集》動態助詞研究》，上海三聯書店，上海，2006。

〔註 18〕具熙卿《唐宋五種禪宗語錄助詞研究》，中國文化大學中國文學研究所博士論文，台北，2007。

其中梅祖麟（1981）除了探討完成貌詞尾「了」，出現在「VO」之間的形成過程外，也反對張洪年（1977）所認爲完成貌「了」、「已」、「訖」的產生，是受到梵文影響的說法，而提出完成動詞出現在句末，是漢語內部自身的發展。他也不同意趙金銘所提出的，由「動＋賓＋副＋了」到「動＋賓＋了」的演變模式，因爲兩種句式同時存在南北朝和唐代的文獻當中，看不出有先後演變的痕迹。他並且指出「動＋賓＋完成動詞」的句式，在南北朝時期就已經出現，因此完成貌句式的產生並非起自唐代。之後梅祖麟（1999）更將完成貌句式的來源，上推至戰國晚期至西漢間。〔註 19〕梅先生的研究成果，對漢語完成貌形式的探討，有很重大的影響。就研究層面來看，他將漢語完成貌來源，從完成貌詞尾「了」的討論，擴充至整個完成貌句式的探究。

雖然梅祖麟不認同張洪年「了」、「已」、「訖」受梵文影響而產生的說法，但朱慶之（1993）〔註 20〕、辛島靜志（2000）〔註 21〕結合梵漢佛典對勘的材料，以佛經翻譯中，「已」跟梵文原典「絕對分詞」相對應的例證，進而推論「已」是直接受到佛經翻譯的影響而產生的。蔣紹愚（2001）也認爲完成貌句式的產生，與翻譯佛經之間具有關聯性，他並且結合《世說新語》、《齊民要術》、《洛陽伽藍記》、《賢愚經》、《百喻經》等五部作品的語料，作進一步的分析，主張東漢魏晉南北朝的「已」應分爲兩種，一種是「已 1」，爲漢語中原有的成分，與「竟、訖、畢」等，同屬於完成動詞的語法成分。一種則是「已 2」，是用來翻譯梵文的「絕對分詞」的。至於現代漢語完成貌詞尾「了」的來源，其前身應該是「已 2」，而不是完成動詞「竟、訖、畢、已 1」。〔註 22〕

周守晉（2003）在梅祖麟與蔣紹愚兩位先生的研究基礎上，從傳世文獻與出土文獻考察戰國、秦漢時期「已」字的用例，針對「已」使用上由「停止」到「完結（畢）」的發展演變過程，作了進一步的解釋，說明此一演變是「既」、

〔註 19〕梅祖麟〈先秦兩漢的一種完成貌句式——兼論現代漢語完成貌句式的來源〉，《中國語文》第 4 期，頁 285～294，1999。

〔註 20〕朱慶之〈漢譯佛典語文中的原典影響初探〉，《中國語文》第 5 期，頁 379～385，1993。

〔註 21〕辛島靜志〈漢譯佛典的語言研究〉，《文化的饋贈‧語言文學卷》，頁 512～524，2000。

〔註 22〕蔣紹愚〈《世說新語》《齊民要術》《洛陽伽藍記》《賢愚經》《百喻經》中的“已”“竟”“訖”“畢”〉，《中古漢語研究（二）》，頁 309～321，商務印書館，北京，2005。

「已」分工格局發生變化的結果。〔註23〕另外 Harbsmeier（1989）也討論了「已」在《尚書》、《詩經》、《禮記・檀弓》、《論語》、《孟子》、《左傳》、《國語》、《莊子》、《墨子》、《呂氏春秋》、《荀子》、《戰國策》、《韓詩外傳》等文獻裏的用法，試圖描繪出「已」字虛化的過程。〔註24〕兩篇文章所討論的，主要是完成貌句式或完成動詞在上古漢語時期的發展，並且都把焦點放在「已」字的演變上。

就中古時期而言，馮春田（1986）〔註25〕、柳士鎮（1992）〔註26〕曾討論魏晉南北朝時期的動詞時態議題。易立（2003）則探討魏晉南北朝時期完成動詞「已」和「畢、訖、竟」的區別，以及「了」字如何取代「已」字，成爲唯一出現在完成貌句式中的完成動詞。〔註27〕龍國富（2001）分析《阿含經》完成貌句式中的「已」，〔註28〕而在龍國富（2004）第二章第五節中更將研究範圍擴大至整個姚秦譯經，包含表完成貌「已」的用法、來源、性質及影響。〔註29〕楊秀芳（1991）結合歷史語法、方言語法以及漢語音韻史各方面的成果，探討閩南語的「了」以及完成貌，就方言語法印證歷史語法，就歷史語法觀察方言語法，把歷史語法上「了」字的語法功用與演變過程，以及它在閩南語中的變化，做了清晰的呈現。〔註30〕文章當中也論及了東漢魏晉南北朝完成動詞「已、

〔註23〕周守晉〈戰國、秦漢表示完結的"已"補正〉，《語言學論叢》第二十七輯，頁313～323，商務印書館，北京，2003。

〔註24〕Harbsmeier ,Christoph：The Classical Chinese modal particle yi, Proceedings of the Second International Conference on Sinology, Section on Linguistics and Paleography, Taipei, Academie Sinica, 頁475～504.

〔註25〕馮春田〈魏晉南北朝時期某些語法問題探究〉，程湘清主編《魏晉南北朝漢語研究》，頁179～239，山東教育出版社，濟南，1994。

〔註26〕柳士鎮〈魏晉南北朝期間的動詞時態表示法〉，《漢語歷史語法散論》，頁25～35，上海人民出版社，2007。

〔註27〕易立〈關於魏晉南北朝時期完成動詞"已"的幾個問題〉，《湛江師範學院學報》第24卷第5期，頁17～20，2003。

〔註28〕龍國富〈《阿含經》"V+（O）+CV"格式中的"已"〉，《雲夢學刊》第23卷第1期，頁109～111，2001。

〔註29〕龍國富《姚秦譯經助詞研究》，湖南師範大學出版社，長沙，2005。

〔註30〕楊秀芳〈從歷史語法的觀點論閩南語"了"的用法——兼論完成貌助詞"矣（"也"）"〉，《台大中文學報》第4期，頁213～283，1991。

畢、竟、訖」等的語法結構及語法功能，並大量運用漢譯佛經的語料來作分析，不過在漢譯佛經的取材上，主要偏重在東漢到西晉的階段。

鍾兆華（1995）研究完成動詞的歷史沿革，並特別注意它們在近代漢語中的發展。〔註 31〕林永澤（2002）則考察《祖堂集》中表示動作完成的「V＋V 完」格式，包含對「畢、竟、訖、已、盡、了、却」的具體分析。〔註 32〕

此外，尚有李宗江（2004）將研究集中在漢語表示「完成」意義的動詞上，根據語義特徵與用法的差異，將完成類動詞區分爲「盡、窮、竭、罄、殫、淨、光」、「已、畢、竟、終、卒、結、罷、休」、「了、既、訖、完」三類，分析它們向「範圍標記」、「時態標記」、「結句標記」演變的情形。〔註 33〕

綜觀上述前輩學者對完成貌句式的研究，整體而言，對於完成貌句式在唐五代以後的發展與演變，著墨較多，特別是對「了」字的觀察。而對於東漢魏晉南北朝時期的演變與發展，談得較少。對於翻譯佛經文獻的運用，大多只以少數幾部佛經作爲語料分析的依據，少有就整個中古時期的佛經文獻，作一全面性的觀察與研究。

在探討的議題方面，歷來研究的主軸主要又可分爲以下三個面向：一、探討完成貌句式的來源與形成過程；二、討論完成貌詞尾確立的時期。這方面的議題，涉及各個時期完成動詞語法性質爲何，以及如何利用結構形式上的標記，確認完成動詞的虛化過程；三、探討完成貌句式演變的機制與動因。

1.3 研究材料與範圍

梁啓超在〈翻譯文學與佛典〉一文中，將「漢譯佛經的翻譯歷史」分爲三期：第一期爲「外國人主譯期」，代表人物爲安世高、支婁迦讖；第二期爲「中外人共譯期」，代表人物爲鳩摩羅什、覺賢、眞諦；第三期爲「本國人主譯期」，代表人物爲玄奘、義淨。而在〈佛典之翻譯〉一文中，又以「自東漢至西晉」

〔註 31〕鍾兆華〈近代漢語完成態動詞的歷史沿革〉，《語言研究》第 1 期，頁 81～88，1995。

〔註 32〕林永澤〈《祖堂集》中表示動作完成的幾種格式〉，《漢語史論文集》，頁 389～413，武漢出版社，武漢，2002。

〔註 33〕李宗江〈“完成”類動詞的語義差別及其演變方向〉，《語言學論叢》第三十輯，頁 147～168，商務印書館，北京，2004。

爲第一期；「東晉南北朝」爲第二期，其中第二期又進一步分爲前期的「東晉、三秦」與後期的「劉宋、元魏迄隋」；至於「自唐貞觀至貞元」則爲第三期。

小野玄妙《佛教經典總論》則「由其翻譯上譯語之用例及其他考之」，區分爲：古譯時代（自後漢靈帝光和初年至東晉孝武帝寧康末年之一百九十八年間；A.D.178～A.D.375），舊譯時代前期（自東晉孝武帝太元初年至南齊和帝中興年間之一百二十六年；A.D.376～A.D.501），舊譯時代後期（自梁武帝天監元年至隋恭帝義寧年間之一百十六年間；A.D.502～A.D.617）、新譯時代前期（唐初至五代末年之三百四十二年間；A.D.618～A.D.959）、新譯時代後期（自趙宋初年至元成宗大德十年之三百四十七年間；A.D.960～A.D.1306）。

而佛經的翻譯，大體在梁啓超所言的第三期，或小野玄妙之「新譯時代」以後，由於翻譯上的用語與體例已大致定型，較難反映出當時口語的現象，故闕而不論。梁氏所言第一、二期，或小野玄妙所言之「古譯」、「舊譯」時期，則大致上仍能反映白話口語的狀況。

本論文在研究範圍上，主要即是以東漢魏晉南北朝之漢譯佛經爲主，就分期的角度而言，涵蓋了梁氏所分的第一期與第二期，或者是小野玄妙所分的古譯時代及舊譯時代（包含前、後期），這兩個時期的漢譯佛典。

在佛經語料的選擇上，本論文主要以 CBETA 的《大正新修大藏經》爲語料來源的底本。由於漢譯佛經存在著佛經眞僞的問題，特別是東漢到西晉這一段所屬年代較早的佛經，許多失譯經到了隋唐時代卻都有了譯者的人名。雖然在時代上，這些翻譯佛典大多仍屬於東漢至南北朝這一時期，但是這一部分的資料，顯然較具爭議性。另外，由於佛經的翻譯，涉及到重譯經的問題，也就是同一部經典，歷代有不同的譯者對其進行翻譯，收錄到今天的大藏經，其所署名的漢譯諸部經典，亦會產生譯者與時代不確定的現象。

面對這些失譯經與重譯經譯者身分不明確的情形，本論文在處理上，主要以專家學者們考訂的結果爲依據，進行過濾。在參考資料上，根據呂澂《新編漢文大藏經目錄》、小野玄妙《佛教經典總論》、任繼愈《中國佛教史》等的研究成果進行比較。具體作法則是取其各家都確認爲眞實無誤，或各家考證結論都相符的資料爲基準，如果專家學者們對此部經典有不同的意見，則基本上將之排除在本論文語料範圍的選擇之外。至於本論文實際的篩選過程，與選用的漢譯佛典資料，可參考附錄一「東漢至南北朝漢譯佛經篩選目錄」。

翻譯佛經雖然保存中古漢語大量白話口語的語料，對漢語語法史的研究，注入了新的觀察分析的面向，對中古漢語的掌握，也產生了許多助益，但是它本身也存在許多問題。首先，它既然是翻譯的作品，在語言對譯過程中，本身就可能會出現不自然的扭曲。如翻譯時，常常受到佛經四字一頓的節律所限制，再加上譯者本身對於漢語熟悉的程度不同、翻譯理論的差異等等，對於「已」、「畢」、「訖」、「竟」在語法上的分析，如果只以佛經的語料爲依據，所得到的結果，是否即能完全涵蓋漢語中古時期的使用情形，仍不免讓人產生遲疑。因此除了佛經語料之外，本文也選取東漢魏晉南北朝時期相關「中土文獻」的語料，作爲參照比較的對象，以期對「已」、「畢」、「訖」、「竟」在中古時期的語法演變，作一較爲全面的觀察。關於這方面的語料，主要有：

東漢王充《論衡》

東晉葛洪《抱朴子・內篇》

東晉干寶《搜神記》

劉宋劉義慶編《世說新語》

北魏酈道元《水經注》

北魏賈思勰《齊民要術》

北魏楊衒之《洛陽伽藍記》

上面所列的這幾部著作，大體是東漢魏晉南北朝時期，保留較多白話口語成分的作品，雖然它們之間在行文的文體，或著重陳述的內容上，可能有很大的差異，例如葛洪《抱朴子》在內容上偏重於思想方面，行文上基本以駢文形式書寫；干寶《搜神記》爲筆記小說的形式，兩者之間有很大的不同，但與其他同時期的文獻比較起來，已具有較通俗而接近白話的性質。因此在與翻譯佛經的參照比較上，仍具有很高的價值。

1.4 研究方法與步驟

一、研究方法

本論文在研究方法上，主要是區分爲「文獻處理」與「語法分析」兩大部分。就文獻處理的部分，在面對數量龐大的翻譯佛經資料，首先就是要對文獻進行解讀。竺家寧在〈佛經語言學演講稿〉一文中云：

> 我們研究佛經語言，傳統的訓詁資料、傳統的工具書、訓詁成果給我們的幫助比較有限。所以我個人的研究上，就強調一種叫做「以經證經」的研究方法。也就是說，利用佛經來研究佛經。用佛經的語境、上下文來探索這個詞語的意義、語法等各種問題。〔註34〕

也就是對於中古漢譯佛經的解讀，主要援用「以經證經」的研究方法，利用佛經的語境、上下文來探索這個詞語的意義、語法功能。蔡鏡浩（1989）討論詞語考釋的方法論時，曾經提出「比類歸納」、「利用互文、對文」、「利用異文」、「利用同義并列詞組與複合詞」、「鈎沉舊注」、「方言佐證」、「因聲求義」、「尋繹詞義演變軌迹」、「考察歷史文化背景」等九個方法。〔註35〕雖然他的主要目的在考釋語詞的意義與用法，屬於詞典、詞彙學的研究，但其中「比類歸納」、「利用互文、對文」、「利用異文」與「利用同義並列詞組與複合詞」的方法，也可以作爲本文在文獻解讀與比對上的借鑑。

就語法分析而言，「比較」、「歸納」與「統計」是本文在分析語料時主要採用的方法。透過「比較法」可以了解完成動詞「已」、「畢」、「訖」、「竟」所出現的語境是否有所不同。「歸納法」對於我們從錯綜複雜的語料中，整理出語法現象的條理與發展脈絡，有很大的幫助。「統計法」的運用則提供我們解釋語法演變時，給予統計數據上的支持。

至於語法理論的背景，本論文並沒有根據某種特定的語法理論，只要是對分析與解釋有幫助的理論與觀點，本文都加以採用。例如梅祖麟（1999）指出「用結構主義的觀點，可以簡單地說明完成貌句式的歷史」，〔註36〕因此在描述完成動詞與其他語法成分的語法關係時，即著重句子內部結構的分析。對於完成動詞在歷時演變方面，語法化（grammaticalization）理論亦提供我們演變機制與動因的詮釋基礎。至於完成動詞在語義之間的區別，則可利用「義素分析

〔註34〕參考 http://blog.roodo.com/ccn2006/archives/2531247.html

〔註35〕蔡鏡浩〈魏晋南北朝詞語考釋方法論——《魏晋南北朝詞語彙釋》編撰瑣議〉，王云路、方一新編《中古漢語研究》，頁157～168，商務印書館，北京，2000。

〔註36〕梅祖麟〈先秦兩漢的一種完成貌句式——兼論現代漢語完成貌句式的來源〉，《中國語文》第4期，頁291，1999。

法」進行細部的探究。

二、研究步驟

整個研究的進行，在具體的作法上，第一步是先記錄語料。根據本論文所過濾出來的佛經以及「非佛經文獻」的語料，篩選出帶有完成動詞「已」、「畢」、「訖」、「竟」的例句，輸入電腦以建立資料檔案。透過觀察、對照，完成初步的分類。第二步爲分析經文中的句法結構。此一分析是站在結構主義的觀點上，利用「成分層次分析法」，區分句子內部的語法成分及其語法關係。第三步利用「比較法」對「已」、「畢」、「訖」、「竟」所出現的語境進行分析與歸納。描述它們之間在語法性質上的差異，同時比較佛經文獻與中土文獻之間的異同，並利用分期斷代的觀點，觀察這些完成動詞在整個中古漢語時期的發展與演變。第四步則針對上述的觀察與分析提出理論系統的詮釋。

第二章　完成動詞之理論基礎

2.1　完成動詞之定義

梅祖麟（1981）指出中古漢語「畢」、「訖」、「竟」、「已」、「了」等都具有表達「終了、完畢」的意義，〔註1〕因此把它們稱爲「完成動詞」，這是漢語語法史研究中，有「完成動詞」這一名稱的開始。

然而在中古佛經裏，「終」、「盡」等詞也都具有「終了」的詞彙意義，如帥志嵩（2008）討論「中古漢語完成語義的表現形式」，就把動詞「盡、終」等也歸入「完成動詞」裏。〔註2〕如果再把範圍擴大，不限定在中古時期的階段，則表達「終了、完畢」概念的動詞就更多了，如李宗江（2004）根據《漢語大詞典》把「盡、窮、竭、……」等也稱爲「完成動詞」，〔註3〕而這些詞當中，如「淨、卒、窮」等也都出現在佛經文獻裏。

〔註1〕梅祖麟〈現代漢語完成貌句式和詞尾的來源〉，《語言研究》第一冊，頁65～77，1981。

〔註2〕帥志嵩〈中古漢語"完成"語義的表現形式〉，《北京廣播電視大學學報》第1期，頁46～50，2008。

〔註3〕李宗江〈"完成"類動詞的語義差別及其演變方向〉，《語言學論叢》第三十輯，頁147～168，商務印書館，北京，2004。

雖然就漢語的詞彙系統來說，表達「終了」義的動詞可以有很多，但是這些動詞在語法、語義之間並非沒有區別。如動詞「畢」、「訖」、「竟」、「已」、「了」等，在句法結構裏都可出現在「V＋（Object）＋完成動詞」的句式當中。動詞「終」、「淨」、「卒」、「窮」等，則並不出現在此一句法結構裏。動詞「盡」雖然也可以位於「V＋（Object）」結構之後，但是就語義指向而言，它所表達的是名詞主語或賓語的「終盡」，而不是動作行爲的「完成」，動詞「盡」並不具有時間進程「終了」的意義。〔註4〕

因此，對於「完成動詞」這一術語的運用，我們可以把它分爲廣義與狹義兩種。廣義的「完成動詞」，就詞彙意義劃分，只要具有表達「終了、完畢」概念的詞彙都可稱作「完成動詞」。狹義的「完成動詞」，則除了語義表達「終了、完畢」的意思外，還涉及到句法結構的條件，它必須出現在「動＋（賓）＋完成動詞」句式當中，並且具有表達動作行爲或事件時間進程「終了」的概念。本論文所研究的對象即屬後者。

中古佛經文獻裏，具備上述狹義「完成動詞」條件的，只有「畢」、「訖」、「竟」、「已」、「了」幾個。其中「了」字在中古佛經文獻裏主要表達「曉了、了知」的意義，與表完成義的動詞「了」不同。眞正表達完成概念的動詞「了」出現在佛經文獻裏的時代較晚，無法就整個中古時期的三階段作觀察。並且歷來學者對於它的相關討論也較多。如：梅祖麟（1981）〔註5〕、潘維桂、楊天戈（1980）〔註6〕、楊秀芳（1991）〔註7〕、董琨（1985）〔註8〕、吳福祥（1998）〔註9〕等。因此本論文將主要分析的焦點放在另外四個「完成動詞」——「畢」、

〔註4〕蔣紹愚〈從“盡V－V盡”和“誤V／錯V－V錯”看述補結構的形成〉，《語言暨語言學》5.3：559～581，2004。

〔註5〕梅祖麟〈現代漢語完成貌句式和詞尾的來源〉，《語言研究》第一冊，頁65～77，1981。

〔註6〕潘維桂、楊天戈〈魏晉南北朝時期“了”字的用法——“了”字綜合研究之一〉，王云路、方一新編《中古漢語研究》，頁307～320，商務印書館，北京，2000。

〔註7〕楊秀芳〈從歷史語法的觀點論閩南語“了”的用法——兼論完成貌助詞“矣（“也”）”〉，《台大中文學報》第4期，頁213～283，1991。

〔註8〕董琨〈漢魏六朝佛經所見若干新興語法成分〉，王云路、方一新編《中古漢語研究》，頁321～346，商務印書館，北京，2000。

〔註9〕吳福祥〈重談“動＋了＋賓”格式的來源和完成體助詞“了”的產生〉，《中國語

「訖」、「竟」、「已」的研究上。

2.2　完成動詞與時間體系

中古佛經完成動詞「畢」、「訖」、「竟」、「已」、「了」等表達「完成」的概念，具有時間（temporal）的特性。在語言體系裏，涉及時間系統概念的主要有「時相」（phase）、「時制」（tense）與「體貌」（aspect）等語法範疇。底下根據前輩學者的意見，簡單區分這三個語法範疇的概念。

一、時相（phase）、時制（tense）與體貌（aspect）

Comrie（1976）認爲「情狀」（situation）可以是一種狀態（state），或者一個事件（event），或者一個過程（process），〔註10〕而「時相」（phase）則是用來指稱持續情狀（duration situation）內部時間歷程的任一時點。〔註11〕

龔千炎（1995）把「時相」（phase）定義爲：「體現句子的純命題意義的內在時間特徵，主要由謂語動詞的詞彙意義所決定，其他句子成分的詞彙意義也具有相當的制約作用。」〔註12〕就這一層意義來說，「時相」構成「情狀」內部時間結構的特徵，兩者屬於同一事物的內外兩面，而根據時相〔±持續〕、〔±完成〕、〔±狀態〕三項語義特徵，一般可以把句子的情狀區別爲「靜態」（state）、「活動」（activity）、「完結」（accomplishment）、「達成」（achievement）四大類。〔註13〕

尚新（2007）以「相」（Aktionsart）指「行爲類別」，認爲「相」是「情狀內在時間結構合成的核心成分。」〔註14〕他所說的「相」（Aktionsart）與「時相」（phase）屬於相同的概念。不過他進一步把「情狀」視爲一種「合成範疇」，屬於一個「層級組織系統」。此一「合成範疇」由「動相」（Aktionsart）〔註15〕、「補

文》第6期，頁452～462，1998。

〔註10〕Comrie, Bernard, Aspect（Cambridge: Cambridge University Press. 1976），頁13。

〔註11〕Comrie, Bernard, Aspect（Cambridge: Cambridge University Press. 1976），頁48。

〔註12〕龔千炎《漢語的時相時制時態》，頁4，商務印書館，北京，1995。

〔註13〕陳平〈論現代漢語時間系統的三元結構〉一文則區分爲「狀態」、「活動」、「結束」、「複變」與「單變」五種類型。

〔註14〕尚新《英漢體範疇對比研究——語法體的內部對立與中立化》，頁13，上海人民出版社，2007。

〔註15〕由動詞本身的詞彙意義所決定。此處「動相」僅是借用呂叔湘《中國文法要略》

相」(Compsart)〔註16〕、「生相」(Derisart)〔註17〕三個層級構成，其中「動相」爲不可或缺的成分。而由此三個層級語法成分的組合，構成情狀的不同類別。

關於「體貌」(aspect)，Comrie(1976)的定義爲：「對情境內部時間結構觀察的不同方式」。〔註18〕而對於情境(situation)內部時間結構的觀察，可以從事件發生的起始點切入，也可以從事件完成的終結點切入。從情境的起始點觀察，屬於「起始貌」，從情境的終結點觀察，則屬於「完成貌」。至於位在起始點與終結點之間時間進程的任一點，則爲「進行貌」或「持續貌」。如果依事件的終結點爲基礎作切分，就構成動貌體系裏「完成」(perfective)與「非完成」(imperfective)的對立。因此「起始貌」、「進行貌」、「持續貌」等都屬「非完成」的範圍。

尚新(2007)根據 Comrie(1976)、Smith(1991)與 Olsen(1997)的研究，進一步指出：

> 語言中存在著兩種“體”，都與時間意義有關。一種“體”是由動詞以及句子其他成分(如動詞論元)合成，常稱爲語義體、情狀體(Smith 1991)、內在體或詞彙體(Olsen 1997)。另一種“體”則表明說話者對情狀(事件或狀態)作爲整體還是部分進行觀察，叫視點體(Smith 1991)、外在體或語法體(Olsen 1997)，簡稱“體”(aspect proper)。〔註19〕

顯示出從 Comrie(1976)對「體貌」(又稱「體」)的定義，一直到 Smith(1991)與 Olsen(1997)的理論主張，對「體貌」體系的研究，在本質上有愈來愈深入與細緻的發展。

所使用的術語，與呂先生對「動相」一詞的定義不同。

〔註16〕由〔動詞＋補語〕共同建構的內在時間特徵所決定。此處「補語」包含一般所謂的「補語」與「賓語」兩種語法成分。

〔註17〕由〔動詞＋補語＋附加時間成分〕共同建構的時間特徵所決定。附加時間成分包含「時間名詞」等。

〔註18〕Comrie, Bernard, Aspect(Cambridge: Cambridge University Press. 1976)，頁3。其原文爲："aspects are different ways of viewing the internal temporal constituency of a situation."

〔註19〕尚新《英漢體範疇對比研究——語法體的內部對立與中立化》，頁5，上海人民出版社，上海，2007。他所說的「體」，本文稱爲「體貌」。

實際上從尙新先生上段文字的敘述，大致上可以說「語義體、情狀體」或「內在體、詞彙體」等概念，與一般所謂的「時相」結構相對應；「視點體」或「外在體、語法體」的概念，則應該指的是「體貌」的形式語法範疇，也就是利用屈折詞素（inflectional morpheme）的具體形式，表達說話者對情境內部時間結構的觀察。

除了「時相」與「體貌」以外，涉及語言系統內時間概念的尙有「時制」（tense）範疇。「時制」與「體貌」都與時間系統相關，差別則在於「時制」與「情狀（situation）」的外部時間相關，把整個情狀視爲一個整體，作用在給與「情狀」一個外在時間上的定位。此一定位可以是依說話者的言談時間爲定點，亦可以是依情境內部任一相對參照時間爲定點。〔註 20〕「體貌」則是從外在說話者的角度，對「情狀」內在的時間結構所作的觀察。

二、完成動詞之語法性質與「完成貌」：

「完成」屬於體貌系統裏「完成貌」的概念，因此可以把中古佛經之「完成動詞」——「畢」、「訖」、「竟」、「已」，認爲是屬於中古完成貌之表達形式。然而它們在句中所處的句法結構位置，卻又與現代漢語完成貌詞尾「了」有所不同。如果就形式語言學的觀點來看，「體貌」屬於句法結構中的一個投射結構，如梅廣（2004）云：

> 動貌是一個獨立的槓次投射體，具有〔＋／－bounded〕的句法徵性。動詞（包括趨向前綴）本身沒有動貌意義，它只有進入動貌結構的中心語位置時才獲得動貌的句法徵性，才有表達動貌的作用。〔註 21〕

而中古漢語「完成動詞」仍屬「謂語動詞」或「補語」性質，〔註 22〕在句法結構裏並沒有進入到此一獨立的槓次投射體，故而尙不屬於句法理論內部體貌範疇的語法成分。那麼中古時期的「完成動詞」，在語法屬性與功用上，究竟應視爲何種性質的語法成分呢？

吳福祥（1998）提出動詞「了」虛化的過程爲：結果補語＞動相補語＞完

〔註 20〕參 Comrie, Bernard, Aspect（Cambridge: Cambridge University Press. 1976），頁 5。

〔註 21〕梅廣〈解析藏緬語的功能範疇體系——以羌語爲例〉，《漢藏語研究：龔煌城先生七秩壽慶論文集》，頁 193，2004。

〔註 22〕參本論文第三至六章的分析。

成體助詞。並且從「基本語義」、「表述功能」、「語義指向」、「擴展形式」等四個方向來區分「結果補語」與「動相補語」之間的差別。就「基本語義」的差異而言，吳福祥云：

> 結果補語雖然隱含“實現／完成”的語義特徵，但其基本語義是表示動作的結果。動相補語雖有時兼有“結果”的附加語義，但其基本語義是表示動作／狀態的實現或完成。〔註23〕

「動相補語」與「完成體助詞」之間的差別，在於「動相補語」可以具有「可能式」(插入「得／不」變成可能式動補結構)、不可出現在「動結式動補結構之後」、其後可再接「完成體助詞」、能念焦點重音等特色，「完成體助詞」則否。〔註24〕

如果從形式語法的角度來說，則吳先生所說的「完成體助詞」應屬於句法功能範疇 AspP 槙次結構的功能詞（function word），而「結果補語」與「動相補語」則仍隸屬於 VP 詞組的內部語法成分。

連金發（1995）探討閩南語完結時相詞時，也曾經提出：「1）述詞＞2）補語＞3）時相詞＞4）時貌詞＞5）語氣詞」的虛化進程，其中談到「時相詞」與「時貌詞」之間的區別時，在第八點裏即指出：

> 時相詞還未脫離詞匯的層次，時貌詞則已進入句法的層次。前者必須在詞匯中列舉，是派生 derivational 現象，後者不必在詞匯中列舉，是屈折 inflectional 現象。〔註25〕

把連、吳兩位先生的概念作一比較，大體「補語」即指「結果補語」，「時相詞」即等於「動相補語」的概念，「時貌詞」則與「完成體助詞」相對應。必須說明的是：「時貌詞」與「完成體助詞」雖都屬於句法層次的語法成分，但是「完成體助詞」一般指的是動詞詞尾，直接附著在動詞之後。而閩南語的「時貌詞」則屬句尾詞（或「句末助詞」)。

〔註23〕吳福祥〈重談“動＋了＋賓”格式的來源和完成體助詞“了”的產生〉，《語法化與漢語歷史語法研究》，頁 167，安徽教育出版社，合肥，2006。

〔註24〕吳福祥〈重談“動＋了＋賓”格式的來源和完成體助詞“了”的產生〉，《語法化與漢語歷史語法研究》，頁 167～168，安徽教育出版社，合肥，2006。

〔註25〕連金發〈臺灣閩南語的完結時相詞試論〉，《臺灣閩南語論文集》，頁 122，文鶴出版社，台北，1995。

在本論文的第三至第六章裏，我們將舉出中古佛經「完成動詞」的具體例證，說明它們從原本的「謂語動詞」（述詞）向「補語」、「時相詞」（動相補語）、「時貌詞」（句末助詞）演變的過程與機制。而在這一演變過程裏，當「訖」、「竟」、「已」在句中表達「結果補語」、「動相補語」的語法功能時，所表達的仍屬謂語結構的情狀意義。它們將與主要謂語動詞一同構成「補相」（Compsart）的時間概念，描述句子情狀的「內在體」。但是當「已」進入到「句末體貌助詞」的結構時，則已具有「時貌詞」的功用了。它的作用與現代漢語擔任句尾詞的「了$_2$」大體相同。

石定栩、胡建華（2006）探討現代漢語「了$_2$」的句法語義地位時，曾提出將「了$_2$」，視爲與句末語氣助詞具有相同句法地位的看法，其云：

> 比較理想的解決辦法是讓“了$_2$”出現在狹義的小句 IP 外面，與 IP 形成姐妹結構關係，從而避免同否定成分以及“了$_1$”、“過”等體貌成分的衝突。……將“了$_2$”視爲廣義的小句 CP 的核心成分 C，同“嗎”、“啊”等句末語氣助詞具有相同的地位（參看 Li 1990），可以對狹義的小句 IP 加以廣義的陳述，說明進入了 IP 所描述的狀態，就像“嗎”可以對 IP 加以提問，“啊”可以對 IP 加以感嘆一樣。〔註 26〕

並以下圖表示現代漢語「了$_2$」在句法結構中的位置：

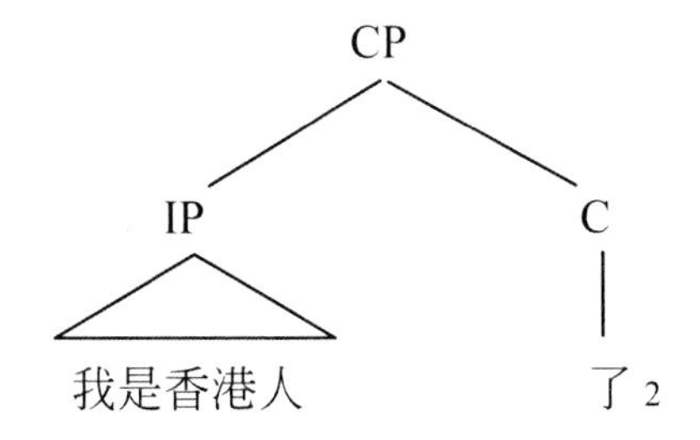

我們認爲中古佛經的句末體貌助詞「已」，在句中所處的位置，與上圖「了$_2$」所處的句法結構位置相同，它在句子結構裏具有獨立的槓次投射體。

現代漢語句末助詞「了$_2$」，在漢語語法史的發展上，本就來源於中古漢語的「完成動詞」。而中古「完成動詞」「已」除了具有「結果補語」、「動相補語」

〔註 26〕石定栩、胡建華〈“了 2”的句法語義地位〉，《語法研究和探索》（十三），頁 103，2006。

的語法功能外，在佛經文獻的許多例子裏，也已經語法化爲「句末體貌助詞」的性質，因此這一句法結構的位置，基本上也可以呈現出句末體貌助詞「已」與句末助詞「了 2」之間的關聯性。

2.3 完成動詞與語法化理論

語言歷史演變的研究，除了對其演變的過程進行描述之外，更重要的是要進一步提出對此一演變過程的解釋，吳福祥（2005）云：

> 對語法演變進行描寫和作出解釋是歷史語法研究的兩項基本工作。……如果研究者試圖要理解一個特定的語法現象爲什麼以那種方式演變，那麼他就必須在描寫的基礎上作出合理的解釋。〔註 27〕

要解釋一個歷史語法現象的演變，應包含：一、語言現象產生和發展的原因。二、揭示語言發展的機制。三、探求語言發展的規律等三個面向。〔註 28〕而中古佛經完成動詞的發展，在演變機制與發展規律上與「語法化」（grammaticalization）理論相關，它涉及「重新分析」（reanalysis）與「類推」（analogy）的演變機制。其中完成動詞「已」的發展，又可能是受到「語言接觸」（language contact）的影響，因此有必要對語法化理論與語言接觸等相關概念作一說明。

一、語法化（grammaticalization）

「語法化」（grammaticalization）這一術語是法國語言學家 Meillet 於 1912 年首先提出，他將「語法化」與「類推」視爲產生新的語法形式的兩個機制。〔註 29〕不過在 Meillet 之後的 Kurylowicz（1975）將「語法化」定義爲：

> 語法化是指一個詞彙性語素的使用範圍逐步增加較虛的成分和變成語法性語素的演化，或是從一個不太虛的語法語素變成一個更虛的語法語素，如一個派生語素變成一個屈折語素。〔註 30〕

〔註 27〕吳福祥〈漢語歷史語法研究的檢討與反思〉，《語法化與漢語歷史語法研究》，頁 225，安徽教育出版社，合肥，2006。

〔註 28〕參蔣紹愚《漢語語法化的歷程・序》，北京大學出版社，北京，2001。

〔註 29〕張麗麗《處置式「將」「把」句的歷時研究》，頁 35，國立清華大學中國文學研究所博士論文，新竹，2003。

〔註 30〕引自吳福祥〈關於語法化的單向性問題〉，《語法化與漢語歷史語法研究》，頁 27，

Hopper & Traugott（2003）對語法化的定義則是：

> 我們現在將「語法化」定義為詞彙或結構在特定語境裏獲得語法功能的演變，並且一旦語法化之後，將會繼續發展出新的語法功能。〔註31〕

從Kurylowicz、Hopper & Traugott對語法化的定義來看，都將「語法化」視為一種語法演變的過程或現象，而不將其視為演變的機制。研究漢語歷史語法的學者大體也把「語法化」視為一種演變的過程，如沈家煊（1994）云：

> "語法化"（grammaticalization）通常指語言中意義實在的詞轉化為無實在意義、表語法功能的成分這樣一種過程或現象，中國傳統的語言學稱之為"實詞虛化"。〔註32〕

儲澤祥、謝曉明（2002）也指出：

> 在語法化方面，以下幾點已逐漸達成共識：（1）語法化的主體內容是句法化、形態化，由於漢語形態不發達，句法化（尤其是實詞虛化）就成了漢語語法化研究的中心內容。（2）語法化大多是有理據的，有動因、有機制，語言的經濟性、象似性、明晰性以及說話者的目的、語用推理等，都是影響語法化的重要因素。（3）語法化是逐漸變化的過程。（4）語法化是單向性為主的（從實到虛，從比較虛到更虛）〔註33〕

基於以上所述，本文對「語法化」（grammaticalization）這一術語的使用，也是將其視為語法演變的過程來看待。

安徽教育出版社，合肥，2006。

〔註31〕Hopper & Traugott, Grammaticalization（Second Edition），（Cambridge: Cambridge University Press，2003），頁xv。其原文為："We now define grammaticalization as the change whereby lexical items and constructions come in certain linguistic contexts to serve grammatical functions and, once grammaticalized, continue to develop new grammatical functions."

〔註32〕沈家煊〈"語法化"研究綜觀〉，《外語教學與研究》第4期，頁17，1994。

〔註33〕儲澤祥、謝曉明〈漢語語法化研究中應重視的若干問題〉，《世界漢語教學》第2期，頁5，2002。

二、重新分析（reanalysis）

眞正涉及語法演變機制的實爲「重新分析」（reanalysis）與「類推」（analogy）兩個概念。如 Hopper & Traugott（2003）即指出「重新分析」（reanalysis）與「類推」（analogy）是語法演變過程中兩個重要的演變機制。〔註 34〕其中又以「重新分析」在語法化演變過程中所扮演的角色最爲重要。

Hopper & Traugott（1993）將「重新分析」定義爲：

> 重新分析調整了基層表述，可能是語義上、語法上或是構詞上的，並造成規則的轉變。〔註 35〕

Hopper & Traugott 在 2003 年第二版的《Grammaticalization》裏，則進一步解釋「重新分析」的演變機制爲：

> 在重新分析裏，形式的語法（句法和詞法）和語義屬性被調整，這些調整包含句法的詞組劃定和意義在詮釋上的改變，但不改變形式。〔註 36〕

換句話說，「重新分析」改變了底層句法結構之間的語法、語義關係，但對於表層的語法形式則沒有變動。

「重新分析」在概念上與「語法化」之間的關係也不完全相等，如劉堅、曹廣順、吳福祥（1995）云：

> 嚴格地說，重新分析是一種認知行爲，盡管它與詞彙語法化密切相

〔註 34〕Hopper & Traugott, Grammaticalization（Second Edition），（Cambridge: Cambridge University Press，2003），頁 39。其原文爲：“Reanalysis and analogy have been widely recognized as significant for change in general, most especially morphosyntactic change.”

〔註 35〕此段翻譯引自張麗麗《處置式「將」「把」句的歷時研究》，頁 34，國立清華大學中國文學研究所博士論文，2003。Hopper & Traugott（1993：32）的原文爲：“Reanalysis modifies underlying representations, whether semantic, syntactic, or morphological, and brings about rule change.”

〔註 36〕Hopper & Traugott, Grammaticalization（Second Edition），（Cambridge: Cambridge University Press，2003），頁 39。其原文爲：“In reanalysis, the grammatical-syntactic and morphological-and semantic properties of forms are modified. These modifications comprise changes in interpretation, such as syntactic bracketing and meaning, but not at first change in form.

> 關，但二者卻並非等價物。詞彙語法化是語言本身演變的結果，是通過詞彙句法位置和組合關係改變、詞義變化（抽象、虛化）、以及功能調整逐步實現的。重新分析的作用是從認知的角度把這種詞義虛化、功能變化的過程以結果（虛詞產生）的形式表現出來並加以確認。換言之，所以要重新分析正是因爲某個詞彙單位的語法化已經使句子結構的語義關係產生了變化，重新分析標志著這個詞彙單位語法化過程的完成。〔註 37〕

不過，劉堅等單純把「重新分析」視爲一種認知行爲，並且將其作用歸爲語法化結果的確認這一說法，則是值得商榷的。蔣紹愚（2000）即認爲：

> 舊的結構或句式經過"重新分析"而產生後，開始時新舊兩種結構或句式的成分和詞序都相同，只是內部結構不同；後來新的結構或句式在自己的軌道上不斷發展，與舊的結構或句式的差異越來越大。在這個意義上，可以說"重新分析"是結構或句式變化的起點，而不是終結。〔註 38〕

因此「重新分析」應屬語法演變的機制，而不僅僅是認知行爲及語法化結果的確認。正如張麗麗（2003）所說的：

> 「重新分析」是項基本的演變機制，指涉範圍大，包括詞類轉換、結構重組、詞序變換的語言轉變；「語法化」則完全包含在「重新分析」此一機制中，只指涉詞類由實詞轉爲功能詞的轉變。〔註 39〕

本文對「重新分析」的概念採取與 Hopper & Traugott（2003）、張麗麗（2003）相同的觀點，將其視爲語法演變的重要機制。

三、類推（analogy）

〔註 37〕劉堅、曹廣順、吳福祥〈論誘發漢語詞彙語法化的若干因素〉，《中國語文》第 3 期，頁 168，1995。

〔註 38〕蔣紹愚〈現代語言學與漢語史研究〉，《漢語詞彙語法史論文集》，頁 276，商務印書館，北京，2001。

〔註 39〕張麗麗《處置式「將」「把」句的歷時研究》，頁 36，國立清華大學中國文學研究所博士論文，新竹，2003。

「類推」一詞，有些學者又稱爲「類化」。〔註40〕Hopper & Traugott（1993）對「類推」的定義爲：

> 類推，嚴格說來，調整了表面表述，卻沒有造成規則的轉變，雖然它造成規則在語言系統或是語言使用團體內的擴展。〔註41〕

它與「重新分析」的不同，在於「重新分析」指涉的是新、舊語法結構之間的替換，「類推」指的則是現存形式向已經存在的結構式形態同化的過程。〔註42〕從另一個角度來說，即如王寅、嚴辰松（2005）所言：

> 重新分析發生在語言橫組合層面，指的是表層相同的結構，其內部構造因語用或其他原因被重新劃分邊界，從而從底層上改變了音位、詞法、句法的結合方式……類推則發生在語言縱聚合層面，指的是原有結構沒有發生變化，但因套用某個法則，類推出不同於原來的新結構，新結構表層不同於舊結構，但兩者的底層意義不變。〔註43〕

「重新分析」的演變機制出現在「組合關係」的語法結構裏，「類推」則是受到語言系統「聚合關係」的影響而產生的演變。

四、語言接觸（language contact）

語言歷史的演變過程，往往會因爲接觸到其他語言，受到影響而產生變化，這些變化包含語音、詞彙與語法體系各個層面，就語法演變的層面而言，曹廣

〔註40〕曹小云〈語法化理論與漢語歷史語法研究〉，《寧波大學學報》（人文科學版）第3期，頁70～75，2005。

〔註41〕此段翻譯引自張麗麗《處置式「將」「把」句的歷時研究》，頁38，國立清華大學中國文學研究所博士論文，2003。Hopper & Traugott（1993）的原文爲："Analogy, strictly speaking, modifies surface manifestations and in itself does not effect rule change, although it does effect rule spread either within the linguistic system itself or within the community."

〔註42〕Hopper & Traugott（2003：63～64）："As we have defined it, reanalysis refers to the replacement of old structures by new ones. It is covert. Analogy, by contrast, refers to the attraction of extant forms to already existing constructions……"

〔註43〕王寅、嚴辰松〈語法化的特徵、動因和機制〉，《解放軍外國語學院學報》第4期，頁4，2005。

順、遇笑容（2004）指出：

> 這些變化可以分爲兩類：語法發展和語法替代。語法發展是兩種語言在接觸中，一種語言接受另一種語言的影響，使其語法發展帶上另一種語言的色彩。這種影響的結果，常常是漢語固有結構功能的擴展，或者是漢語固有結構的變異。……語法替代則是兩種語言在接觸中，一種具有強勢的語言成爲社會崇尚、人們不得不趨從的對象，處於弱勢的語言部分地接受強勢語言的語法體系，形成的特殊產物。〔註44〕

曹廣順、遇笑容（2004）所提「語法發展」和「語法替代」兩種情形，吳福祥（2005）稱爲「句法影響」（syntactic influence）與「句法借用」（syntactic borrowing）。不論是稱爲「語法發展」、「語法替代」或者是「句法影響」、「句法借用」，都是指歷史語法演變過程中與另一語言接觸，受到影響所產生的兩種句法演變現象。「借用」（borrowing）乃指句法結構的完全複制，「影響」（influence）則僅是受到另一語言的刺激與誘發，而發展出新的語法形式。

就「語言接觸」（language contact）的概念來說，此一術語本身並非語法演變的機制，它僅是誘發語言變異的動因，是促使新的語言現象產生和發展的原因之一。而就「句法影響」（syntactic influence）與「句法借用」（syntactic borrowing）的現象來談，則是在語言接觸此一誘因的影響下，所產生的兩種語法演變的模式，屬於演變機制的概念。

由於中古佛經主要是透過翻譯所寫定的文獻。在對譯梵語的過程中，難免會受到梵語語言系統的影響，因而產生促使漢語語言體系變異的現象。如梁曉虹（1992b）〔註45〕、曹廣順、遇笑容（2004）〔註46〕都指出相關的影響與演變。因此漢語中古時期「完成動詞」，在句式與語法功能的演變過程中，是否有受到梵文的影響？如果有，其演變模式是屬於「句法借用」（syntactic borrowing）或

〔註44〕曹廣順、遇笑容〈漢語語法史中的語言接觸與語法變化〉，《中古漢語語法史研究》，頁148，巴蜀書社，成都，2006。

〔註45〕梁曉虹〈簡論佛教對漢語的影響〉，《漢語學習》第6期，頁33～38，1992。

〔註46〕曹廣順、遇笑容〈漢語語法史中的語言接觸與語法變化〉，《中古漢語語法史研究》，頁138～149，巴蜀書社，成都，2006。

者僅是「句法影響」（syntactic influence）的發展，有關這個問題也是本文在分析佛經與中土文獻的語料時，所關注的焦點之一。

第三章　中古佛經「畢」之語法功能與演變

本章討論「畢」字在佛經裏的使用情形，針對它在佛經當中所出現的語法環境進行描寫與分析，並探討「畢」字在句子裏，與其他語法成分之間的語法關係。

在佛經語料的引用上，本論文以 CBETA 版《大正新修大藏經》爲底本，由於語料龐雜，在完成研究步驟一記錄語料、步驟二分析句法結構、步驟三逐條歸納具相同語境的語料後，在呈顯上，一方面就實際歸納的結果，以提綱挈領的標舉方式進行論述。另一方面，爲避免重複性，故刪繁去蕪，舉出其中具代表性的例句加以說明。同時爲了尊重原著對佛經經文斷句的處理，避免個人在解讀上的誤判，原則上，引文的部分不加改動。如對斷句有不同的意見，將在正文中加以標注說明。

對佛經語料的觀察，則採取小野玄妙的分期方式，將東漢魏晉南北朝期間的翻譯佛經區分爲「古譯時期」、「舊譯時代之前期」、「舊譯時代之後期」三個階段。這三個階段所包含的譯者大致如下：

一、古譯時期

東漢：安世高、支婁迦讖、安玄、康孟祥

吳：支謙、康僧會

西晉：竺法護、安法欽、法立、法炬、無羅叉

二、舊譯時代前期

東晉：僧伽提婆、佛陀跋陀羅、法顯

苻秦：竺佛念、僧伽跋澄、鳩摩羅佛提、曇摩難提

姚秦：鳩摩羅什、曇摩耶舍、曇摩崛多、佛陀耶舍

乞伏秦：聖堅

前涼：支施侖

北涼：法眾、釋道龔、曇無讖、道泰

劉宋：佛陀什、曇摩蜜多、畺良耶舍、智嚴、求那跋摩、僧伽跋摩、求那跋陀羅、曇無竭、沮渠京聲、功德直

蕭齊：曇摩伽陀耶舍、僧伽跋陀羅、求那毘地

元魏：慧覺、吉迦夜等

三、舊譯時代後期

元魏：曇摩流支、勒那摩提、菩提流支、佛陀扇多、瞿曇般若流支、毘目智仙、月婆首那

梁：曼陀羅仙、僧伽婆羅

高齊：那連提耶舍、萬天懿

北周：闍那耶舍、耶闍崛多、闍那崛多

陳：眞諦

3.1 完成動詞「畢」

「畢」字在佛經裏可當動詞使用，具有表達「完畢、終了」的意義，屬「完成動詞」的用法。此一功能的「畢」，在東漢至南北朝的佛經文獻裏，主要出現在底下八種句法結構當中：

1、NP＋（Adv）＋畢

佛經表「完畢、終了」義的動詞「畢」，可位於「NP＋（Adv）＋畢」結構中，構成「主謂結構」的語法關係，「畢」擔任「謂語動詞」的語法功能，其例句如下：

（例 1）死入地獄。臥之鐵床。或抱銅柱。獄鬼然火。以燒其身。地獄罪畢。當更畜生。若復爲人。閨門婬亂。（吳支謙譯・佛說八師經 p0965b）

（例 2）跋難陀言。汝常信樂勤於法緣。今日何故忽重俗事彼聞此語便作是念。正使彼罰要當付衣。然後乃去。即便料理與之。事畢星馳已逐稽後。（劉宋佛陀什共竺道生譯・彌沙塞部和醯五分律 p0028c）

（例 3）王忘道士，令餓六日，受罪六年，飢饉纔息。六日之後，王身供養故，今六年殃畢道成。（吳康僧會譯・六度集經 p0030b）

（例 4）龍大歡喜，亦七日不食，無飢渴念。七日畢，風雨止，佛禪覺悟，龍化爲梵志。（吳康僧會譯・六度集經 p0042b）

（例 5）舍利弗。若有菩薩摩訶薩。欲疾成無上正眞道最正覺者。當受是德號法經。當持諷誦。受持諷誦已。爲若干百若干千若干百千人解說之。便念如所說事。即得大智慧。其罪即畢。以得是大智慧。（東漢支婁迦讖譯・阿閦佛國經 p0763b）

（例 6）長者歡喜。修立精舍僧房坐具。眾嚴都畢。行詣樹王祠處。請佛及僧眾祐。受施止頓。（東漢曇果共康孟詳譯・中本起經 p0153b）

（例 7）釋有三城。征事未畢。王憶釋摩南殺身請眾命。爲之愴然。旋師罷軍。（吳康僧會譯・六度集經 p0031b）

（例 8）三界有形皆有憂惱。唯有信戒無放逸意。精進得道眾苦永畢。（西晉法立共法炬譯・法句譬喻經 p0599c）

（例 9）適說此言。眾罪悉畢得近此經。（西晉竺法護譯・佛說阿惟越致遮經 p0224b）

（例 10）以罪因緣。受此苦報。其罪未畢。故使不死。（姚秦佛陀耶舍共竺佛念譯・長阿含經 p0122a）

（例 11）佛言汝罪畢矣。今無他尤。觀之不可不愼哉。（東漢安玄譯・法鏡經 p0023a）

（例 12）諸欲天子，戒亦有盡。所以者何？功德畢故。（西晉竺法護譯・阿差末菩薩經 p0590c）

由上所舉例 1 至 12 來看，動詞「畢」都出現在「NP＋（Adv）＋畢」的語境裏。3、4 兩例，動詞「畢」與「成」、「止」相對。例 5 至 10，動詞「畢」之前有副詞「即」、「都」、「未」、「永」、「悉」修飾。例 11，謂語動詞「畢」之後，還可以接上表「已然」的句末語氣助詞「矣」。例 12「功德畢故」，「畢」字的語義已經由「完畢」進一步引申有「圓滿、完滿」的意思。

2、V＋畢

除了位於名詞組之後擔任謂語動詞的功能以外，完成動詞「畢」也可以直接位於另一動詞的後面，同樣表達「終了、完畢」的概念。例如：

（例 13）即便敕嚴車千乘。馬萬匹。從人七千。嚴畢升車。出宮趣城。（東漢曇果共康孟詳譯・中本起經 p0152a）

（例 14）闓士聞之大歡喜言。當隨天教。報言。莫失此教。言畢不復聞聲。隨是教則東行適無所念。（吳支謙譯・大明度經 p0504a）

（例 15）雀具知之。向王陳曰。受王生潤之恩。吾報濟一國之命。報畢乞退。（吳康僧會譯・六度集經 p0013b）

（例 16）時離垢藏菩薩大士問訊。問訊畢退在虛空結跏趺坐。與諸開士坐寶蓮華。（西晉竺法護譯・佛說普門品經 p0777c）

（例 17）時王復與六十女。衣彼著衣已。與眷屬俱。遶畢辭退。（東晉佛陀跋陀羅譯・大方廣佛華嚴經 p0745b）

（例 18）居士供施已訖。自行澡水。食畢攝缽。持一小床在佛前坐。（姚秦弗若多羅共鳩摩羅什譯・十誦律 T23n1435_p0192b07）

由上所舉例 13 至 18 來看，完成動詞「畢」位於另一動詞「嚴」、「言」、「報」、「問訊」、「遶」、「食」之後。就句法結構而言，一般都將此一結構中的「畢」視爲動詞補語，如吳福祥（1999）云：

> 鑒於“V＋完成動詞”中完成動詞的語義指向、虛化程度及其後來的演變，我們傾向於把這類“V＋完成動詞”看做動補結構的一種特殊形式。〔註 1〕

但就佛經經文的對比，可以發現「V 畢，VP」與「NP 畢，VP」結構之間有相互平行的對應關係，例如：

〔註 1〕 吳福祥〈試論現代漢語動補結構的來源〉，《語法化與漢語歷史語法研究》，頁 202，安徽教育出版社，合肥，2006。

（例 19）摩納受教稽首師足。至隨提國即詣佛所。揖讓畢退就坐靜心。熟視佛身相好不睹兩相。一廣長舌。二陰馬藏。（吳支謙譯・梵摩渝經 p0883c）

（例 20）蛇曰。吾名萇。若道士有患。願呼吾名必來報恩。辭畢各退。（吳康僧會譯・六度集經 p0028a）

（例 21）佛與千二百五十眾僧。往詣其舍。坐畢行水下食澡竟還於精舍。（西晉法立共法炬譯・法句譬喻經 p0580b）

（例 22）菩薩殯送慈惻哀慕。一國稱孝。喪畢修行馨熏十方。（吳康僧會譯・六度集經 p0026c）

（例 23）鱉辭曰。恩畢請退。答曰。吾獲如來無所著至眞正覺者。必當相度。鱉曰大善。鱉退蛇狐各去。（吳康僧會譯・六度集經 p0015b）

（例 24）死入地獄。獄中鬼神。拔出其舌。以牛犁之。洋銅灌口。求死不得。罪畢乃出。當爲畜生。（吳支謙譯・佛說八師經 p0965b）

（例 25）五百壽終墮地獄中。考掠萬毒罪滅復出。墮畜生中恒被撾杖五百餘世。罪畢爲人常嬰重病痛不離身。（西晉法立共法炬譯・法句譬喻經 p0591b）

上述例 19 至 21，「揖讓畢，退」、「辭畢各退」、「坐畢行水」屬「V＋畢，VP」結構，而例 22 至 25「喪畢修行」、「恩畢請退」、「罪畢乃出」、「罪畢爲人」則爲「NP＋畢，VP」結構，兩者之間在句法結構上互相平行、對應。在有些佛經例句裏，「V＋畢，VP」結構中的動詞「V」在上下文語境之中，還充當前面句子的「賓語」，如：

（例 26）佛時於作法縣求食。食畢出城坐樹下。（吳康僧會譯・六度集經 p0020a）

（例 27）時有梵志。執操清淨。閑居山林不豫流俗。唯德是務。夜渴行飲。誤得國人所種蓮華池水。飲畢意悟曰。彼買此池以華奉佛廟。水果自供。吾飲其水。不告其主。斯即盜矣。（吳康僧會譯・六度集經 p0030a）

例 26「佛時於作法縣求食」，「食」明顯處於「賓語」的位置，此時「食畢出城」

的「食」就可以有兩種不同的分析，一是將「食」視爲動詞，「食畢」意指「吃完」，「畢」屬補語性質；另一是將「食」視爲名詞主語，意指「飲食之事」，「畢」爲謂語動詞，「食畢」則指「飲食之事結束」的意思。例 27「夜渴行飲」、「飲畢意悟」的情形與例 26 相同，上一「飲」字屬賓語，下一「飲」字則可分析爲謂語動詞，亦可視爲主語。故佛經位於「V＋畢」結構中的「畢」，實際上可以有「謂語動詞」與「動詞補語」兩種分析方式，不能單純僅就完成動詞「畢」出現在另一動詞之後，就將其純然視爲「動詞補語」的性質。蔣紹愚（2004）即指出：

> 從理論上講，“動詞＋盡”可能是主謂結構，也可能是述補結構。在六朝文獻中的“V 盡”究竟是什麼結構，確實是要仔細分辨的。分辨的主要依據是：雖然形式上同是“V 盡”，但主謂結構的“V 盡”中的“V”是指稱，述補結構的“V 盡”中的“V”是陳述。〔註 2〕

蔣先生並舉《賢愚經》「復取一脅，皆復食盡」一例，說明「“食”前有副詞“復”，可見“食”不是指稱而是陳述，因此，這個“食盡”是述補結構而不是主謂結構。」〔註 3〕因此，利用副詞出現在句中的位置，可幫助我們判斷「V＋完成動詞」格式中「完成動詞」的語法屬性。如：

（例 28）釋聞聖趣。因卻叩頭曰。實無布施慈濟眾生。遠福受禍入太山獄者也。子德動乾坤。懼奪吾位。故示地獄以惑子志耳。愚欺聖人原其重尤。既悔過畢。稽首而退。（吳康僧會譯・六度集經 p0001b）

（例 29）年遂長大。勇健無雙。一人之力。敵於千夫。父母愛念。合國敬畏。後爲納娶。各已備畢。純是國中豪賢之女。（元魏慧覺等譯・賢愚經 p0400c）

例 28、29，「既悔過畢」與「各已備畢」兩句，副詞「既」、「已」出現在動詞「悔過」與「備」之前，此時動詞「悔過」與「備」，應屬陳述性質的用法，位於其後的完成動詞「畢」，即爲補語性質的語法成分。不過這樣的用例，在整個中古佛經裏僅有上述兩個例子，其餘大量的情況，則是若副詞出現在句中時，

〔註 2〕 蔣紹愚〈從“盡 V——V 盡”和“誤 V／錯 V——V 錯”看述補結構的形成〉，《語言暨語言學》5.3，頁 569，2004。

〔註 3〕 同上註，頁 570。

都是位於動詞「V」與「畢」字之間，例如：

（例 30）爾時羅睺。承佛威神入如意定。禮拜既畢遶佛七匝。即自化身作轉輪聖王。（東晉佛陀跋陀羅譯・佛說觀佛三昧海經 p0676b）

（例 31）爾時長者即以名膳奉授彌勒。彌勒受已。於長者前一念之須。忽然往彼恒沙佛所。供養周遍奉設既畢。還長者家。（劉宋功德直譯・菩薩念佛三昧經 p0804c）

（例 32）父母聞之。敕其婦言。汝可莊嚴。如吾子在家所好服飾。莊嚴既畢。父母將之。同詣彼林。（劉宋佛陀什共竺道生譯・彌沙塞部和醯五分律 p0003a）

（例 33）既到園中。太子獨自在於樹下。遙見一人。剃除鬚髮。著染色衣。來太子前而共言語。言語既畢。騰虛而去。竟亦不知何所論說。（劉宋求那跋陀羅譯・過去現在因果經 p0632a）

（例 34）云何名為如債有餘。善男子。譬如窮人負他錢財。雖償欲畢餘未畢故。猶繫在獄而不得脫。（北涼曇無讖譯・大般涅槃經 p0440b）

例 30 至 34，「禮拜既畢」、「奉設既畢」、「莊嚴既畢」、「言語既畢」、「償欲畢」等都是屬於「V＋Adv＋畢」的結構。就語法關係來說，「禮拜」、「奉設」、「莊嚴」、「言語」、「償」等動詞，都應該視為句子的主語，它們都具有「指稱」的功能，如例 32、33「莊嚴既畢」與「言語既畢」兩個例子，動詞「莊嚴」與「言語」分別指稱上文「汝可莊嚴」與「而共言語」這兩件事。「畢」字則屬謂語動詞，描述主語動作的狀態，故可加副詞修飾。

3、Subject＋V＋畢

「Subject＋V＋畢」結構的「畢」，與「V＋畢」結構，基本上是類似的句法形式，差別只在「V」之前是否有另一名詞性成分的主語出現。佛經裏屬於這類結構的例子如下：

（例 35）時獲度者難為籌算。儒童心喜。踊在虛空。去地七仞。自空來下。以髮布地。令佛踏之。世尊跨畢。告諸比丘。無踏斯土。（吳康僧會譯・六度集經 p0048b）

（例 36）佛至就座。即行澡水手自斟酌。佛飯食畢。於四道頭為王說法。觀

者無數。（西晉法立共法炬譯・法句譬喻經 p0582c）

（例 37）梵志言畢。尋逃遁走。出之他國。（西晉竺法護譯・生經 p0077a）

（例 38）濡首童眞諸菩薩眾悉俱就座。聲聞次之。王見濡首與諸菩薩聲聞坐畢。前自啓白。且待斯須增辦供具。（西晉竺法護譯・文殊師利普超三昧經 p0420b）

例 35 至 38，「世尊跨畢」、「佛飯食畢」、「梵志言畢」、「濡首與諸菩薩、聲聞坐畢」等都屬「Subject＋V＋畢」的結構。一般而言，由於句中已經出現主語，故「跨」、「飯食」、「言」、「坐」等語法成分，在句中可判斷屬「謂語動詞」的用法，此時出現在其後的完成動詞「畢」，即可分析爲補語性質的語法成分。不過，梅祖麟（1981）曾經指出，中古漢語句子擔任主語時，不必加入「之」字，產生仂語化的結構，〔註 4〕因此上述四個例子就可以有兩種不同句法結構的分析。以例 28「世尊跨畢」來說，它可以分析爲「世尊跨主＋畢謂」的語法關係，亦可以解釋爲「世尊主＋跨述＋畢補」的句法結構。

（例 39）敕廚饌具百味之飯。極令精好。鮮甘香潔。宮裏張施。繒綵幡蓋。雜寶床机。綩綖坐具。掃除繕治。香汁灑地。眾事辦畢。明日時至。王於正路。遙向世尊。燒香長跪。（乞伏秦聖堅譯・佛說除恐災患經 p0553a）

（例 40）有一辟支佛來就乞食。織師言。汝等但食以我分與。婦言。持我分與。兒乃至奴婢亦皆云爾。辟支佛言。汝等皆已捨分與我。善心爲畢。便可各分少許與我。使汝食不少。我亦得足。（劉宋佛陀什共竺道生譯・彌沙塞部和醯五分律 p0151a）

例 39、40，「眾事辦畢」與「善心爲畢」亦屬「Subject＋V＋畢」結構。與例 35 至 38 不同的是，「眾事」、「善心」的語義角色並非「施事者」，而是「受事者」。不過在句法結構的分析上，「辦畢」與「爲畢」的語法關係也有「連動結構」與「動補結構」兩種可能性，以例 39「眾事辦畢」來說，它可以是「眾事辦（而）畢」的結構，亦可以是「眾事主＋辦述＋畢補」。因此位於此一結構中的完成動詞「畢」，也兼具「謂語動詞」與「動詞補語」兩種可能的語法性質。

〔註 4〕梅祖麟〈現代漢語完成貌句式和詞尾的來源〉，《語言研究》第一冊，頁 70，1981。

（例 41）復次。阿難。佛教將畢。專念不亂。欲捨性命。則普地動。是爲七也。（姚秦佛陀耶舍共竺佛念譯・長阿含經 p0016a）

例 41「佛教將畢」，指佛教導之事將要完畢。從副詞「將」可出現在「Subject＋V」與「畢」之間，顯示「畢」在句中屬「謂語動詞」的用法。而在整個中古佛經裏，我們只發現如例 41，這種副詞位於「Subject＋V」與「畢」之間的用法，並沒有看到副詞介於「Subject」與「V 畢」之間的情形，這顯示完成動詞「畢」仍以「謂語動詞」爲主要的語法功能。

4、V＋Object＋畢

此類「畢」字位於「V＋Object」結構之後。吳福祥（1999）認爲這種「Vt＋O＋Vi」結構中，位於「Vi」位置的完成動詞，實際上屬謂語性質，因爲它的語義指向爲「Vt＋O」所表達某一事件的完成。〔註 5〕在佛經裏，「畢」字呈顯出這樣使用情形的用例如下：

（例 42）佛說明度無極時。在王舍雞山中眾弟子諸闓士中央坐佛年三十得佛。十二月十五日過食後說經畢。諸弟子闓士諸天質諒神龍鬼王人民皆大歡喜。前爲佛作禮而去。（吳支謙譯・大明度經 p0508b）

（例 43）諸清信士。及國人民無數。皆行詣佛。到已作禮畢。各一面坐。（吳支謙譯・佛說孛經抄 p0729b）

（例 44）女竊睹男。見其腰帶佩囊封之書。默解取還。省讀其辭。悵然而歎曰。斯何妖厲賊害仁子乃至斯乎。裂書更之。其辭曰。吾年西垂。重疾日困。彼梵志吾之親友也。厥女既賢且明。古今任爲兒匹。極具寶帛娉禮務好小禮大娉。納妻之日案斯敕矣。爲書畢開關復之。明晨進路。梵志眾儒靡不尋歎。（吳康僧會譯・六度集經 p0026b）

（例 45）譬如男子。端正殊妙顏貌潔白。淨水自洗。以栴檀香熏浴其體。著好衣畢。其人體色益自光耀。（西晉竺法護譯・佛說阿惟越致遮經 p0219a）

（例 46）又於四萬歲中不念餘事。但念五受陰虛妄空相。知是五受陰從顛倒

〔註 5〕吳福祥〈試論現代漢語動補結構的來源〉，《語法化與漢語歷史語法研究》，頁 178～204，安徽教育出版社，合肥，2006。

起。通達是五受陰相畢。其年壽常修梵行。命終即生兜率天上。（姚秦鳩摩羅什譯・持世經 p0651c）

例 42 至 46，「說經畢」、「作禮畢」、「爲書畢」、「著好衣畢」、「通達是五受陰相畢」都屬「V＋Object＋畢」結構。「畢」字在句中都可視爲「謂語動詞」的用法，表達其前「動賓詞組」所描述事件的完畢。因爲當副詞出現在句中時，它都只位在「V＋Object」與「畢」之間，如：

（例 47）帝心欣然。召太子曰。吾頭生白。白者無常之證信矣。不宜散念於無益之世。今立爾爲帝典四天下。臣民繫命于爾。爾其愍之。法若吾行。可免惡道。髮白棄國必作沙門。立子之教四等五戒十善爲先。明教適畢。即捐國土。（吳康僧會譯・六度集經 p0048c）〔註 6〕

（例 48）下錢女者。若人娶婦輸錢未畢。此女父母多索其錢。不能令滿。而不得婦。女亦不得更嫁。（東晉佛陀跋陀羅譯・摩訶僧祇律 p0273c）

（例 49）又如有人舉他財物而行治生。能得利息還本既畢。復有餘在。足以養活妻子。彼自念言。我先舉債以用治生。而得利息。既得還本。復有餘在。足養妻子。我今便得自在。不復畏人。（姚秦佛陀耶舍共竺佛念等譯・四分律 p0964b）

（例 50）又此人先世深種涅槃善根。小有謬錯故墮惡道中。償罪既畢涅槃善根熟故得成道果。（姚秦鳩摩羅什譯・大智度論 p0337a）

例 47 至 50，「明教適畢」、「輸錢未畢」、「還本既畢」、「償罪既畢」都屬「V＋Object＋Adv＋畢」的結構，從副詞「適」、「未」、「既」直接位於完成動詞「畢」的前面，說明「畢」字仍屬謂語動詞的性質。並且在《摩訶僧祇律》中，我們還找出下面這個例子：

（例 51）若比丘賣衣未取直。若錢直未畢。若還取衣者無罪。（東晉佛陀跋陀羅譯・摩訶僧祇律 p0319b）

例 51「錢直未畢」屬「NP＋Adv＋畢」的句式，把它與例 48「輸錢未畢」作比

〔註 6〕 此處將「明教」視爲動賓結構，主要著眼於前文有「立子之教」一句，「教」字顯然是一名詞中心語的用法。只不過「立子之教」指的是「太子之教」，而「明教適畢」就語義來看，則是指「帝之教」。

較，顯示名詞組「錢直」與動賓詞組「輸錢」功能相同，都是擔任句中的主語。

5、Subject＋V＋Object＋畢

「畢」字在佛經中，也可出現在「主動賓」具完的句子形式之後。根據佛經的用例，判斷此時「畢」，應屬「謂語動詞」的語法功能。例如：

（例 52）鹿愍之曰。人命難得而當殞乎。吾寧投危以濟彼矣。即泅趣之曰。爾勿恐也。援吾角騎吾背。今自相濟。人即如之。鹿出人畢。息微殆絕。人活甚喜。遶鹿三匝。叩頭陳曰。人道難遇。厥命惟重。大夫投危濟吾重命。恩喻二儀。終始弗忘。願爲奴使供給所乏。（吳康僧會譯・六度集經 p0033a）

（例 53）時彼仙人。見國王女。貪欲意起。不能從志。步行出宮。如是所爲。其音暢溢。莫不聞知。時無央數人。皆來集會。王行事畢。還入其宮。聞其仙人。失于無欲。墮恩愛中。失其神足。不能飛行。（西晉竺法護譯・生經 p0105b）

（例 54）時。王觀子相畢。便即還宮。（劉宋求那跋陀羅譯・雜阿含經 p0162c）

（例 55）諸弟子眾。供養火畢。而欲滅之。不能令滅。即向迦葉。具說此事。（劉宋求那跋陀羅譯・雜阿含經 p0646c）

（例 56）佛告諸比丘。爾時高行梵志。則吾身是也。五百弟子。今若曹是也。時諫師者舍利弗是也。吾種此栽。於今始畢。告諸比丘。各護心口。愼無放恣。（東漢曇果共康孟詳譯・中本起經 p0163b）

（例 57）釋心即懼曰。彼德巍巍必奪吾位。吾壞其志行即畢乎。便自變化爲老梵志。從王乞銀錢一千。（吳康僧會譯・六度集經 p0002c）

例 52 至 57，「畢」字出現在主、動、賓俱全的句子之後。就語義觀察，「畢」的語義指向，都是前面句子所表達事件的完成，是以整個句子（主＋動＋賓）做爲主語進行描述。就形式標記而言，例 56「吾種此栽，於今始畢」，與例 57「吾壞其志行即畢乎」，在主、動、賓俱全的句子與「畢」字之間，可加入修飾成分，說明「畢」字爲「謂語動詞」的性質。

（例 58）佛告阿難。聖王葬法。先以香湯洗浴其體。以新劫貝周遍纏身。以五百張疊次如纏之。內身金棺灌以麻油畢。舉金棺置於第二大鐵槨

中。栴檀香槨次重於外。（姚秦佛陀耶舍共竺佛念譯・長阿含經 p0020a）

例 58「畢」字描述「將身體放入金棺內，並灌入麻油」整套動作流程的結束，「畢」字此處仍擔任謂語動詞的用法。與例 52 至 57 不同的地方，在於這個例子的主語是由「內身金棺（動賓補）＋灌以麻油（動補）」結構所構成的句子所擔任。

6、畢＋NP

中古佛經裏，動詞「畢」後面也可以接上一名詞性成分，屬於及物動詞的用法，這樣的例子有：

（例 59）耆老斷當。地價已決。不應得悔。國政清平。祇不違法。即聽布錢。門裏不周。祇意喜曰。吾還得園矣。遣人催督須達自往。共詣園觀。所思未周。意憒不樂。祇曰。國賢若悔便止。答言不悔。思得伏藏畢地直耳。（東漢曇果共康孟詳譯・中本起經 p0156c）

（例 60）菩薩承事定光。至于泥曰。奉戒護法。壽終即生第一天上。爲四天王。畢天之壽。下生人間。作轉輪聖王飛行皇帝。七寶自至。（吳支謙譯・佛說太子瑞應本起經 p0473b）

（例 61）昔者菩薩與阿難俱畢罪爲龍。（吳康僧會譯・六度集經 p0027c）

（例 62）佛告諸比丘。兄者即吾身是也。常執貞淨。終不犯淫亂。畢宿餘殃墮獼猴中。（吳康僧會譯・六度集經 p0019c）

（例 63）答眾人言。吾事日月忠孝君父。畢命於此終不改志。（西晉法立共法炬譯・法句譬喻經 p0579a）

（例 64）佛告阿難。是恒加調弟。當來之世當作佛。號名金華如來無所著等正覺。畢女人身受男子形。後當生於妙樂佛國。於彼國修梵行。（西晉無羅叉等譯・放光般若經 p0093c）

（例 65）若有女人。聞此經法尋即受持。便於此世畢女形壽。後得男子。（西晉竺法護譯・正法華經 p0126c）

（例 66）是女人畢是女身受男子形。當生阿閦佛阿鞞羅提國土。（姚秦鳩摩羅什譯・摩訶般若波羅蜜經 p0349c）

（例 67）畢其形壽。上生梵天。（乞伏秦聖堅譯・佛說除恐災患經 p0554a）

例 59 出自東漢曇果、康孟詳所譯之《中本起經》。在這一段內容底下，有「祇心惟佛，必是至尊，能使斯人，竭財不恨，可戴可仰，神妙如茲。便謂須達：『勿復足錢，餘地貿樹，共立精舍』」之文，意指祇氏心想佛乃至尊，能讓眾人爲其窮盡財產而不怨恨，令人景仰，因此祇氏告訴須達，不須再去湊足不足之數，空下沒有填滿金幣的地方，就種滿樹木，並建立精舍。因此就上下文文意觀之，「思得伏藏畢地直耳」，乃須達希望想辦法獲得「伏藏」，以完成「地直」所須的數目。故「畢地直耳」的內部結構，乃屬「動賓結構」的語法關係。

例 60「畢天之壽，下生人間」，指在第一天上的壽命終了以後，下生至人間。例 61「畢罪爲龍」，指罪業完畢之後化而爲龍。例 62「畢宿餘殃，墮獼猴中」，指宿命餘殃完畢以後，轉世爲獼猴。例 63「畢命於此終不改志」，指即使在此性命終了，也不改變志向，例 64、65、66 都指女人身之形壽終了、完畢以後，轉世生爲男子。例 67 指身形壽命終了以後，上生至梵天之中。這些例子說明在佛經當中，表「終了、完畢」意義的「畢」，也有及物動詞的用法。

（例 68）以究竟行不中取證畢眾祐德。是曰精進。（西晉竺法護譯・賢劫經 p0044a）

例 68「畢眾祐德」，指達成、完滿眾祐之德，「畢」字已由「終了、完畢」，進一步引申有完成、圓滿之義。

7、畢＋V＋NP

表「終了、完畢」義的動詞「畢」，亦可與另一動詞連用，構成連動結構，其後再接上另一名詞性賓語，例如：

（例 69）世尊。如佛所說滅業障罪。云何滅業障罪。佛告文殊師利。若菩薩見一切法性無業無報。則能畢滅業障之罪。（姚秦鳩摩羅什譯・諸法無行經 p0753b）

例 69「則能畢滅業障之罪」，「畢滅」當屬連動結構，其後接賓語「業障之罪」。因爲就上下文意來看，「畢滅業障之罪」即在表達上文「滅業障罪」的意思。同樣在鳩摩羅什所譯同一部經典裏，還有以下這個例子：

（例 70）世尊。我畢是業障罪已聞是偈因緣故。在所生處利根智慧得深法忍

得決定忍巧說深法。（姚秦鳩摩羅什譯・諸法無行經 T15n0650_p0761a24）

例 70「我畢是業障罪已」，與例 69「畢滅業障之罪」、「滅業障罪」兩相對照，可證例 69「畢滅」爲一連動結構用法。

（例 71）舍利弗白佛言。云何菩薩畢報施恩。佛告舍利弗。菩薩不報施福。何以故。本已報故。（西晉無羅叉等譯・放光般若經 p0005c）

（例 72）行者思惟。現在未來大人行慈利益一切。我亦被蒙是我良祐。我當行慈畢報施恩。（姚秦鳩摩羅什譯・坐禪三昧經 p0282b）

例 71「云何菩薩畢報施恩」，與例 72「我當行慈，畢報施恩」，「畢報施恩」的內部結構可分析爲「畢報（連動結構）＋施恩賓」，也可以分析爲「畢副＋報動＋施恩賓」。而在《放光般若經》當中，還有以下一個例子：

（例 73）須菩提言。世尊。若化所作如來所作無有差別者。所作功德云何畢施之恩。若供養化佛供養如來。彼供養者至般泥洹其福盡滅不。（西晉無羅叉等譯・放光般若經 p0113b）

例 73「畢施之恩」，與例 71「畢報施恩」相對，「施恩」即「施之恩」，皆爲賓語。而「畢施之恩」，「畢」字單用，顯見「畢」字不是副詞的用法。另外，在竺法護與鳩摩羅什的譯經中，也有下面這兩個例子：

（例 74）天子復問。文殊師利。意不妄信菩薩。云何報畢信施之恩。文殊師利答言。天子。意不妄信者。是名曰眼見了一切諸法。不隨他人教有所信從也。意不妄信者。不復報信施之恩。何以故。從本已來悉清淨故。（西晉竺法護譯・佛說須眞天子經 p0105b）

（例 75）須菩提。是諸善男子雖未作佛。能爲一切眾生作大福田。於阿耨多羅三藐三菩提亦不轉。所受供養衣服飲食臥具床敷疾藥資生所須。行應般若波羅蜜。念能畢報施主之恩。疾近薩婆若。（姚秦鳩摩羅什譯・大智度論 T25n1509_p0599b27）

例 74「報畢信施之恩」，與例 75「畢報施主之恩」相對照，顯示「畢報」的詞序可以顚倒爲「報畢」的形式，這也顯示「畢報」應是「連動結構」的用法。不過例 75 的「畢」字在「正倉院聖語藏本」中作「必」，如此則「畢報」亦有可能是「副詞＋動詞」的結構。由於將「畢」視爲動詞用法，較能涵蓋對「畢報施恩」、「畢施之恩」、「報畢信施之恩」這幾個例子的解釋，因此我們傾向於把「畢報」視爲連動結構。

（例 76）昔有兔王。遊在山中。與群輩俱。飢食果蓏。渴飲泉水。行四等心。慈悲喜護。教諸眷屬。悉令仁和。勿爲眾惡。畢脫此身。得爲人形。可受道教。（西晉竺法護譯・生經 p0094b）

（例 77）譬如賈客遠行治生。得度厄道多獲財利。還歸到家心悅無量。又如田家犁不失時。風雨復節多收五穀。藏著篅中意甚歡喜。如困病得愈得畢償債。中心踊躍亦復如是。（西晉竺法護譯・修行道地經 p0186a）

（例 78）又族姓子。行權闓士。何謂退還。以權方便而以施與。縱隨惡友爲之所拘。畢償罪者自觀念言。陰種諸入得無不滅。當除斯患乃至無爲。（西晉竺法護譯・慧上菩薩問大善權經 p0156c）

例 76、77、78「畢脫此身」、「畢償債」、「畢償罪」也可以有兩種分析方式。第一種是將「畢」視爲動詞，與「脫」、「償」等構成連動結構；第二種是將「畢」視爲副詞修飾成分，修飾其後的動詞「脫」與「償」。而從上文例 61「畢罪爲龍」與 64「畢女人身受男子形」的例句顯示，佛經中「畢」有接賓語「罪」、「女人身」的用例。這與此處例 76「畢脫此身」、例 78「畢償罪」的賓語相同。因此我們也傾向於將這幾個例子視爲「雙動共賓」的結構。它們實際上是「畢此身＋脫此身」與「畢罪＋償罪」的縮略。

（例 79）佛言善哉。世尊信汝此十威力。能辦此舉。舍夷貴戚。宿世殃罪。孰堪畢償而代受者。（西晉竺法護譯・佛說琉璃王經 p0784b）

例 79「孰堪畢償而代受者」，可視爲「孰堪畢償（之）而代受（之）者」省略賓語代詞「之」的用法，因此仍屬於「畢＋V＋NP」的類別。

8、「畢」字單用

除了上述幾種情形之外，表「終了、完畢」的「畢」還可以單獨成句，擔任謂語動詞的用法。例如：

（例 80）普慈闓士及諸女聞之大喜。俱以雜香金縷織成雜衣有散上作幡蓜壁敷地者。畢俱至法來闓士高座會所相去不遠。遙見在高座上。爲人幼少顏貌端正光燿徹射爲巨億万人說明度。與法來相見。持雜種香若干寶衣以上師矣。作禮繞八百匝。(吳支謙譯・大明度經 p0505b)

例 80 應讀爲「普慈闓士及諸女聞之大喜，俱以雜香、金縷織成雜衣，有散上、作幡、髦壁、敷地者，畢，俱至法來闓士高座會所，相去不遠，遙見在高座上。」，「畢」字單用，表示其前「俱以雜香、金縷織成雜衣，有散上、作幡、髦壁、敷地者」諸事完畢，於是都前往「法來闓士」高座所在之會所。這一語境中的「畢」只能是主要「謂語動詞」的性質。

(例 81) 佛告阿難。於汝意云何。汝爲尊重愛敬如來不。阿難對曰。唯然世尊。愛敬如來。如來自知。佛語阿難。汝實愛敬於如來。阿難。汝前後侍我以來。汝身口意常有善慈。今吾年以老矣。弟子所應供養者。汝以爲畢不爲不畢。從今以往當恭敬承事般若波羅蜜。(西晉無羅叉等譯・放光般若經 p0146c)

例 81 從上文佛問阿難「汝爲尊重愛敬如來不？」與阿難回答「唯然世尊。愛敬如來。如來自知」的對話模式，可以推知「汝以爲畢不爲不畢」一句，當讀爲「汝以爲畢不？(此爲佛問阿難之語) 爲不畢。(此爲阿難答佛之語)」「畢」字於句中擔任主要動詞，故其前後可分別接上否定副詞與表疑問之否定詞「不」。

3.2　「畢」之其他語法功能

「畢」字在佛經裏除了具有動詞性，表達「終了、完畢」的意義以外，它還有如下幾種用法：

1、畢＋NP

此一結構中的「畢」位於名詞組之前，表面上與前面所舉「畢＋NP」一類的結構相同，但就語法關係而言，此處的「畢」與其後的名詞組，所構成的是「定中結構」的語法關係，例如：

(例 82) 天龍善神無不助喜。如維藍惠以濟凡庶。畢其壽命無日疲懈。(吳康僧會譯・六度集經 p0012b)

例 82 從「無日疲懈」一句，可知「畢其壽命」猶如今日所謂「終其一生」的意思，「畢」之語義不單純只表示「結束」，而是含有完整的生命過程，帶有「全部」的意思。

（例 83）摩納曰。瞿曇景式容儀若茲。余之所陳猶以一渧添于巨海。非眾聖心想擬可知。非諸天所能逮畢天地之所能論。巍巍乎其無上。洋洋乎其無崖。非測非度。難可具陳矣。（吳支謙譯・梵摩渝經 p0884c）

例 83「畢天地」與「眾聖」、「諸天」對文，可知「畢」之語義已經虛化，由原本「結束、終了」，引申出「全部」的意思。此時「畢天地」的語法關係已不再是「動賓結構」，而是構成「定中結構」之修飾與被修飾的關係。

2、畢＋V

這一個類別的「畢＋V」結構，後面不再接上名詞賓語，「畢」字在句中所擔任的語法功能，屬修飾性的語法成分，其例子如下：

（例 84）便告鸚鵡。汝行白佛。鸚鵡受敕。飛出其家。諸長者子輩。舉弓射之。奉使請佛。威神所接。箭化作華。便詣佛所。飛住虛空。白佛言。眾嚴畢辦。唯願枉尊。（東漢曇果共康孟詳譯・中本起經 T04n0196_p0162a07）

（例 85）顓愚之人。從心所好。苟見邪婬。投身愛獄。貪於生死。不知為生死之所惱。自謂無憂。高勝無上。虛天邪步廣視裂目。不知天地日月之表。而可進退求生之術。但欲紜紜。競稱尊貴。貪慕榮名。憍豪自恣。欲令眾人為己歸伏。威加天地。令人畏之。望於敬事。自以畢足於當世也。（西晉竺法護譯・佛說四自侵經 p0539a）

（例 86）而於本際不為動搖。入於無本。處于三世而無所處。無我無人無壽無命。無音無聲等諸文字。義無所獲。無有財業。無所畢置。得諸所盡。一切所行無有眾念。離一切想。皆悉斷於放逸之事。（西晉竺法護譯・佛說無言童子經 p0527a）

例 84、85、86 三個例子中的「畢」字，可以有兩種分析方式，第一種是將「畢」字視為動詞，而與其後的動詞形成連動結構。如「眾嚴畢辦」，「畢辦」指「完畢辦妥」之義，「自以畢足於當世」「畢足」指「完畢充足」之義，「無所畢置」「畢置」指「完置」之義。第二種則是以「畢」為副詞用法，語義為「都、皆」

的意思。「眾嚴畢辦」指各種整頓之事都辦完了。「畢足於當世」指「皆滿足於當世」。「無所畢置」指沒有辦法都得到安置。而就「眾嚴畢辦」以及「無所畢置」下文「無有眾念」當中「眾」與「畢」相對的句式來看，以第二種分析較爲恰當。

（例 87）我等仁者當以此法教授餘人如我無異。悉得解脫畢無所著。（姚秦竺佛念譯・菩薩瓔珞經 p0080a）

（例 88）痛想行識亦復如是。若復菩薩見前眾生。興起十八陰衰之毒。嬈固人心致令有礙不獲彼岸。漸以善權和順將護。要設權便畢使成就不使墮落。（姚秦竺佛念譯・最勝問菩薩十住除垢斷結經 p0988c）

例 87「畢無所著」意指「都無所著」。例 88「要設權便，畢使成就，不使墮落」，「畢使」與「不使」相對，「畢」與「不」皆屬副詞修飾語用法，修飾其後的使役動詞。「畢使成就」爲「都使之成就」的意思。

（例 89）譬如熱時清涼滿月無不樂仰。亦如大會告集。伎樂餚饌無不畢備。（姚秦鳩摩羅什譯・大智度論 p0487c）

例 89「無不畢備」與前文「無不樂仰」句式相對，「畢」與「樂」皆爲修飾動詞「仰」與「備」的語法成分。「畢備」指「皆備」之意。

（例 90）即召相師。令占相之。相師披看。歎言奇哉。相好畢滿。功德殊備。（元魏慧覺等譯・賢愚經 p0432b）

例 90「相好畢滿」與「功德殊備」對文，「畢」與「殊」相對，顯示「畢」爲總括副詞修飾其後的形容詞「滿」，語義爲「都、皆」的意思。

（例 91）神通已爲達　其慧無罣礙　辯智常如此　本願畢清淨（西晉竺法護譯・佛說須眞天子經 p0099b）

（例 92）一切法不生　餘見說不成　諸法畢不生　因緣不能成　一切法不生　莫建如是法（元魏菩提留支譯・入楞伽經 p0546a）

例 91「本願畢清淨」，「清淨」爲形容詞用法，因此「畢」字應爲修飾「清淨」的副詞成分，語義上可解釋爲「皆清淨」，也可解釋爲「畢竟清淨」。「畢」字擔任副詞修飾成分的性質，也可以從整段文句中「畢」與「已」、「常」等副詞相對應而加以確定。例 92「諸法畢不生」與「一切法不生」相對，「諸法」即「一切法」，謂語「不生」相同，因此「畢」字應視爲副詞修飾語的性質。就語義而言，此例可以理解爲「諸法皆不生」，亦可解讀爲「諸法終不生」。

（例 93）佛告阿難。善男子善女人。來在此會。後世必值得是經卷。假使差跌在大海中。應得是經畢當聞之。（西晉竺法護譯・佛說阿惟越致遮經 p0225b）

（例 94）譬如男女之會同久久。畢致懷妊。以成就胞胎。而滿十月。便生完具。（西晉竺法護譯・佛說等目菩薩經 p0584b）

（例 95）或有眾生共生國中。然邪見倒見。邪見倒見果報純熟故。畢生地獄。是名第六難處妨修梵行。（姚秦曇摩耶舍共曇摩崛多等譯・舍利弗阿毘曇論 p0654c）

（例 96）何以故。福報人天之中。恣意受樂。無窮無盡。畢成佛道。所以者何。由出家法。滅魔眷屬。增益佛種。摧滅惡法。長養善法。滅除罪垢。興無上福業。（元魏慧覺等譯・賢愚經 p0376b）

（例 97）命終之後。生於天宮。人王亦復修奉齋法。壽盡生天。共同一處。昨夜俱來。諮稟法化。應時尋得須陀洹果。永息三塗。遊人天道。從是已往。畢得涅槃。（元魏慧覺等譯・賢愚經 T04n0202_p0354a14）

例 93「畢當聞之」，「畢」位於助動詞「當」之前，屬副詞用法，意指「終當聞之」。例 94「畢致懷妊」就上下文語義觀察，意指「終致懷孕」，此時「畢」字亦充當副詞修飾成分。例 95「畢生地獄」、96「畢成佛道」、97「畢得涅槃」句式相同，「畢」字也都有「終了、最終」的意思，屬修飾成分。例 95 指「最終生地獄之中」，例 96 指「最終能成佛道」，例 97 則指「最終能得涅槃」。

而從例 84 至 97 的例子來看，「畢」字當副詞修飾語主要有「最終」與「都、皆」兩種概念意義。

3.3 小　結

綜合上述的討論，「畢」字在本文所檢視的中古佛經裏的使用狀況，大致上可以從它在佛經裏所具有的「語法功能」、「歷時演變」以及「動詞搭配」的使用情形等三個方面加以說明。

1、語法功能

綜合觀察、歸納「畢」字在佛經裏的語法功能，主要是具有「動詞」與「副詞」兩種詞性。動詞「畢」又具有及物動詞與不及物動詞兩種用法，所表達的語義都爲「終了、完畢」的意思，少數例句則由於上下文語境的影響，引申出有「圓滿、完滿」之意。副詞「畢」則可以表達「最終」的概念，亦可表達「皆、全」的意思。

就語法結構來說，不及物的完成動詞「畢」可以位於「NP＋畢」、「(Subject) V＋畢」、「(Subject) ＋V＋Object＋畢」及「單獨成句」等幾種句法結構中。這些結構裏的「畢」字，都具有「謂語動詞」的語法功能。而在整個中古時期的佛經裏，可確認具有「動詞補語」功能的完成動詞「畢」，僅有二個例子，這兩個例子爲：

> 釋聞聖趣。因卻叩頭曰。實無布施慈濟眾生。遠福受禍入太山獄者也。子德動乾坤。懼奪吾位。故示地獄以惑子志耳。愚欺聖人原其重尤。既悔過畢。稽首而退。(吳康僧會譯・六度集經 p0001b)

> 年遂長大。勇健無雙。一人之力。敵於千夫。父母愛念。合國敬畏。後爲納娶。各已備畢。純是國中豪賢之女。(元魏慧覺等譯・賢愚經 p0400c)

及物動詞「畢」可直接接上賓語名詞，亦可與另一及物動詞構成連動結構，其後再接名詞賓語。在句中亦屬「謂語動詞」。副詞「畢」則主要位於動詞之前擔任狀語的語法功能。

2、歷時演變

就歷時的角度觀察，完成動詞「畢」的語法功能在「古譯時期」、「舊譯時代前期」與「舊譯時代後期」三個階段，都屬於「謂語動詞」的用法，並沒有呈顯出明確朝向「動詞補語」虛化的趨勢。

就所處句法結構的情形來說，大體「畢」字在「古譯時期」與「舊譯時代前期」二個階段的使用情形是相同的，但是到了「舊譯時代後期」，「畢」字的動詞用法明顯減少。這應該是受到複合詞「畢竟」使用的影響。

「畢」在舊譯時代後期的佛經裏總共出現了 714 次，其中屬於完成動詞「畢」的，只出現了 9 次，在這 9 次裏，「NP＋畢」結構的用法 1 次、「V＋Object＋

畢」結構用法 6 次、「V＋畢」用法 1 次、「畢＋NP」用法 1 次。這些例子裏的完成動詞「畢」也都屬於「謂語動詞」的語法性質。除了這 9 次以外，其他大都是以「畢竟」的複合詞形式出現。

「畢竟」一詞在古譯時期共出現 33 次，約佔「畢」字總數的 10.1%，舊譯時代前期共出現 1708 次，約佔總數的 69.6%，舊譯時代後期共使用了 644 次，約佔 90.1%的比例，這顯示「畢竟」的使用有愈來愈多的趨勢，因而使得完成動詞「畢」，在舊譯時代後期裏逐漸從翻譯佛經的詞彙體系當中退場。

3、動詞搭配

如果就「畢」字在完成貌句式裏搭配的動詞狀況來看，出現在「畢」字之前的動詞可歸納如下表：

表 3.3-1　「畢」之動詞配合表〔註7〕

結　構	音　節	搭　配　動　詞
V＋畢	單音節	禮、嚴、變、言、說、辭、誓、食、飲、飯、繞／遶、報（報答）、過（通過）、跨、坐、澡、爲（做）、償、受、教、辦
	雙音節	澡浴、洗浴、澡漱、揖讓、稽首、禮拜、食飲、飯食、悔過、問訊、奉設、化緣、供養、莊嚴、債索、言語、聚會、葬送、修敬、禮敬、謁拜
V＋Object＋畢	單音節	種（栽種）、行、說、作、受、爲、著、償、還、輸（輸送）、敷、乞、洗、觀、造、親（親情）、明（說明）
	雙音節	通達、敬禮、供養
其　他		作禮問訊、食果飲、鹿出人、稽首禮、澡漱洗缽、澡缽洗嗽、洗缽澡漱、內身金棺灌以麻油

整體來看，表內的動詞不管是「單音節形式」或「雙音節形式」，都屬於動作行爲動詞，就時間系統的表達而言，都具有「持續性」的特色。因此位於其後的完成動詞「畢」，所表達的都是此一持續性動作行爲的「終了、完畢」的概念。

〔註7〕按：本表根據中古佛經「畢」字出現在「（Subject）＋V＋（Object）＋畢」結構的使用情形歸納而成。表內「搭配動詞」一欄，爲出現在「（Subject）＋V＋（Object）＋畢」結構裏「V」位置的動詞。動詞後「下標」的部分乃注明此一動詞在句中所表達的意義。「其他」一項，則爲整個位於動詞「畢」之前的並列詞組或句子。

第四章　中古佛經「訖」之語法功能與演變

在第三章裏，我們已就「畢」字在佛經裏的使用情形進行分析。本章則是針對「訖」字的用例，作語法結構的歸納與描寫，重點同樣放在「訖」字與其他語法成分之間的語法關係，以及它的語義內涵。在歷時演變方面，原則上仍區分爲「古譯時期」、「舊譯時代之前期」、「舊譯時代之後期」三個階段進行觀察。

4.1　完成動詞「訖」

《玉篇・言部》:「訖，居迄切，畢也，止也」，可知「訖」字在中古時期也有「終了、完畢」的意義，屬完成動詞的一員。在佛經裏，完成動詞「訖」主要出現在底下幾種句法結構當中：

1、NP+（Adv）+訖

表達「終了、完畢」的「訖」字可位於名詞詞組之後，擔任「謂語動詞」的語法功能，其例句如：

（例 1）王國有事。急召須達。赴行應會。事訖馳還。奉齋盡恭。（東漢曇果共康孟詳譯・中本起經 p0156c）

（例 2）福盡受罪。殃訖受福。無遠不如。（吳康僧會譯・六度集經 p0039b）

（例 3）爾時世尊於日前分。著衣持缽入舍衛大國而行乞食。於其國中次第行乞。還至本處飯食事訖。於中後時。收衣缽洗足已。如常敷座加

趺安坐。（陳眞諦譯・金剛般若波羅蜜經 p0762a）

（例 4）飯事既訖。阿闍世則取一机坐文殊師利。前自白言。願解我狐疑。（東漢支婁迦讖譯・佛說阿闍世王經 p0400b）

（例 5）處山舉手椎心哀號而云……哀聲適訖。天神下曰。明士乃爾。莫復哀號。佛有大法。名明度無極之明。（吳康僧會譯・六度集經 p0043a）

（例 6）比丘再從坐起。偏袒著衣。叉手向佛。白曰。世尊。初夜已過。中夜將訖。佛及比丘眾集坐來久。唯願世尊說從解脫。（東晉僧伽提婆譯・中阿含經 p0478b）

（例 7）問曰。若二俱緣不轉二俱不合此終當云何生。答曰。彼眾生緣行故。父所營事未訖市肆未成便有還心。（苻秦僧伽跋澄譯・鞞婆沙論 p0518b）

（例 8）善哉大德。唯願垂哀悲心念我。如應說法。令我長夜得大利益安隱快樂。此語未訖。時憍薩羅。波斯匿王。聞婆羅門摩那婆語。速疾急到。（元魏瞿曇般若流支譯・得無垢女經 p0099c）

例 1 至 8，「訖」字出現在「NP＋（Adv）＋訖」的結構裏，「訖」字擔任主要「謂語動詞」的功能，故其前可插入「既」、「適」、「未」等副詞狀語，修飾其動作之狀態。就整個語法環境觀察，「訖」皆有「終了、完畢」的意思。

（例 9）於是比丘將此長者共量佛地。繩未到地比丘便得阿羅漢果。使捉一籌著於窟中。雖得羅漢所營塔寺盡使都訖。（西晉安法欽譯・阿育王傳 p0123a）

例 9「所營塔寺盡使都訖」應是「所營塔寺盡使（之）都訖」省略賓語代詞「之」的句子，副詞「都」出現在「訖」之前，表明「訖」爲「謂語動詞」的成分，省略的代詞「之」則爲其主語，因此仍屬「NP＋訖」的結構。

2、V＋訖

動詞「訖」亦可位於另一動詞之後，構成「V＋訖」結構。此時「訖」字在句中的語法功能有「謂語動詞」與「動詞補語」兩種可能。下面就其具體出現在佛經經文裏的例句加以討論。

（例 10）該容有長老青衣。名曰度勝。恒行市香。因歸問訊。路由精舍。每過修敬。減省香錢。合集寄聚。便行飯佛及比丘僧。佛爲說法。書心不忘。施訖還宮。過肆取香。因此功福。（東漢曇果共康孟詳譯・中本起經 p0157b）

（例 11）諸菩薩阿羅漢皆食。食亦不多亦不少悉平等。亦不言美惡。亦不以美故喜。食訖諸飯具鉢机座。皆自然化去。欲食時乃復化生耳。（吳支謙譯・佛說阿彌陀三耶三佛薩樓佛檀過度人道經 p0307a）

（例 12）於是徑前爲佛作禮。佛命就座坐訖尼犍問佛言。何謂爲道。何謂爲智。……若能解答願爲弟子。（西晉法立共法炬譯・法句譬喻經 p0597a）

（例 13）焰花學志與五親友五百弟子。至池水側浴訖出水。乘馬車侶五親友。從弟子遊行講經。（西晉竺法護譯・慧上菩薩問大善權經 p0162b）

（例 14）船主即許便喚大德上船。彼至河中。比丘捉杖便打彼船主罵言。弊惡人敢毀辱沙門釋子。罵訖傷打船主手臂腳。（東晉佛陀跋陀羅譯・摩訶僧祇律 p0246c）

例 10 至 14 都是屬於「V 訖，VP」的結構。在第三章裏，我們已經說明「V＋完成動詞」格式，在理論上可以有「主謂結構」與「動補結構」兩種內部結構的分析方式，因此上述例句的完成動詞「訖」，在句中的語法功能就有「謂語動詞」與「動詞補語」兩種可能。如例 14「罵訖」，動詞「罵」如果是指稱性質（指稱上文「罵言：『弊惡人敢毀辱沙門釋子』」一事），則完成動詞「訖」即爲「謂語動詞」的性質，描述此一事件的結束；如果「罵」是陳述性質（陳述「罵」的動作），則「訖」爲動作動詞「罵」的補語，補充說明動作「罵」的終了。而當句中有副詞成分出現時，則可幫助我們判斷「V＋訖」結構中「訖」字的語法性質，例如：

（例 15）布施已訖。僧爲咒願。受咒願竟。於菩提樹四邊縛格。（西晉安法欽譯・阿育王傳 T50n2042_p0105c20）

（例 16）葬埋已訖。各自還歸。亦不能救。身獨自當之。棄捐在地。（西晉竺法護譯・生經 T03n0154_p0083a08）

（例 17）智積菩薩言。我見釋迦如來。於無量劫難行苦行。積功累德求菩提道。未曾止息。觀三千大千世界。乃至無有如芥子許非是菩薩捨身命處。為眾生故。然後乃得成菩提道。不信此女於須臾頃便成正覺。言論未訖。時龍王女忽現於前。頭面禮敬卻住一面。（姚秦鳩摩羅什譯．妙法蓮華經 p0035b）

（例 18）時迦利王將諸婇女入林遊戲。飲食既訖王小睡息。諸婇女輩遊花林間。見此仙人加敬禮拜在一面立。（姚秦鳩摩羅什譯．大智度論 p0166c）

（例 19）天帝釋及諸天眾。合掌恭敬。禮如來影。深生信敬。禮拜既訖。以偈讚佛。（元魏瞿曇般若流支譯．正法念處經 p0179c）

以上所舉例 15 至 19，在「V＋訖」結構之間都有副詞「已」、「既」、「未」位於動詞「訖」之前，這顯示「訖」字在「V＋訖」結構裏，仍具有「謂語動詞」的功能，因此前面可以直接加上副詞修飾。不過在佛經裏，也可以發現副詞位於整個「V＋訖」結構之前，形成「Adv＋V＋訖」結構的用法，此時「V＋訖」格式中的動詞「V」則不再具有指稱的性質，因此不可能是「主謂結構」的語法關係。但是，位於副詞之後的「V＋訖」形式，同樣具有「連動結構」與「動補結構」兩種可能。例如《管子．牧民》有「四維不張，國乃滅亡」一句，「滅亡」即屬「連動結構」的用法，因為動詞「滅」與「亡」的語義指向同為其前主語「國」，因此「國乃滅亡」可分析為「國乃滅＋國乃亡」或「國乃滅而亡」的意思。中古佛經裏的「Adv＋V＋訖」結構也有同樣的情形，例如：

（例 20）應儀道不動成就。不當於中住。何以故。應儀道成已便盡於滅度中而滅訖。緣一覺道不動成就。不當於中住。何以故。不能逮佛道便滅訖。是故不當於中住。如來無所著正眞道最正覺用無量人故作功德。我皆當令滅訖正於佛中住。佛所作皆究竟已乃滅訖。亦不當於中住。（吳支謙譯．大明度經 p0482b）

例 20「（佛）便滅訖」、「（佛）乃滅訖」，動詞「滅」與「訖」的語義指向同為其前主語「佛」，因此「滅訖」為「連動結構」的用法，可解釋為「（佛）乃滅而訖」的意思。

（例 21）世尊告曰。目揵連。若有正說漸次第作。乃至成訖。目揵連。我法．律中謂正說。所以者何。目揵連。我於此法．律漸次第作至成就訖。

（東晉僧伽提婆譯・中阿含經 p0652a）

例 21「成訖」、「成就訖」也可以分析爲並列的「連動結構」，因爲在《中阿含經》有底下這個例子：

（例 22）復次。尊師阿蘭那爲弟子說法。摩納摩。猶如機織。隨其行緯。近成近訖。如是。摩納磨。人命如機織訖。甚爲難得。至少少味。大苦災患。災患甚多。（東晉僧伽提婆譯・中阿含經 p0683c）

例 22「近成近訖」顯示「成訖」中間可插入其他的語法成分，並且兩者語義相同，故當「成訖」連文時，屬並列的連動結構。

（例 23）若作寶塔及作寶像。作訖當以種種幡蓋香花奉上。若無眞寶力不能辦。次以土木而造成之。成訖亦當幡蓋香花種種伎樂而供養之。（北涼曇無讖譯・優婆塞戒經 T24n1488_p1052a03）

例 23「成訖，亦當幡蓋香花種種伎樂而供養之」，就語義指向觀察，動詞「成」與「訖」同指前文所說的「寶塔」、「寶像」，因此亦可分析爲「連動結構」的用法。不過中古佛經從西晉時期開始，「Adv＋V＋訖」結構中的「V＋訖」形式已經出現了「動補結構」的用法，如：

（例 24）王曰蒙祐。退坐一面。群臣百官稽首遷坐一面。前者作禮。中者低頭。後者叉手。皆卻坐訖。王及臣民睹優爲迦葉。在山學仙耆舊來久。怪之佛邊。（西晉竺法護譯・普曜經 p0532c）

例 24「皆卻坐訖」一句，「卻坐」即爲「連動結構」的形式，並且從上下文的語義觀之，動詞「訖」在這個例子中的語義指向只能是動詞「卻坐」，而不是「群臣百官」，因此位於「卻坐」之後的完成動詞「訖」，在句中即是擔任「動詞補語」的功能，補充說明動作「卻坐」的終了。由於「訖」字仍具有「終了、完畢」的詞彙意義，故屬「結果補語」的用法。此一「結果補語」的用法，在西晉時期以後仍持續出現在翻譯佛經的經文裏，例如：

（例 25）釋迦牟尼佛初轉法輪。度阿若憍陳如。最後說法度須跋陀羅。所應度者皆已度訖。於娑羅雙樹間將入涅槃。（姚秦鳩摩羅什譯・佛垂般涅槃略說教誡經 p1110c）

（例 26）屋師言。先已得者先已作訖。若欲更作者價三倍於先。（東晉佛陀

跋陀羅譯・摩訶僧祇律 p0345b）

（例 27）譬如商主遠遊道路。所應作者皆已作訖。阿難。於意云何。而彼商主。爲當還家爲在道住。（高齊那連提耶舍譯・大悲經 p0965a）

例 25、26、27「皆已度訖」、「先已作訖」、「皆已作訖」，從上下文語境的語義來看，完成動詞「訖」的語義指向都是前面的動詞「度」與「作」，其功能在補充說明動作「度」、「作」的終了，因此都屬於「結果補語」的語法性質。

3、Subject＋V＋訖

這一類的動詞「訖」處於「主謂結構」之後。處於此一格式中的動詞「訖」，在句法結構的分析上，同樣具有「謂語動詞」與「動詞補語」兩種可能性，其在佛經中的例句如下：

（例 28）眾僧食訖。此女糞掃中得一銅錢。以此一錢即施眾僧心生歡喜。（西晉安法欽譯・阿育王傳 p0130a）

（例 29）四人議訖相將辭王。吾等壽算餘有七日。今欲逃命冀當得脫還。（西晉法立共法炬譯・法句譬喻經 p0576c）

（例 30）如來到已。尋就高顯師子之座。菩薩相次。然後弟子諸眾坐訖。爾時龍王。觀視世尊及諸菩薩弟子眾會坐悉而定。興心無量內懷怡悅。（西晉竺法護譯・佛說弘道廣顯三昧經 p0495a）

（例 31）時諸比丘浴訖著衣還入靜室坐思惟。（苻秦竺佛念譯・四分律 p0629a）

例 28「眾僧食訖」、29「四人議訖」、30「弟子諸眾坐訖」、31「諸比丘浴訖」，就句法結構的分析而言，可以有兩種情形，以例 28「眾僧食訖」來說，其內部結構可以是：「眾僧食主語＋訖謂語」的語法關係，也可以是「眾僧主語＋食謂動＋訖補語」。由於這些例句沒有具體語法形式的標記，因此兩種分析我們皆予以並存。

（例 32）便作是說。此惡魔凶暴。大有威力。此惡魔不知厭足。波旬。覺礫拘荀大如來・無所著・等正覺說語未訖。彼時。惡魔便於彼處。其身即墮無缺大地獄。（東晉僧伽提婆譯・中阿含經 p0622a）

（例 33）佛告婆羅門。當使汝受命延長。現世安隱。使汝弟子白癩得除。佛言適訖。時彼弟子白癩即除。（姚秦佛陀耶舍共竺佛念譯・長阿含經 p0088a）

例 32「覺礫拘荀大如來、無所著、等正覺說語未訖」，與例 33「佛言適訖」，在完成動詞「訖」之前可加副詞修飾語，表明「訖」仍屬「謂語動詞」。「覺礫拘荀大如來・無所著・等正覺說語」與「佛言」爲主語，「未訖」、「適訖」則描述整個主語所表達的事件尚未結束與剛剛結束。

（例 34）便廣說四自歸　一切無持諸法　哀世俗說是經　佛爾時便滅訖（吳支謙譯・私呵昧經 p0812a）

（例 35）勇猛如師子　一切恐畏除　已度於生死　諸漏已滅訖（東晉僧伽提婆譯・中阿含經 T01n0026_p0610c12）

例 34、35「佛爾時便滅訖」與「諸漏已滅訖」二例，與前文例 20「便滅訖」、「乃滅訖」的結構相同，動詞「滅」與「訖」的語義指向都爲主語「佛」、「諸漏」，故「滅訖」爲「連動結構」的用法，「訖」仍具有「謂語動詞」的性質。

（例 36）迦葉自念。如來是我大善知識當報佛恩。報佛恩者所謂佛所欲作我已作訖。以法饒益同梵行者。爲諸眾生作大利益。示未來眾生作大悲想。欲使大法流布不絕。（西晉安法欽譯・阿育王傳 p0114b）

（例 37）時大愛道即爲浣染打已。送還語優陀夷言。此衣已浣染打訖。今故送還。（東晉佛陀跋陀羅譯・摩訶僧祇律 p0300b）

（例 38）時。婆悉咤・頗羅墮聞佛此言。皆悉驚愕。衣毛爲豎。心自念言。沙門瞿曇有大神德。先知人心。我等所欲論者。沙門瞿曇已先說訖。時。婆悉咤白佛言。（姚秦佛陀耶舍共竺佛念譯・長阿含經 p0105b）

（例 39）佛告隸車。卿已請我。我今便爲得供養已。菴婆婆梨女先已請訖。時。五百隸車聞菴婆婆梨女已先請佛。各振手而言。吾欲供養如來。而今此女已奪我先。（姚秦佛陀耶舍共竺佛念譯・長阿含經 p0014b）

（例 40）我時即還。欲趣小兒。狼已噉訖。但見其血流離在地。（元魏慧覺等譯・賢愚經 p0367c）

例 36 至 40，顯示從西晉時期開始，「Subject＋V＋訖」結構中的完成動詞「訖」也已具有「結果補語」的語法性質。在這些例子裏，副詞「已」、「先已」出現在「Subject」與「V＋訖」之間，顯示「V＋訖」爲「謂語結構」，並且在語義指向上，「訖」都在修飾其前的動詞「作」、「浣染打」、「說」、「請」、「噉」等，而不是在描述主語「我」、「此衣」、「沙門瞿曇」、「菴婆婆梨女」與「狼」。其所修飾的謂語動詞皆屬動作行爲動詞，具有「持續性」的時間特徵，「訖」則仍具有「終了、完畢」的詞彙意義，因此可確定完成動詞「訖」屬「結果補語」的用法。

（例 41）於是世尊見文殊師利。及十方佛國菩薩大士坐訖悉定。修諸佛法供養過去無數大聖。（西晉竺法護譯・佛說阿惟越致遮經 p0200c）

例 41「於是世尊見文殊師利及十方佛國菩薩大士坐訖悉定」爲一完整的句子，「文殊師利及十方佛國菩薩大士坐訖悉定」爲動詞「見」的賓語，其內部結構爲「文殊師利及十方佛國菩薩大士坐訖（句子主語）＋悉定（謂語）」。在語序上，如果「訖」字出現在副詞「悉」之後，構成「文殊師利及十方佛國菩薩大士坐悉訖定」的語序，則「訖」字就是「謂語動詞」的用法。然而這個例子「訖」字出現在副詞「悉」之前，顯然它是隸屬於句子主語內部的謂語結構之內，而爲動詞「坐」的補語。

4、V＋Object＋訖

此爲動詞「訖」位於「動賓詞組」之後的用法。在佛經裏，這一句法結構的例句有：

（例 42）伅眞陀羅。語釋梵四天王。今具已辦各各布之。中宮一切各持飲食而悉供養。飲食已竟。行澡水訖。伅眞陀羅。以机坐佛前聽佛說經。（東漢支婁迦讖譯・佛說伅眞陀羅所問如來三昧經 p0356a）

（例 43）尊者迦葉作是念。我今當自誦摩得勒伽藏即告諸比丘。摩得勒伽藏者。所謂四念處四正勤四如意足五根五力七覺八聖道分四難行道四易行道無諍三昧願智三昧增一之法百八煩惱世論記結使記業記定慧等記。諸長老此名摩得羅藏。集法藏訖尊者迦葉而說偈言。（西晉安法欽譯・阿育王傳 p0113c）

（例 44）爾時。諸比丘爲佛治衣。世尊不久於釋羇瘦受夏坐竟。補治衣訖。過三月已。攝衣持鉢。當遊人間。（東晉僧伽提婆譯・中阿含經 p0605a）

（例 45）爾時有婆羅門。請僧施食。時辦種種飲食訖。漉淨水敷床褥已。（東晉佛陀跋陀羅譯・摩訶僧祇律 p0354b）

（例 46）於大聚落而共祠天。彼祠天法殺五百牸牛。五百羯羊。五百駱駝。

五百匹馬。象中精健六牙成就。五百女人。金杖一枚金澡罐一枚。白氎千張。金銀錢各五萬。此諸寶物祠天訖當入於師。（苻秦竺佛念譯・菩薩處胎經 p1048c）

（例 47）語使者言。汝以我聲。上白大王。起居輕利。遊步強耶。舍利未至。傾遲無量耶。今付使者如來上牙。並可供養。以慰企望。明星出時。分舍利訖。當自奉送。（姚秦佛陀耶舍共竺佛念譯・長阿含經 p0029c）

（例 48）時目連以神通力到祇洹。時舍利弗縫衣語目連言。小住待縫衣訖當去。目連催促疾去。時目連以手摩衣衣即成竟。（姚秦鳩摩羅什譯・大智度論 p0384b）

例 42 至 48，「訖」字都出現在動賓詞組之後。吳福祥（1999）認爲這一類「V＋Object＋完成動詞」格式的用法都屬「主謂結構」。原因在於「V＋Object」與「完成動詞」之間往往可以加入副詞的修飾成分，顯示「完成動詞」仍具有「謂語動詞」的功能。並且位於此一結構中的「完成動詞」，語義指向都是整個動賓詞組所表達的某一事件。〔註 1〕副詞位於動賓詞組與完成動詞「訖」之間的例子有：

（例 49）世尊菩薩及諸弟子飯畢。輒各洗蕩應器察眾都訖。時阿耨達。即啓如來願聞法說。（西晉竺法護譯・佛說弘道廣顯三昧經 p0495a）

（例 50）時須達多婢字福梨伽。從外持水來入至須達所。以已持水置大器中。倒水未訖。見長者悲涕。以瓶置地。（姚秦鳩摩羅什譯・大莊嚴論經 p0317c）

例 49「察眾都訖」、50「倒水未訖」即爲「V＋Object＋Adv＋訖」的結構。顯示「訖」字在句中確屬「謂語動詞」的用法。佛經當中還有兩個例子是副詞出現在整個「V＋Object＋訖」結構之前的用法，如：

（例 51）商那和修白阿難言。大德我欲作般遮于瑟。尊者答言可隨意作。乃作般遮于瑟訖。阿難語言汝已作財施今可作法施。（西晉安法欽譯・阿育王傳 p0115b）

〔註 1〕參吳福祥〈試論現代漢語動補結構的來源〉，《語法化與漢語歷史語法研究》，頁 203，安徽教育出版社，合肥，2006。

（例 52）阿淚吒白言。我曹世俗。食無時節。尊日一食。但願爲受。即受食訖。感其至心。遭斯歲儉。父子不救。（元魏慧覺等譯・賢愚經 T04n0202_p0435a23）

例 51、52「乃作般遮于瑟訖」、「即受食訖」，副詞「乃」、「即」位於「作般遮于瑟訖」與「受食訖」之前。但是就上下文語義來看，這兩個例子實際上可以讀爲「乃作般遮于瑟，訖，阿難語言……」與「即受食，訖，感其至心……」，因此可以歸入「S，訖，S」格式裏，「訖」仍屬「謂語動詞」的性質。

5、Subject＋V＋Object＋訖

完成動詞「訖」在佛經裏也可以位於「Subject＋V＋Object＋訖」結構當中，其例句如：

（例 53）佛說經訖。諸弟子諸天龍鬼神帝王人民皆大歡喜。爲佛作禮。（西晉竺法護譯・佛說太子墓魄經 p0411a）

（例 54）一時。佛遊王舍城。在竹林精舍。與大比丘眾共受夏坐。尊者滿慈子亦於生地受夏坐。是時。生地諸比丘受夏坐訖。過三月已。補治衣竟。攝衣持鉢。從生地出。向王舍城。展轉進前。至王舍城。住王舍城竹林精舍。（東晉僧伽提婆譯・中阿含經 p0429c）

（例 55）爾時世尊。告淳陀言。汝今已作希有之福。最後供飯佛比丘僧。如此果報。無有窮盡。一切眾生。所種諸福。無有能得等於汝者。宜應自生欣慶之心。我今最後受汝請訖。更不復受他餘供飯。（東晉法顯譯・大般涅槃經 p0197b）

（例 56）羅睺羅。凡是事法爾。諸佛世尊作佛事訖皆般涅槃。（高齊那連提耶舍譯・大悲經 p0951a）

例 53 至 56，「訖」字位於整個「Subject＋V＋Object」結構之後。梅祖麟（1981）指出：「上古時期，如果句子要用作主語或賓語，需要預先在這句子的主語和謂語之間加個“之”字，把句子變成仂語化的名詞。到了南北朝，作主語或賓語的句子不必仂語化。」〔註 2〕因此上述四個例句在句法分析上，就有兩種可能的分析方式，以例 53「佛說經訖」來說，其內部結構可以分析爲：「佛（之）說

〔註 2〕梅祖麟〈現代漢語完成貌句式和詞尾的來源〉，《語言研究》第一冊，頁 70，1981。

經主語＋訖謂語」，此時動詞「訖」擔任「謂語動詞」，描述「佛（之）說經」事件的終了；也可以分析為：「佛主語＋說謂動＋經賓語＋訖補語」，此時動詞「訖」擔任「動詞補語」，補充說明動作「說」之終了。由於句中沒有任何具體的形式標記可供判斷，因此這類例句中的動詞「訖」，就具有「謂語動詞」與「結果補語」兩種可能的語法性質。

（例 57）時優陀夷。時到著入聚落衣持缽。至一泥師家。其家始作節會訖。其婦出迎作禮問言。尊者。昨日何以不來。若來者當得好飲食。（東晉佛陀跋陀羅譯・摩訶僧祇律 p0311a）

（例 58）爾時。梵志羅摩家。眾多比丘集坐說法。佛住門外。待諸比丘說法訖竟。眾多比丘尋說法訖。默然而住。（東晉僧伽提婆譯・中阿含經 p0775c）

例 57「其家始作節會訖」、58「眾多比丘尋說法訖」，副詞「始」、「尋」出現在「Subject」與「V＋Object＋訖」之間。從結構分析的角度來說，這二個例句沒有辦法解釋為「其家（之）始作節會＋訖」與「眾多比丘（之）尋說法＋訖」，但就上下文語義來看，此二例可讀為「……至一泥師家，其家始作節會，訖，其婦出迎……」與「……眾多比丘尋說法，訖，默然而住。」因此動詞「訖」仍屬「謂語動詞」的用法。不過在舊譯時代前期的譯經中，有下面這個例句：

（例 59）時。釋提桓因作是念。此般遮翼已娛樂如來訖。我今寧可念於彼人。（姚秦佛陀耶舍共竺佛念譯・長阿含經 p0063b）

例 59「此般遮翼已娛樂如來訖」，副詞「已」介於「Subject」與「V＋Object＋訖」之間。從分析結構與推敲上下文意的關係來看，無法理解為「此般遮翼（之）已娛樂如來＋訖」的形式，同時這個例子也不可能讀為「此般遮翼已娛樂如來，訖，我今寧可念於彼人」，因為句中副詞「已」表達動作或事件之「已然」發生的概念，說明「娛樂如來」這件事已經完成。如果將「訖」字斷為下句，那麼在文意上就沒有辦法解釋為何「娛樂如來」的事情已經「完成」，在下句還要再接上表「終了」意義的動詞「訖」。因此在這一例句裏，動詞「訖」只能理解為「動詞補語」的性質。而從「娛樂」屬「持續性」動作動詞的意義來說，「訖」字在句中主要表達此一持續性動作的終了，仍具有實際的詞彙意義，故仍屬「結果補語」的用法。類似的情形還有下面一例：

（例 60）佛知而故問阿難。汝已爲征人達多說法訖耶。阿難即以上事。具白世尊。（東晉佛陀跋陀羅譯・摩訶僧祇律 p0375a）

例 60「汝已爲征人達多說法訖耶」，在「Subject」與「V＋Object＋訖」之間，出現修飾的語法成分「已爲征人達多」（副＋介詞組），此時「訖」亦可視爲「結果補語」的用法。而透過 59、60 兩個例子，顯示出從舊譯時代前期開始，位於「Subject＋V＋Object＋訖」結構中的動詞「訖」，已經具有「結果補語」的性質。

6、S，訖，S

此類結構中的「訖」字，位於上下兩個句子之間。就語義功能而言，它表達前一句子所陳述之事件的「終了、完畢」。就句法結構而言，它並非附於上句句末的位置，而是隸屬於下句，與其後的動詞組構成並列結構。其例句如：

（例 61）王即宣令欲見佛者聽。城內母人。咸喜俱出。詣佛禮拜。訖而卻住。於是世尊。如應說法。各各解了。（東漢曇果共康孟詳譯・中本起經 p0155b）

（例 62）瞿曇受食。以八因緣。不以遊戲。無邪行心。無欲在志。無巧僞行。遠三界塵。令志道寂衣福得度斷故痛痒塞十二海。滅宿罪得道力。守空寂不想空。澡缽如前。法衣應器意無憎愛。爲布施家咒願說經訖還精舍。不向弟子說食好惡。（吳支謙譯・梵摩渝經 p0884b）

（例 63）時有沙門在山中學。見其如此便起想念。吾勤苦學道積已七年不能得道又復貧窮無以自濟。此寶物無主取之。持歸用立門戶。於是下山拾取寶物。藏著一處訖便出山。求呼兄弟負馳持歸。（西晉法立共法炬譯・法句譬喻經 p0584a）

（例 64）若無器者。水瀆邊小便。不得在塔上流若溫室講堂上。欲小便時應出。若急失者不得行失小便當住一處。訖然後以水洗油塗乃至巨摩。若繞塔欲小便者應去若急者不得並行應住一處。訖以水洗之香塗。若阿練若處無香者。當用油塗。（東晉佛陀跋陀羅譯・摩訶僧祇律 p0505a）

（例 65）佛告阿難。聖王葬法。先以香湯洗浴其體。以新劫貝周遍纏身。以五百張疊次如纏之。內身金棺灌以麻油畢。舉金棺置於第二大鐵槨中。栴檀香槨次重於外。積眾名香。厚衣其上而闍維之。訖收舍利。於四衢道起立塔廟。表剎懸繒。（姚秦佛陀耶舍共竺佛念譯・長阿含經 p0020a）

例 61 至 65，「訖」字都出現在「訖＋（連詞）＋VP」的結構當中。例 61「訖」字乃在陳述前面「詣佛禮拜」事件的完畢。例 62 就佛經節律而言，應讀爲「法衣應器，意無憎愛，爲布施家，咒願說經，訖還精舍。不向弟子，說食好惡」，但「爲布施家，咒願說經，訖還精舍」的句法結構，當爲「爲布施家咒願說經，訖，還精舍」，「訖」字描述的是前面句子所表達「咒願說經」事件的結束。例 63，在節律上亦符合四字格的節奏，即斷爲「於是下山，拾取寶物，藏著一處，訖便出山，求呼兄弟，負馳持歸」，但在句法結構上，則爲「藏著一處，訖，便出山」，「訖」字同樣是在陳述將寶物藏在一個地點的整個事件之完成。例 64 應讀爲「欲小便時應出。若急失者，不得行失小便，當住一處，訖，然後以水洗油塗，乃至巨摩。若繞塔欲小便者，應去。若急者不得並行，應住一處，訖，以水洗之香塗。若阿練若處無香者，當用油塗」，「訖」字單用。「當住一處」指應該要停在一個地方，「訖」指小便之事完了，「然後以水洗油塗」指再用水沖洗，用油塗拭。例 65「厚衣其上而闍維之。訖收舍利」，亦應讀爲「厚衣其上而闍維之，訖，收舍利」，「訖」不附在「厚衣其上而闍維之」的結構，而單獨成句。因此就句法功能言，這幾個例子的「訖」字，都屬「謂語動詞」的用法。

（例 66）我有新成堂。名鳩摩羅。成來未久。修飾晝治訖亦未久。請佛及僧明日食。（姚秦鳩摩羅什譯・十誦律 p0272a）

例 66 應讀爲「修飾晝治，訖亦未久」，而由「成來未久」與「訖亦未久」的對照，可知「訖」屬「謂語動詞」，描述其前句子「修飾晝治」事件的結束。梅祖麟（1999）在推論完成貌句式產生的過程時曾指出：

> 「飲熱酒，已，即入湯中」的「已」在兩句之間，意思是喝完熱酒。在這種情形下，「已」字會附在上句句末，產生「飲熱酒已，即入湯中」——喝完了熱酒，就到熱水裏去；結構跟例（44）（45）的完成

貌句式一樣。〔註3〕

例 61 至 66，這幾個佛經經文的例句，「訖」字即是處於兩小句之間，而尚未附於前面句子的情形。

（例 67）復有婆羅門名曰邠陀施。白佛。我到市。於道中央失墮錢散在地。以聚欲取訖。以仰頭上視。怛薩阿竭身有三十二相諸種好。問我。作何等。我言。拾地所失錢。（東漢支婁迦讖譯・文殊師利問菩薩署經 p0438c）

（例 68）沙門謂言。汝家小婦今為所在本坐何等死。婦聞此言意念。此沙門何因知之。意中小差。沙門語言。梳門頭逮。我當為汝說之。婦即斂頭訖。沙門言。小婦兒為何等死。婦聞此語默然不答。（姚秦鳩摩羅什譯・眾經撰雜譬喻 p0540c）

例 67「以聚欲取訖」，副詞「欲」出現在「V 訖」之前，因此「V 訖」不可能分析為「主謂結構」，但這個例子可以讀為「以聚欲取，訖，以仰頭上視」，此時「訖」仍屬「謂語動詞」，出現在「S，訖，S」格式裏。〔註4〕例 68「婦即斂頭訖」，就副詞「即」位於「斂頭訖」之前，顯示這個例子在句法結構上也不是「主謂結構」的語法關係，因為它無法被理解為「婦（之）即斂頭主語＋訖謂語」，但是這個例句實際上亦可讀為「婦即斂頭，訖，沙門言：『小婦兒為何等死？』」故仍屬「S，訖，S」的結構，「訖」字位於兩個分句之間，表達前一分句事件的終了，本身則屬「謂語動詞」的功能。

（例 69）大善見王聞已。告侍者曰。汝速下殿。可於露地疾敷金床。訖還白我。侍者受教。即從殿下。則於露地疾敷金床訖。還白曰。已為天王則於露地敷金床訖。隨天王意。（東晉僧伽提婆譯・中阿含經 p0517b）

〔註3〕梅祖麟〈先秦兩漢的一種完成貌句式——兼論現代漢語完成貌句式的來源〉，《中國語文》第 4 期，頁 291，1999。

〔註4〕筆者對於此一例句的分析，原是將其解讀為「欲狀＋取動＋訖補」的語法結構，後經王錦慧先生的解說，指出此一例句實可斷讀為「以聚欲取，訖，以仰頭上視」，如此對於上下文意的解讀，較能符合經文的原意，故採用此一說法，並在此向王先生致謝。

例 69 於斷句上應讀爲「告侍者曰：『汝速下殿，可於露地疾敷金床，訖，還白我』。侍者受教，即從殿下，則於露地疾敷金床，訖，還白曰：『已爲天王則於露地敷金床訖，隨天王意』」，其中最後一句「已爲天王則於露地敷金床訖」表明「訖」已從「S，訖，S」的結構，移置「S 訖，S」的結構當中，它已附於前面句子的句末。

7、訖＋NP

佛經中，動詞「訖」後面還可以接上名詞詞組，構成「動賓結構」，屬及物動詞的用法，其例句如：

（例 70）皆悉供養已　淨修梵行竟　訖六十億劫　當得成正覺（西晉竺法護譯・持心梵天所問經 p0032a）

（例 71）時。首陀會天於一年後告諸比丘。汝等遊行已過一年。餘有五年。汝等當知。訖六年已。還城說戒。（姚秦佛陀耶舍共竺佛念譯・長阿含經 p0010a）

（例 72）時。諸末羅即共入城。街里街里。平治道路。掃灑燒香。訖已出城。於雙樹間。以香花伎樂供養舍利。訖七日已。時日向暮舉佛舍利置於床上。（姚秦佛陀耶舍共竺佛念譯・長阿含經 p0028a）

例 70「訖六十億劫」指「過了六十億劫」，「訖」字有「結束、終盡」的意思。例 71「訖六年已」與例 72「訖七日已」的「訖」字，也都指「結束、終盡」的意思。但對於這樣的分析，有幾點必須先加以說明。首先《長阿含經》在例 71 這一段文字之前，還有「佛告諸比丘。今此城內。比丘眾多。宜各分布。遊行教化。至六年已。還集說戒。時。諸比丘受佛教已。執持衣鉢。禮佛而去。佛時頌曰。……」一段內容，而由此段文字中「至六年已」一句的對照，則例 71「訖六年已」的「訖」似與「至」字同義，如此「訖」字當解釋爲後世「迄至」之「迄」。但是如果把例 72「訖七日已」也加進來考慮，那麼將「訖」視爲「迄」，對佛經經文可能就不是一個很好的詮釋。因爲例 72「訖七日已」與其前的「訖已出城」的「訖」顯然是表達相同的詞彙意義。而「訖已出城」指「平治道路，掃灑燒香」等事件結束以後出城。「訖七日已」則表示結束七天以香花伎樂供養舍利以後的意思。兩個「訖」字都具有結束、完了的意涵。這一點也可以從《長阿含經》這一段經文之前的「汝等欲以香花伎樂供養舍利。竟一日已。以佛舍利置於牀上。使末羅童子舉牀四角。擎持幡蓋。燒香散花。伎樂供養。」一段文字得到印證，因爲其中「竟一日已」與「訖七日已」顯然是相同的意思，而「竟一日已」的「竟」字於用法上不可能被解釋爲「迄至」之「迄」。因此我們認爲不管是例 71「訖六年已」的「訖」，或者是例 72「訖七日已」的「訖」，其語法、語義的概念都是相同的。

然而我們要如何去解釋例 71 中「訖六年已」與「至六年已」之間的關聯呢？這一點其實可從上下文的語境來加以說明。首先「佛告諸比丘。今此城內。比丘眾多。宜各分布。遊行教化。至六年已。還集說戒。……」這一段文字乃在描述佛告訴諸位比丘，應該分散開來到各方去「遊行教化」，等到遊行教化六年以後，再聚集說戒。而例 71 後一段文字，則是敘述首陀會天在諸比丘遊行教化經過一年以後，對諸比丘所說的話，而整段話的意思爲「你們遊行已經經過一年，還剩下五年的時間。你們應該知道，結束六年的遊行教化以後，須回到城裏說戒。」因此「至六年已」與「訖六年已」兩句話，實際上是可以根據語境分開來解釋的，「訖」與「至」之間不一定要畫上等號。如此，既可以照應到例 71 與 72「訖」字屬同一用法的現象，以及「訖七日已」與「竟一日已」之間的對應關係，同時對「至六年已」與「訖六年已」兩段文字之間的意思，也可以得到合理的詮釋。

（例 73）問受伽絺那衣。應如布薩作羯磨不。答言應作。問訖迦絺那衣。應作捨羯磨不。答言。應作。問應何時受迦絺那衣。答夏末後月。問幾時應捨。答從夏末月竟冬四月應捨。（姚秦鳩摩羅什譯・十誦律 p0390c）

例 73 於斷句上應讀爲：「問：『受伽絺那衣，應如布薩作羯磨不？』答言：『應作』。問：『訖迦絺那衣，應作捨羯磨不？』答言：『應作』。問：『應何時受迦絺那衣？』答：『夏末後月』。問：『幾時應捨？』答：『從夏末月竟冬四月應捨』」整段文字乃屬一問一答的問答體。而從「受伽絺那衣」與「訖迦絺那衣」兩句之間的對照，可知「受」與「訖」都屬及物動詞的用法。丁福保《佛學大辭典》「迦絺那」條云：

> 又作迦提，羯絺那。衣名。譯曰堅實，功德。比丘九十日安居行終後，人所供養之衣，此衣依安居之功，有五種之德，故名功德衣。……迦絺那之字意爲堅，以麤制之綿布作之，亦云安居之功德堅實。以

一日作終爲法。十二月十五日用羯磨捨之。此衣諸説紛紛。後世註釋家之説，多不可信。

因此可知「訖迦絺那衣，應作捨羯磨不？」乃指用完此「迦絺那衣」以後，是否應作羯磨捨之的意思。「訖」字在意義上仍爲「結束、完了」。

4.2　「訖」之其他語法功能

除了完成動詞的語法功能以外，在佛經裏，「訖」字還有少數幾個例子具有其他的語法功用。例如它可以當作賓語，出現在判斷動詞「爲」的後面。此時「訖」字可以分析爲「賓語名詞」的用法，或者可解釋爲「謂詞性賓語」的語法功能，如：

（例 74）彼若復問。以何爲前。當如是答。以定爲前。彼若復問。以何爲上。當如是答。以慧爲上。彼若復問。以何爲眞。當如是答。以解脫爲眞。彼若復問。以何爲訖。當如是答。以涅槃爲訖。（東晉僧伽提婆譯・中阿含經 p0602c）

例 74「以何爲訖」、「以涅槃爲訖」，「訖」字出現在判斷動詞的後面，擔任賓語的功能，語義則由原本的「結束、完了」引申出「終點」的意思。另外，「訖」字在佛經裏也有當作「直至」解釋的例子，如：

（例 75）不自忽其事。有恩在人。訖終不望其報。（東漢安玄譯・法鏡經 p0016b）

例 75「訖終不望其報」，就上下文語義來說，它指「一直到最後也不要求他回報」。此時「訖」字具有介詞的性質，表達「直至」的概念。

（例 76）菩薩有二種。一在凡位。二在聖位。從初發心訖十信以還。並是凡位。從十解以上悉屬聖位。（陳眞諦譯・攝大乘論釋 p0174c）

（例 77）凡有兩釋。一云盡無生智是能行。戒定慧是所行。從苦法智訖道比智。十二心皆斷煩惱。是盡智。第十三心。是無生智。（陳眞諦譯・隨相論 p0160b）

（例 78）行度故名生處者。牙先出現在。從牙生莖。從莖初訖至未生華。以來名爲行度。（陳眞諦譯・隨相論 p0161a）

舊譯時代後期的譯經中，還出現了上面例 76、77、78 三個例子，這些例子屬於「從……訖……」的句式。語義上「訖」字也表達「一直到」的意思。而在陳眞諦所譯《佛性論》裏，有如下一個例子：

（例 79）從無始以來迄至此道所未曾見安立聖諦故言未曾得見。（陳眞諦譯・佛性論 T31n1610_p0807b04）

例 79「迄至此道」與例 78「訖至未生華」，兩例的句式、語義相同，因此佛經動詞「訖」出現在此一句法格式中，表達「直至」概念的用法，應是「訖」、「迄」兩字通用的關係。

4.3 小　結

綜合上述的討論，「訖」字在本文所檢視的中古佛經文獻中的使用情況，大體可作以下的說明：

1、語法功能

就詞性來說，佛經文獻裏的「訖」主要都爲動詞用法，並且可分爲及物與不及物兩種情形。及物動詞「訖」字之後，接表達時間概念的名詞賓語，「訖」字具有「結束、終盡」的意思；不及物動詞「訖」位於「NP＋訖」、「（Subject）＋V＋訖」、「（Subject）＋V＋Object＋訖」及「S，訖，S」等句法結構裏，表達「終了、完畢」的語義。

就語法結構分析，位於「NP＋訖」、「S，訖，S」結構裏表達「終了、完畢」的不及物動詞「訖」，都具有「謂語動詞」的語法功能；但是出現在「（Subject）＋V＋訖」、「（Subject）＋V＋Object＋訖」結構裏的動詞「訖」則有擔任「謂語動詞」的用法，也有擔任「結果補語」的語法功能。

2、歷時演變

從歷時的角度觀察，完成動詞「訖」在「古譯時期」與「舊譯時代前期」兩個階段，所出現的語法環境是相同的，但到了「舊譯時代後期」的階段，則只剩下「NP＋訖」、「V＋訖」、「Subject＋V＋Object＋訖」三種結構的例句，並且出現的次數也已減少。根據我們的統計，動詞「訖」在古譯時期共出現 140 次，舊譯時代前期出現 728 次，到了舊譯時代後期則只有 36 次。從譯經師的使用情形來看，在舊譯時代後期的譯經師裏，曼陀羅仙、佛陀扇多、勒那摩提、曇摩流支、萬天懿、闍那崛多等譯者的譯經當中，都沒有「訖」字的用法。毘目智仙所翻譯的佛經中僅有「供養已訖」一例；月婆首那所譯佛經當中，亦僅有「彼食訖已」一個例子。其餘則多數出現在耶闍崛多與闍那耶舍所翻譯的經文裏。這顯示出「訖」字已逐漸消失在佛經翻譯的作品裏面了。

「訖」字在三個階段都可以出現在「NP＋訖」結構裏面，而當它出現在其他句法結構時，「副詞」往往可以直接加在「訖」字之前。就此一現象來看，可以推知整個中古時期，佛經「訖」字始終都具有「謂語動詞」的語法功能。

事實上如果我們把「N 訖，VP」、「V 訖，VP」、「Subject＋V 訖，VP」與「S，訖，S」的幾種結構相對照，就可以看出「訖」字都是處於兩個語法成分之間，表明前一語法成分事件的結束，以及結束之後所發生的情形。例如：

「事訖馳還」（N 訖，VP）

「施訖還宮」（V 訖，VP）

「四人議訖相將辭王」（Subject＋V 訖，VP）

「藏著一處，訖，便出山」（S，訖，S）

這些例句的對比，顯示動詞「訖」都是以前面的語法成分當作「論元」加以描述，它本身則具有「謂語動詞」的性質。只不過當謂語動詞「訖」所進入的句法結構是「V＋訖」或「Subject＋V＋訖」時，它就容易發展出「結果補語」的功能。因爲在組合關係上，當「訖」字的前一語法成分爲動詞時，由於「訖」字本身即爲動詞，因此在詞序上就構成了「V_1V_2，VP」與「Subject＋V_1V_2，VP」的語法形式。〔註 5〕而本是主謂結構的「V 主＋訖謂」與「〔Subject＋V〕主＋訖謂」，在詞序上所形成的「V_1V_2」格式，表面上與連動結構相同。在漢語語法史的演變上，到了中古時期，兩個動詞所形成的「V_1V_2」格式，往往發展出「動補結構」的語法關係，因此處在這一環境底下的動詞「訖」，自然容易產生補語性質的用法。

透過前文的討論，我們也指出佛經文獻從西晉時期開始，就已經產生「訖」字擔任「結果補語」的用法，如例 21「皆卻坐訖」與例 27「我已作訖」。「訖」字的這一語法功能，在舊譯時代前期與後期的佛經裏仍持續使用，進一步則擴展至「Subject＋V＋Object＋訖」結構中，故在姚秦佛陀耶舍共竺佛念所譯《長

〔註 5〕此處以「V1」代表「訖」字之前的動詞，以「V2」代表「訖」字本身。

阿含經》與東晉佛陀跋陀羅所譯《摩訶僧祇律》當中，就出現了「此般遮翼已娛樂如來訖」（例 50）與「汝已爲征人達多說法訖耶」（例 51）的用法。

3、動詞搭配

從「訖」字在完成貌句式裏搭配的動詞狀況來看，可以出現在「訖」字之前的動詞如下表：

表 4.3-1 「訖」之動詞配合表〔註 6〕

結構	音節	搭配動詞
V＋訖	單音節	飯、食、飲、噉、施、取、浴、澡、洗、作、燒、議、坐、告、說、言、語、請、罵、問、觀、辦、嚴、行、射、治、作、要（邀請）、懺、度、下（放）、禮、臥、穿、占（占相）、可（答應）、誓、看、歷（面臨）
	雙音節	約敕、備辦、供辦、供養、供施、卻坐、安居、自恣、收穫、修穫、嚴駕、澡浴、沐浴、禮敬、禮拜、教問、教化、飯食、飲食、飽食、夏坐、問訊、言論、敷置、誦習、耶維、分衛、掃灑、咒願、化緣、指答、談論、曉喻、用踐、思惟、嚴辦、誡語、敕誡、唱令、言誓、求願、分部、挍技、懺悔
V＋Object＋訖	單音節	行、作、集、說、受、辦、下（放）、飲、服（吃）、治、禮、敷（佈置）、斷（處理）、立（立誓）、現（變現）、洗、祠（祭祀）、分（分配）、嚴（莊嚴）、倒、乞、縫、斂（整理）、誦、許（答應）、發（發言）、飯（供食）、與（給與）、設
	雙音節	論議、供養、浣染、娛樂、化作、布施、收舉
其他		咒願說經、受祭咒願、食皆飽、出敷床座、供養奉事二萬佛、浣染打、擗染治、供養禮、料理供養、澡嗽洗缽、洗缽澡嗽、禮拜問、行水下食、掃灑清淨

上表顯示在完成貌句式裏，與「訖」搭配的動詞也都屬於「持續性」的動作動詞。完成動詞「訖」在句中表達這些持續性動作行爲的「終了、完畢」。

〔註 6〕 按：本表製作原則與第三章「『畢』之動詞配合表」相同，主要根據中古佛經「訖」字出現在「（Subject）＋V＋（Object）＋訖」結構的使用情形進行歸納而成。表內「搭配動詞」一欄，同樣爲出現在「（Subject）＋V＋（Object）＋訖」結構「V」位置的動詞。動詞後「下標」的部分乃注明此一動詞在句中所表達的意義。「其他」一項，則爲整個位於動詞「訖」之前的並列詞組或句子。

第五章　中古佛經「竟」之語法功能與演變

本章主要針對「竟」字的用例，作語法的描述與分析，根據《說文解字》：「竟，樂曲盡爲竟，从音儿。」〔註 1〕「竟」本指奏樂完畢，故具有「終了、完結」的概念。佛經當中「竟」大體也都具有「終了、完結」的意義。與前兩章討論「畢」、「訖」時相同，本章將描述的重心放在「竟」字與其他語法成分之間的語法關係，以及它在語境中所表達的語義內涵。

在佛經裏，「竟」字可區分爲表達「終了、完畢」意義的動詞，以及其他如「副詞」、「名詞」等用法。下面分別就完成動詞「竟」與「竟」之其他語法功能兩部分舉例論述。

5.1　完成動詞「竟」

完成動詞「竟」字在佛經裏的使用情形，具有及物與不及物兩種用法。就其語法環境而言，主要出現在底下幾種句法結構當中：

1、NP＋（Adv）＋竟

此一格式中的動詞「竟」，位於名詞或名詞組之後，擔任「謂語動詞」的功能，其前還可以加上副詞，修飾動詞「竟」的狀態。其例句如下：

〔註 1〕《說文解字注》，頁 103，黎明文化事業公司，台北，1993。

（例 1）登之而入城中。有天人喜辭猶前。請留三時。願供所志。期竟辭退。又送神珠一枚。明耀百六十里。（吳康僧會譯‧六度集經 p0004c）

（例 2）死入地獄。燒煮搒掠萬毒皆更。求死不得。罪竟乃出。或爲餓鬼。或爲畜生。（吳支謙譯‧佛說八師經 p0965a）

（例 3）我身自投下　身竟無諸患（高齊那連提耶舍譯‧月燈三昧經 p0598c）

（例 4）生者有爲事生。住者安立。老者衰變。無常者壞也。彼非一時作生者以生爲業。餘者生竟作業。是故有爲生住異壞非是一相。（高齊那連提耶舍譯‧阿毘曇心論經 p0838a）

例 1 至 4，「期竟辭退」、「罪竟乃出」、「身竟無諸患」、「生竟作業」都屬「NP＋竟，VP」的結構，其中例 4 可讀爲：「生者，有爲事生，住者安立，老者衰變，無常者壞也，彼非一時作。生者，以生爲業。餘者，生竟作業，是故有爲。生、住、異、壞，非是一相。」丁福保《佛學大辭典》云：「有爲法之現起名爲生。俱舍光記五曰：『於法能起彼用令入現在境名爲生。』」故此例「生」字乃佛教名像之用法，「生竟」指「生相終了」之意。這些例句中的「竟」都擔任「謂語動詞」的功能，描述其前主語「期」、「罪」、「身」、「生」之狀態。「期竟」指約期終了，「罪竟」指業罪終了，「身竟」指有形之身終了的意思。

（例 5）共計忍界懷姙怒癡無量惡法而不可盡。今吾口說彼人罪福因緣所著。又以佛慧了了分別。其忍世界瑕穢之垢。未央可竟。（西晉竺法護譯‧佛說阿惟越致遮經 p0199a）

（例 6）令十方人非人　一劫中問慧義　應悉爲解所疑　其劫竟智不盡（元魏佛陀扇多譯‧佛說阿難陀目佉尼呵離陀鄰尼經 p0693b）

例 5「其忍世界瑕穢之垢未央可竟」與「共計忍界懷姙怒癡無量惡法而不可盡」相對，例 6「其劫竟，智不盡」，「竟」與「盡」亦相對，可知「竟」與「盡」意思相同，都指「終了、終盡」的意義，〔註 2〕「未央可竟」意指「未能終了」，〔註 3〕「劫竟」則指時節終了。

〔註 2〕不過兩者在語義概念上仍有區別，「竟」往往指「時間上的終了」，「盡」則是「數量上的終盡」。

〔註 3〕乞伏秦聖堅所譯《佛說除恐災患經》有「汝骨朽腐。未央得蓋」。與此對照，「未

（例 7）釋提桓因白佛言。怛薩阿竭阿羅呵三耶三佛所說。善男子善女人功德未竟。學般若波羅蜜者。持者誦者云何。（東漢支婁迦讖譯・道行般若經 p0434b）

（例 8）答曰。其數無量不可稱限。非口所宣非心所計。如今不久自當有應。所說未竟。尋有蓮華從海踊出在虛空中。（西晉竺法護譯・正法華經 p0105c）

（例 9）宮城既竟。七寶來應。（元魏慧覺等譯・賢愚經 p0365b）

（例 10）夫答婦言。以前世時無所惠施。今守貧賤。不及逮人。今者不施。貧窮下賤。何時當竟。富貴豪尊。衣食自然者。皆是前世惠施之福。（乞伏秦聖堅譯・佛說除恐災患經 p0556a）

例 7 至 10，「竟」字位於「NP＋Adv＋竟」的結構當中，擔任「謂語動詞」的功能，並受副詞「未」、「既」、「當」修飾。

（例 11）諸力士眾至佛所已。阿難即便普語之言。汝等來眾爲不少。若人人禮佛不卒得竟。今可家家一時禮也。（東晉法顯譯・大般涅槃經 p0203b）

例 11 應讀爲「若人人禮佛，不卒得竟」，「不卒得竟」實際爲「（禮）不卒得竟」，爲省略主語的形式，意指禮佛之事沒辦法很快結束。「竟」亦爲「謂語動詞」的用法。

2、V＋竟

佛經中「竟」出現在「V＋竟」結構時有兩種用法，一種屬完成動詞「竟」的功能；一種則爲賓語名詞的用法。此處先討論完成動詞「竟」的例句，賓語名詞「竟」則留到 5.2 小節再作論述。

（例 12）天人重曰。精進存之。言竟忽然不現。菩薩受教。端心內淨。東行索之。數日即止。（吳康僧會譯・六度集經 p0043b）

（例 13）佛與千二百五十眾僧。往詣其舍。坐畢行水下食澡竟還於精舍。（西晉法立共法炬譯・法句譬喻經 p0580b）

央得」與「未央可」都有「未能」的意思。

（例 14）若洗鐵缽聽離地一尺。蘇摩缽離地四指。瓦缽二者之中。洗竟不應著危嶮處。亦不應著上有物墮處。（劉宋佛陀什共竺道生譯・彌沙塞部和醯五分律 p0178a）

（例 15）若二比丘乞臥具。上座應先受用。用竟與第二比丘。（劉宋僧伽跋摩譯・薩婆多部毘尼摩得勒伽 p0582a）

（例 16）於是王將大德往園林中住。三重防衛。王自爲大德洗腳以油磨之。磨竟於一邊而坐。（蕭齊僧伽跋陀羅譯・善見律毘婆沙 p0683c）

（例 17）如是無知自性爲我作事令得解脫。或合或離。離竟不更合。（陳眞諦譯・金七十論 p1260a）

（例 18）若淺行菩薩欲作眾生利益事。於現在先發願。發願竟即入眞觀。出觀後隨所欲樂方得成遂。（陳眞諦譯・攝大乘論釋 p0244c）

例 12 至 18，「竟」都位於「V 竟，VP」結構，此一結構中的「V 竟」形式有「主謂結構」與「動補結構」兩種可能，因此動詞「竟」可視爲「謂語動詞」，也可視爲「動詞補語」。其中例 14 至 18，「竟」之前的動詞「洗」、「用」、「磨」、「離」、「發願」在上文的語境中，都屬陳述性質的動詞，因此位於其後的完成動詞「竟」似乎較爲接近「動詞補語」的用法。但是在佛經裏，我們也可以發現如下舉例 26「何故不學，學已竟故」這種「V 竟」之動詞「V」在上句屬陳述用法，在下句仍有副詞介於「V 竟」之間的用例，故處於此一結構中的「竟」仍然無法斬決地劃歸究竟屬「謂語動詞」亦或「動詞補語」。

（例 19）佛謂舍利弗。有王名曰伅眞陀羅。從名香山。與諸伅眞陀羅無央數千。與犍陀羅無央數千。與諸天無央數千。而俱來說是瑞應。言適未竟便見伅眞陀羅與八萬四千伎人俱來。（東漢支婁迦讖譯・佛說伅眞陀羅所問如來三昧經 p0351c）

（例 20）於時世尊化四十人。亦欲勸導一切大眾。告尊者大目揵連。今於此地當有鐵釱自然來。出入佛右足大指。語未竟釱在佛前。（西晉竺法護譯・慧上菩薩問大善權經 p0164a）

（例 21）時夫出外。他舍飲酒。日暮來歸。我時欲產。獨閉在內。時產未竟。梵志打門大喚。無人往開。（元魏慧覺等譯・賢愚經 p0367c）

（例 22）昔有一人。與他婦通。交通未竟夫從外來。即便覺之住於門外。（蕭齊求那毘地譯・百喻經 p0557a）

（例 23）酤酒者言。何故更索。君似未解當共計錢。若錢有餘當更相與。算計既竟無一餘錢。彼即念言。我當何處更得錢財。（東晉佛陀跋陀羅譯・摩訶僧祇律 p0240c）

（例 24）佛便咒願。梵音聲暢。咒願既竟。次當行食。（元魏慧覺等譯・賢愚經 p0361a）

（例 25）毘婆沙譯爲廣解。表述既竟。迦旃延子即刻石立表云。（陳眞諦譯・婆藪槃豆法師傳 p0189a）

（例 26）謂學無學。爲斷煩惱故。學是名爲學。非斷煩惱故名無學。何故不學學已竟故。（高齊那連提耶舍譯・阿毘曇心論經 p0851b）

（例 27）諸比丘著僧衣小污便浣由是速壞。以是白佛。佛言。不應數數浣。作都竟然後浣舉。（劉宋佛陀什共竺道生譯・彌沙塞部和醯五分律 p0137b）

例 19 至 27，「V＋竟」結構分別都有副詞「未」、「既」、「已」、「都」位於完成動詞「竟」之前。這些例子中的「竟」，由於前面可加上副詞修飾語，因此在句中都屬於「謂語動詞」的用法。

（例 28）若欲謦欬時不得放恣故大作聲。當掩口徐徐作聲。若大不可制當起出。出已欬竟還入。若猶故不止者。當語知事人已去。謦欬法應如是。（東晉佛陀跋陀羅譯・摩訶僧祇律 p0513b）

（例 29）答曰。般若及諸法雖一相無二無別。行者初觀時是因。觀竟名爲果。（姚秦鳩摩羅什譯・大智度論 p0751b）

（例 30）若染不得以腳蹋。染時不得用手摩及以袈裟打盆裏。不得手拳打。可以掌徐徐拍。若以繩安袈裟角。擬懸曬者。染竟截除。律本所說。（蕭齊僧伽跋陀羅譯・善見律毘婆沙 p0728a）

（例 31）施復有二種。一恭敬施。二利益施。若恭敬當施時善生。施竟則善不復流。（陳眞諦譯・隨相論 p0162a）

（例 32）一切諸法。未分析時。是名爲有。若分析竟。乃名爲空。二者謂有

實法。名之爲空。（陳眞諦譯・佛性論 p0812b）

（例 33）實物者。若析相應法似實物識不滅。如未析時。於瓶中五塵識生。析竟五塵識亦不滅故。五塵等是實有由此鄰虛及聚。萬物不能生識。是故外塵非識境界。（陳眞諦譯・無相思塵論 p0883a）

例 28 至 33，「V 竟」結構在上下文語境中都與「V 時」結構相對應，如例 28「欬竟」與前文「若欲謦欬時」，例 29「觀竟」與「初觀時」，例 30「染竟」與「染時」，例 31「施竟」與「若恭敬當施時」，例 32「若分析竟」與「未分析時」，例 33「析竟」與「如未析時」等，這些例句中的完成動詞「竟」，顯然已不再具有「謂語動詞」的功能。董秀芳（2000）指出：

> "VP1 時，VP2" 中的 "VP1 時" 指示出了 VP1 這個事件出現的時間位置，"時" 跟在 VP1 之後起的就是一個時點標記的作用。……與體詞後的 "時" 相比，這種 "時" 有了更強的粘著性，可以看作後置詞。……後置詞與名詞相比，語法意義增強，詞彙意義減弱了。因此 "時" 從表時點的名詞發展爲表時點的後置詞，是一個語法化的過程。〔註 4〕

因此例 28 至 33 裏的「V 時」結構，「時」都具有「後置詞」的性質。其中例 28、30、31、33 後置詞「時」更與假設連詞「若」、「如」共現，董志翹、蔡鏡浩（1994）認爲：

> "時" 出現在假設句的前一分句末，表示這一時候是以假設爲前提的，這時，"時" 就虛化了，只相當於 "……的話" 之義。〔註 5〕

不過，就上述幾個例子來看，「時」在「VP1 時，VP2」結構中仍爲時點標記的作用，尚未語法化至「……的話」的意思，但可以確定這些例子中的「時」已不再是具體時間名詞的作用。而與之位於相對位置的完成動詞「竟」，顯然也起著標記時點的功能，它已經比擔任「謂語動詞」時具有較強的語法作用。而從「竟」前的動詞都屬「持續性」的動作動詞來看，完成動詞「竟」在句中即在表明這些動作行爲的終了，故屬「結果補語」的性質。

〔註 4〕 董秀芳〈論 "時" 字的語法化〉，《欽州師範高等專科學校學報》，頁 49，2000。

〔註 5〕 董志翹、蔡鏡浩《中古虛詞語法例釋》，頁 478，吉林教育出版社，吉林，1994。

（例 34）方到問言。打揵椎未。[註6] 答言已食竟。時阿練若還去。明便早來盡持食去。（東晉佛陀跋陀羅譯・摩訶僧祇律 p0509c）

（例 35）是故問云何生。須菩提答二事皆非。若生生生法已生不應更生。若不生生生法未有故不應生。若謂生時半生半不生是亦不生。若生分則已生竟。若未生分則無生。（姚秦鳩摩羅什譯・大智度論 p0439a）

（例 36）即案限律。殺人應死。尋殺此人。王博戲已。問諸臣言。向者罪人。今何所在。我欲斷決。臣白王言。隨國法治。今已殺竟。王聞是語。悶絕躃地。（元魏慧覺等譯・賢愚經 p0379b）

（例 37）諸法師次第乃至第三大眾持。應當知。問曰。何謂為第三大眾。答曰。此是次第時已出竟。光明妙法用智慧故。而說是讚曰。（蕭齊僧伽跋陀羅譯・善見律毘婆沙 p0677c）

（例 38）問曰。何謂為淨。答曰。白而不黑亦言光明。因樂故。離欲離諸煩惱已離竟。心即清白隨用能堪。（蕭齊僧伽跋陀羅譯・善見律毘婆沙 p0702c）

（例 39）若撿挍若不撿挍者。此令人知已得罪也。當時說已得波羅夷罪。已得竟。或有撿挍或不撿挍。自向他說。是故律本說。或撿校或不撿校。（蕭齊僧伽跋陀羅譯・善見律毘婆沙 p0756b）

（例 40）若善男子所欲為者。剃除鬚髮披壞色衣。有正信心捨離有為。向於無為出家。此無上梵行白法。自知已具足證法。我生已盡梵行已立。所作已辦不受後有。已覺了竟。是長老得阿羅漢果心得解脫。（陳眞諦譯・佛阿毘曇經 p0964c）

例 34 至 40，「竟」都處於「Adv＋V＋竟」的結構裏。其中例 35「若生生生法已生不應更生。若不生生生法未有故不應生」一句，「正倉院聖語藏本」作「若生生法已生不應更生。若不生生法未有故不應生」。故整段應讀為「是故問：『云何生？』須菩提答：『二事皆非，若生生法，已生，不應更生。若不生生法，未

[註6] 「揵椎」，「南宋思溪藏」、「元大普寧寺藏」、「明方冊藏」、「宮內省圖書寮本」作「犍椎」，丁福保《佛學大辭典》云：「Ghaa^，又作犍槌，犍地，犍遲，犍椎。譯曰鐘，磬，打木，聲鳴等。可打而作聲之物之通稱。」

有，故不應生。若謂生時半生、半不生，是亦不生。若生分則已生竟。若未生分則無生』」。例 37 應讀爲「問曰：『何謂爲第三大眾』答曰：『此是次第』。時已出竟，光明妙法用智慧故，而說是讚曰……」。例 38 則讀爲「……因樂故。離欲，離諸煩惱，已離竟，心即清白，隨用能堪」。

從副詞「已」位於「V 竟」結構之前，顯示動詞「V」不具有指稱的性質，並且就上下文語境觀察，完成動詞「竟」的語義指向皆爲其前的動詞「V」，顯示「竟」在句中屬「動詞補語」的性質。其中例 34 至 36，動詞「食」、「生」、「殺」屬動作行爲動詞，具有「持續性」的時間段落，例 37 動詞「出」屬趨向動詞，表由裏到外的過程，也具有時段性，位於其後的完成動詞「竟」表達這些動作行爲的終了，故屬「結果補語」的性質。

例 38「已離竟」，動詞「離」雖然也屬趨向動詞，可是在時間軸上，它強調的是離開某時點的瞬間，因此具有瞬間動作的性質。例 39「已得竟」，動詞「得」指「獲得、得到」的意思，在時間軸上也屬瞬間動詞。例 40「已覺了竟」，動詞「覺了」屬認知動詞，表達「覺悟」的概念，就時間段落言，也屬於瞬間完成的認知行爲。此時位於其後的完成動詞「竟」，已不再是表達持續動作的「終了、結束」，而是表達此瞬間動作的完成，它已由「結果補語」進一步虛化爲「動相補語」（phase complement）的功能。

關於“phase complement”的概念，最初是由趙元任先生所提出，丁邦新（1980）譯爲「狀態補語」，〔註 7〕呂叔湘（1979）則譯爲「動相補語」，其概念指「表示動詞中動作的“相”而不是表示動作的結果的。」〔註 8〕吳福祥（1998）討論「動＋了」格式中「了」字的語法屬性時，把唐五代的「動＋了」區分爲甲、乙兩類。甲類「動＋了」格式中的動詞，含有時間持續的特徵；乙類「動＋了」的動詞，則不具有時間持續的語義特徵。他並舉出四個區分甲、乙兩類「了」字的形式、語義標記，即乙類「了」具有：「瞬間動詞＋了」、「狀態動詞＋了」、「形容詞＋了」、「動補結構＋了」的形式特徵。就語義來說，乙類格式中的「了」並非表結果的「完」義動詞，只能是表動作、狀態完成或實現的語法成分，因此將乙類格式中的「了」稱爲「動相補語」，並云：

〔註 7〕 趙元任著、丁邦新譯《中國話的文法》，頁 228，學生書局，台北，1994。

〔註 8〕 趙元任著、呂叔湘譯《漢語口語語法》，頁 208，商務印書館，北京，2005。

> 動相補語是表示實現或完成的補語性成分，它跟結果補語、完成體助詞在語義特徵和句法表現上均有糾葛之處。〔註 9〕

蔣紹愚（2001）則把「動相補語」區分爲表示「完結」與表示「完成」兩種情形。表示「完結」的「動相補語」前面所接的是持續動詞，表示「完成」的「動相補語」前面則爲非持續動詞。蔣、吳兩位先生對於「動相補語」所涵蓋的範圍顯然有不同的界定。對於這兩種不同的定義，林新平（2006）云：

> 完結表示一個過程的結束，完成表示體貌，是動作狀態的實現，兩者在虛化程度上有較明顯的區別，……爲了更好地反映實詞的虛化過程，揭示客觀存在的語法化等級，我們還是將結果補語和動相補語區別開來。〔註 10〕

由於趙元任先生提出"phase complement"的概念時，明確指出「不是表示動作的結果」，並且在中古佛經裏，完成動詞「畢」、「訖」、「竟」、「已」所搭配的動詞也明顯有所區別。它們之間在虛化程度上並不相同，因此本文採取吳福祥（1998）、林新平（2006）的觀點，將「結果補語」與「動相補語」區分開來。故上述例 38、39、40 裏的完成動詞「竟」，即屬表達動作完成的「動相補語」。

（例 41）若比丘尼浣故僧伽梨。若輕而薄者不聽擿。若厚而重者聽擿擿已當浣浣已應舒置箔上。若席上以石鎮四角。乾竟當喚共行弟子依止弟子。同和上阿闍梨諸知識比丘尼速疾共成。（東晉佛陀跋陀羅譯·摩訶僧祇律 p0526a）

（例 42）以是故當知。人常危脆不可怙恃。莫信計常我壽久活。是諸死賊常將人去。不付老竟然後當殺。（姚秦鳩摩羅什譯·坐禪三昧經 p0274c）

（例 43）悔於一人前。此罪最爲大。若搖動竟後更生悔心。而作偷蘭遮懺悔得脫。（蕭齊僧伽跋陀羅譯·善見律毘婆沙 p0733c）

例 42「不付老竟」，「元大普寧寺藏」、「明方冊藏」、「宮內省圖書寮本」作「不待老竟」。而例 41 至 43，「乾竟」、「老竟」、「搖動竟」等，「竟」字之前的動詞

〔註 9〕吳福祥〈重談"動＋了＋賓"格式的來源和完成體助詞"了"的產生〉，《語法化與漢語歷史語法研究》，頁 167，安徽教育出版社，合肥，2006。

〔註 10〕林新平《《祖堂集》的動態助詞研究》，頁 22，上海三聯書店，上海，2006。

都屬「狀態動詞」，〔註 11〕位於其後的完成動詞「竟」表達此一狀態的實現，故亦屬「動相補語」的用法。

（例 44）若數息者。安徐數也。如人量穀。先滿覆竟。然後數爲一。復更取量。若有塵草。選拾棄之。覆竟唱二。如是次第乃至十。（蕭齊僧伽跋陀羅譯・善見律毘婆沙 p0747c）

（例 45）王從其議。即時宣令。急敕算之。都計算竟。一切人民。日得一升。猶尚不足。（元魏慧覺等譯・賢愚經 p0402a）

（例 46）云何不作。果不重與。何故不與。以與竟故。不可與已復更重與。如物生已不復更生。彼同類果何不更與。云何果報皆悉與竟生法因緣無如是力。（元魏毘目智仙譯・業成就論 p0778c）

例 44、45、46「先滿覆竟」、「都計算竟」、「皆悉與竟」，副詞「先」、「都」、「皆悉」出現在「V 竟」之前，亦顯示「滿覆」、「計算」、「與」並非指稱用法，而是屬於陳述性質。位於其後的完成動詞「竟」在語義指向上，都爲其前的動詞「滿覆」、「計算」、「與」，因此在句中擔任「動詞補語」的功用。其中例 44 動詞「滿」屬狀態動詞，「覆」則爲動作動詞，就上下文語境來說，「滿覆」指「填滿、裝滿」的意思，本身即具有「終結」情狀的概念。此時位於其後的完成動詞「竟」，似乎已不再具有表達「完結」的概念。不過就「滿」位於「覆」之前的位置來說，「滿覆」的語義重心實際上是動詞「覆」，這可以從下文「覆竟唱二」一句得到印證。故「滿覆」實可視爲「偏正」的詞組結構，位於其後的「竟」則是表達「裝填」動作的完畢。例 45 動詞「計算」則屬持續動作的動詞，例 46 動詞「與」表「給與」，指從一人之手交至另一人之手，在時間軸上也有一個持續的動作過程，因此這三個例子中的完成動詞「竟」仍屬「結果補語」的性質。

（例 47）太子曰大善。唯上諸君金銀雜寶恣心所求。無以自難。即敕侍者。疾被白象金銀鞍勒牽之來矣。左持象勒。右持金甕。澡梵志手。慈歡授象。梵志大喜。即咒願竟。俱升騎象含笑而去。（吳康僧會譯・六度集經 p0008a）

〔註 11〕關於漢語詞類的區分，「形容詞」與「動詞」是否要區分爲兩類，學者之間有不同的看法。本文此處不打算討論這個問題，而只是將「形容詞」一類亦視爲「狀態動詞」的一種。

例 47「即咒願竟」，副詞「即」位於動詞「咒願」之前，顯示「咒願」也不是指稱用法，它與例 44 至 46 三個例子的情形似乎相同。但是就上下文語義來看，例 44 至 46 之完成動詞「竟」，明顯附著於動詞「滿覆」、「計算」、「與」之後，於斷句上無法將它們分開。而例 47 則可讀爲「……梵志大喜，即咒願，竟，俱升騎象，含笑而去」，因此例 47 實際上應屬「S，竟，S」結構的語法形式。完成動詞「竟」則爲「謂語動詞」的用法。

（例 48）若以聚落等所有親近事作現念。是名未除。順義故名除及以除竟。何故黑朋中說貪調伏。不說於惱。（元魏菩提流支譯．大寶積經論 p0225a）

例 48「除竟」在上下文語境中與「未除」、「除」相對。吳福祥（1996）曾經利用「V＋了」的否定形式「未＋V」這一形式標記，來確認「了」字屬動態助詞的用法，他說：

> 如果在某一例裏，“V＋了”與其否定形式“未＋V”同現，那我們就可以據“未＋V”，斷定其肯定形式“V＋了”中“了”爲動態助詞。〔註 12〕

根據此一形式標記，吳先生認爲敦煌變文中「未降孩兒慈母怕，及乎生了似屠羊」一例，「生了」之「了」已屬「動態助詞」的性質。關於這一點，我們認爲利用否定形式與肯定形式之間的對比，確實可以幫助判斷句中語法成分是否已經虛化。但是在上舉敦煌變文中「生了」之「了」似乎尚未發展至「動態助詞」的階段。原因在於「生了」之後並無賓語名詞出現，也就是它並未處於「V＋了＋O」的結構。另外，如果根據「未＋V」與「V＋了」同現，就可確認「了」字屬於動態助詞，那麼在上文所舉例 48 裏面，「未＋V」與「V＋竟」之間的同現，就必須將完成動詞「竟」視爲已經虛化爲「動態助詞」的用法，然而「竟」在中古以後的文獻裏，並未發展出「動態助詞」的功能，因此這樣的推論，顯然與漢語語法史的演變情形不符。

事實上，敦煌變文中「生了似屠羊」的「了」應屬「動相補語」的用法，它在句中與「未降」之間，乃動作「完成」與「未完成」的對比。而例 48「除

〔註 12〕吳福祥《敦煌變文語法研究》，頁 294，岳麓書社，長沙，1996。

竟」與「未除」之間，亦屬「完成」、「未完成」的語義關係，故動詞「竟」在這個例子中亦具有「動相補語」的性質。在上舉例 38 至 43，我們已經指出「竟」在佛經中有「動相補語」的功能，因此它在這個例子中與「未＋V」形式之間的同現關係，自然屬於合理的使用情形。

（例 49）爾時世尊說是三昧已。以是三昧而復正受。喜王亦三昧定。選擇因入七十正法。這選擇竟是三昧威神。於時維耶離城中八萬四千人。城外亦復八萬四千人。各心念言。如來至眞甚難得値。久遠世時乃有佛耳。（西晉竺法護譯・賢劫經 p0011a）

例 49 於斷句上應讀爲「……這選擇竟，是三昧威神，於時維耶離城中八萬四千人，城外亦復八萬四千人，各心念言……」〔註 13〕「這」字「南宋思溪藏」、「元大普寧寺藏」、「明方冊藏」作「適」。不論是作「這」或「適」，兩者在此都屬副詞修飾語，意指「剛選擇完」的意思。此時「選擇」具有陳述性質，屬「謂語動詞」的功能，故可受副詞「這」或「適」的修飾，而「竟」則爲「結果補語」。

「竟」出現在「V＋竟」結構當中的例子，除了上述情形之外，西晉法立共法炬所譯《大樓炭經》中還有底下幾個較特殊的例子：

（例 50）天地終亡破壞已。後得更始生之法。如遭水災變時。更生同法。始從第十五天上起成。下至第一天上。及阿須倫天。及造作四大天下。及八萬城諸大山。及須彌山。日月星宿乃見。下及天下諸所有萬物至造竟鐵圍大山此所謂天地遭水災變時。破壞終亡。後更始根本要也。（西晉法立共法炬譯・大樓炭經 p0304c）

例 50 於斷句上可以讀爲「始從第十五天上起成，下至第一天上，及阿須倫天，及造作四大天下，及八萬城諸大山，及須彌山。日月星宿乃見。下及天下諸所有萬物，至造竟鐵圍大山。此所謂天地遭水災變時，破壞終亡，後更始根本要也。」其中「造竟鐵圍大山」一句與「造作四大天下」對照，可知「鐵圍大山」

〔註 13〕吳支謙譯《佛說慧印三昧經》有「是皆三昧威神力之所蔽隱」，西晉竺法護譯《佛說無言童子經》有「以是三昧而以正受。令諸佛土悉成金剛無能毀觸。皆是三昧威神境界」，姚秦竺佛念譯《最勝問菩薩十住除垢斷結經》有「時究暢菩薩。語最勝曰。仁者所現三昧威神。超越無量無限之德」。與之互相參照，可知此處「是三昧威神」屬主謂結構，故應與「這選擇竟」分開。

爲「造竟」的賓語。此時「造竟」的語法關係就語義層面來看，可解釋爲動詞加補語的關係，意指「造完鐵圍大山」的意思。但這樣的分析方式會面臨到一個問題，即「竟」字處於這種「V述＋竟補＋Object」結構中的用法只有這一例，且在《大樓炭經》此段經文的最後，有「後復更始生。亂風復起。造作之悉竟後。第十五天上人。其薄祿者。來下悉塡滿」一段內容，與之相對的動詞「竟」在句中仍充當「謂語動詞」的用法，因此這個例子的「造竟」也可能是「連動結構」的語法關係。

（例 51）大風復吹破壞消滅。悉盡天下日月所照中萬物。四大天下及八萬城。諸大山及須彌山盡竟鐵泰山。皆麋消滅亡。悉盡索無餘復。（西晉法立共法炬譯・大樓炭經 p0305a）

例 51 可以有兩種斷句方式：第一種在斷句上讀爲：「大風復吹，破壞消滅悉盡。天下日月所照中萬物：四大天下及八萬城、諸大山及須彌山盡竟，鐵泰山皆麋消滅亡，悉盡索無餘復。」《大樓炭經》此段經文主要描述三災（火災變、水災變、風災變）之中「風災變」的情況，而這一斷句方式的優點，在於經文中描述三災變的內容時，「四大天下及八萬城、諸大山及須彌山」往往形成一個詞組的單位，因此可以把它當成句子的主語，而以「盡竟」爲其謂語形式。此時「竟」可有兩種解釋，一是與「盡」形成並列的連動詞組，表示破壞殆盡的意思。二是擔任動詞「盡」的補語，語義上仍爲「結束、完結」的意思。第二種在斷句上讀爲：「大風復吹，破壞消滅，悉盡天下日月所照中萬物：四大天下及八萬城、諸大山及須彌山，盡竟鐵泰山，皆麋消滅亡，悉盡索無餘復。」這一斷句方式有一個好處，在於它與上文「下及天下諸所有萬物至造竟鐵圍大山」的句式是平行的結構。此時「鐵泰山」爲「盡竟」之賓語。「盡竟」同樣可以有「連動」與「動補」兩種語法關係。

3、Subject＋V＋竟

「竟」出現在「Subject＋V＋竟」結構中的例子，又可以根據主語的語意角色，區分爲兩種情形：一是主語爲「施動者」的語意角色，一是主語爲「受事者」的語意角色。以下將其分類舉出例子：

（1）主語為「施動者」

（例 52）於時眾祐。法導威儀。足蹈門閫。天地震動。龍雨淹塵。天樂下從。

諸音樂器自然而鳴。佛坐飯竟。行澡水畢。爲說經法。（東漢曇果共康孟詳譯・中本起經 p0162a）

（例 53）至見其妻以所食分。供養沙門退叉手立。沙門食竟抛鉢虛空。光明暐曄。飛行而退。婿心悔愧。念妻有德乃致斯尊。（吳康僧會譯・六度集經 p0047a）

（例 54）復自思惟。我通事時。每爲黃門之所拙縮。當以與之。便用斯奈。奉貢黃門。黃門納竟轉上夫人。夫人得奈。復用獻王。（元魏慧覺等譯・賢愚經 p0353c）

（例 55）於是眾僧坐竟。大德迦葉語諸長老。爲初說法藏毘尼藏耶。（蕭齊僧伽跋陀羅譯・善見律毘婆沙 p0674c）

例 52 至 55，「佛坐飯竟」、「沙門食竟」、「黃門納竟」、「眾僧坐竟」，完成動詞「竟」皆位於「Subject＋V」結構之後。其中例 52「佛坐飯竟」，西晉竺法護所譯《佛昇忉利天爲母說法經》有「佛與聲聞諸菩薩眾適坐飯頃，尋時諸樹曲躬作禮」一句，「適坐飯頃」表明「坐飯」爲一動詞組的用法。這些例句中的「竟」都具有「謂語動詞」及「結果補語」兩種可能。

（例 56）時有一女。端正非凡。於會中舞。眾咸喜悅。意甚無量。女舞未竟。忽然不見。（東漢曇果共康孟詳譯・中本起經 p0149b）

（例 57）佛告目連。今海龍王欲來見佛故先現瑞。佛語未竟。尋時龍王與七十二億婇女八十四億眷屬。皆齎香華幢幡寶蓋百千伎樂。往詣佛所（西晉竺法護譯・佛說海龍王經 p0132a）

（例 58）王復念言。昨所說法。沙門法者。不得高廣大床。王籌量未竟。迎使者還已到城門。（蕭齊僧伽跋陀羅譯・善見律毘婆沙 p0688c）

（例 59）父愛此兒。順坐擔舞。父舞已竟。母復擔之。（元魏慧覺等譯・賢愚經 p0385b）

（例 60）王起坐。正衣服長跪。向金輪言。如今爲我來者。當案行諸國故事法。王言適竟。金輪便東飛。（西晉法立共法炬譯・大樓炭經 p0290b）

例 56 至 60，副詞「未」、「已」、「適」等位於「Subject＋V」與「竟」之間，顯示「女舞」、「佛語」、「王籌量」、「父舞」、「王言」等在句中擔任主語的功能，「竟」

則屬「謂語動詞」。

（例 61）摩田提作是念。我和上約敕我以佛法著罽賓國廣作佛事。我已作竟今涅槃時到。即踊身虛空作十八變。使諸檀越得歡喜心而大饒益同梵行者。（西晉安法欽譯・阿育王傳 p0116c）

（例 62）諸天奉眞誠　來供養於佛　如來適飯竟　乳糜極甘美　其身氣力充行詣佛樹下　適到佛樹下　行身不動搖（西晉竺法護譯・普曜經 p0512c）

例 61、62「我已作竟」、「如來適飯竟」二句，副詞「已」、「適」介於「Subject」與「V＋竟」之間。就句法結構來說，它無法被分析爲「我（之）已作主語＋竟謂語」，從語義關係來看，完成動詞「竟」的語義指向，皆爲前面的持續動詞「作」、「飯」，故「竟」在句中屬「結果補語」的用法。這兩個例子也顯示從西晉開始，「竟」已具有「結果補語」的功能。此一功能在「舊譯時代前期」與「舊譯時代後期」的佛經裏，仍持續使用，例如：

（例 63）七佛爲世尊　能救護世間　是佛說戒經　我已廣說竟　諸佛及弟子恭敬是戒經　恭敬戒經已　各各相恭敬（東晉法顯譯・摩訶僧祇比丘尼戒本 p0565a）

（例 64）是比丘尼夏後因自浣染衣過。爲比丘浣染衣比丘安居竟。還索衣欲浣染。比丘尼言我已浣染竟。是比丘不犯。（東晉佛陀跋陀羅譯・摩訶僧祇律 p0301b）

（例 65）時大臣受王敕已。多集衆盲以象示之。時彼衆盲各以手觸。大臣即還而白王言。臣已示竟。爾時大王。即喚衆盲各各問言。汝見象耶。（北涼曇無讖譯・大般涅槃經 p0556a）

（例 66）母復語言。爲汝服藥故以毒塗。汝藥已消我已洗竟。汝便可來飲乳無苦。（北涼曇無讖譯・大般涅槃經 p0407c）

（例 67）如我今問。後僧中亦當如是問汝。汝亦當如是答彼。教誡師應還僧中立白言。我已問竟。羯磨師應白僧言。阿姨僧聽。某甲求某甲受具足戒。某甲已問竟。今聽將來。（劉宋佛陀什共竺道生譯・彌沙塞部和醯五分律 p0187c）

（例 68）昔有一人。行來渴乏見木筩中有清淨流水。就而飲之。飲水已足即便舉手語木筩言。我已飲竟。水莫復來。雖作是語水流如故。便瞋恚言我已飲竟。語汝莫來。何以故來。（蕭齊求那毘地譯・百喻經 p0548c）

（例 69）佛告婆羅門。汝勿繫心家業。佛已語竟。復觀看隨其所堪而爲說法。（蕭齊僧伽跋陀羅譯・善見律毘婆沙 p0710b）

（例 70）所應作者我已作竟。汝等今者亦應當作。（高齊那連提耶舍譯・大悲經 p0971b）

（例 71）爾時文殊師利法王子。既已坐竟白佛言。世尊。我今自欲說於往昔本生因緣。唯願世尊加我威神。（東晉佛陀跋陀羅譯・佛說觀佛三昧海經 p0687c）

例 63 至 70，「竟」皆位於「Subject＋已＋V 竟」結構中，例 71 則爲「Subject＋既已＋V 竟」，其前的動詞「廣說」、「浣染」、「示」、「洗」、「問」、「飲」、「語」、「作」、「坐」等都屬持續性動作動詞，故這些例句中的「竟」都是「結果補語」。

（例 72）時有妊娠女人。舂極坐臼上息。時優陀夷腳蹴臼。臼轉母人倒地身形裸露。優陀夷即便扶起言。姊妹起。我已見竟。時女人瞋恚言。沙門釋子此非是辭謝法。我寧受汝舂杵打死。不欲令此覆藏處出現於人。我當以是事白諸比丘。優陀夷言。白與不白自隨汝意。言已便去。（東晉佛陀跋陀羅譯・摩訶僧祇律 p0264b）

（例 73）王言。大師。如是業護我已知竟。云何名爲國主王力能護眾生。（元魏菩提留支譯・大薩遮尼乾子所說經 p0330a）

例 72「我已見竟」，動詞「見」指「看到、看見」，本身即具有「終結點」的概念，因此位於其後的完成動詞「竟」，在語義功能上已不再是表達「終了、結束」，而是表動作之「完成」。例 73「我已知竟」，動詞「知」屬認知動詞，表「了知」義。在時間軸上，「知」乃瞬間完成的認知行爲，亦屬非持續動詞之一，故「竟」在句中也不是表達「終了、結束」，而同樣是表達認知行爲之「完成」。這兩個例子中的完成動詞「竟」都具有「動相補語」的功能。

（2）主語為「受事者」

（例 74）遂便教使善解剃除鬚髮。伺王眠時令爲王剃鬚。王眠覺已語言。當爲我剃鬚。答言已剃。王即以鏡自照。知鬚剃竟即語之言。汝欲得何願。答言唯求與王交會。（西晉安法欽譯・阿育王傳 p0099c）

（例 75）菩薩悲一味。以是因緣無一刹那欲趣解脫。種種法施竟請諸聽法者。我得法施果時必受我請。（北涼道泰譯・大丈夫論 p0262b）

（例 76）譬如算數法。算一乃至算百百算竟還至一。（姚秦鳩摩羅什譯・大智度論 p0087a）

（例 77）摩訶迦葉言。毘尼集竟問法藏。誰爲法師應出法藏。（蕭齊僧伽跋陀羅譯・善見律毘婆沙 p0675b）

（例 78）若比丘與女人共井汲水。若比丘下灌時女人欲下。當語言。姊妹小住。待我灌出竟然後下。（東晉佛陀跋陀羅譯・摩訶僧祇律 p0266c）

例 74「知鬚剃竟」中「鬚剃竟」乃動詞「知」的補語，「鬚剃竟」的內部結構則爲「Subject＋V＋竟」，「鬚」爲受事主語。吳福祥（1999）認爲先秦「尾生溺死」、「李同戰死」，這種「S 受＋Vt＋死」結構當中的「V 死」，應視爲「連動結構」，理由在於「“V 死”後面沒有賓語，在先秦兩漢時期還可以分析成“（被）V 而死”；而且在同時的文獻裏確實存在“V 而死”的例子。」〔註 14〕但是上舉佛經中的這些例子與「尾生溺死」的情形不同，因爲「尾生溺死」一句，動詞「溺」、「死」的語義指向皆爲受事主語「尾生」，故可解釋爲「尾生溺，尾生死」。可是在「鬚剃竟」當中，「竟」的語義指向爲動詞「剃」，或者整個「鬚剃」事件，故其語義關係實爲「鬚剃，剃竟」或「鬚（之）剃＋竟」。〔註 15〕前一種語義關係，「竟」接近「結果補語」的用法，後一種語義關係，「竟」則屬「主謂結構」中的「謂語動詞」。例 75 至 78，「種種法施竟」、「百算竟」、「毘尼集竟」、「我灌出竟」的情形，與例 74 相同，「竟」的語義可指向動詞「施」、「算」、「集」、「出」，做爲「結果補語」使用，或者指向事件「種種法施」、「百算」、「毘尼集」、「我灌出」，屬於「謂語動詞」的用法。

〔註 14〕吳福祥〈試論現代漢語動補結構的來源〉，《語法化與漢語歷史語法研究》，頁 195～196，安徽教育出版社，合肥，2006。

〔註 15〕語義指向如果是主語，則動詞「剃」之後的用字應爲「盡」（表「數量之終盡」），即「鬚剃盡」，意爲「鬚剃而盡」。

（例 79）爾時迦梨比丘尼。到欲安居時餘行去。受安居已還。房舍已分竟。方來索言。是我房舍還我。（東晉佛陀跋陀羅譯・摩訶僧祇律 p0542c）

（例 80）是時阿難即從座起。合掌長跪白言世尊。如來今者一切身相皆已說竟。唯不顯說無見頂相。唯願天尊。少說頂相光明瑞應。令未來世凡愚眾生知佛勝相。（東晉佛陀跋陀羅譯・佛說觀佛三昧海經 p0696c）

（例 81）告言。法子。汝今所應作者。皆已作竟。汝來向此。因我力來。汝今可以自神力去。（元魏慧覺等譯・賢愚經 p0379c）

（例 82）一切眾生所應度者皆已度竟。所應度者無不善調。（高齊那連提耶舍譯・大悲經 p0965b）

（例 83）如是八因八依因。是十六生已說竟。外曰。是十六因依因生。何者爲其體。以偈答曰。（陳眞諦譯・金七十論 p1256b）

例 79 至 83，幾個例子皆有副詞「已」位於受事主語與「V＋竟」之間。根據梅祖麟（1981）的研究，[註 16] 理論上如果要把「Subj.受＋V＋竟」的語法關係，分析爲「主謂結構」，那麼應該可以把這種「主謂結構」的「Subj.受＋V＋竟」，改寫爲「Subj.受（之）V＋竟」。此時如果有副詞修飾語出現在句中，它的位置應該是在謂語動詞「竟」的前面，也就是會形成「Subj.受（之）V＋Adv＋竟」的形式。

以例 79「房舍已分竟」來說，如果要構成「主謂結構」的語法關係，它的形式應該是「房舍（之）分已竟」。但是在上舉 79 至 83 的這些例子裏，副詞「已」卻都是出現在「V＋竟」之前，這顯示動詞「竟」是隸屬於動詞「V」所支配的範圍裏。並且就上下文意來說，「竟」的語義指向，也都是前面的動詞「分」、「說」、「作」、「度」，故完成動詞「竟」應屬「動詞補語」的用法。動詞「分」、「說」、「作」、「度」皆爲持續性的動作動詞，「竟」則在語義上則表達這些動作行爲的「結果」，故屬「結果補語」的功能。

在本文所檢視的中古佛經裏，當主語爲「施事者」的語義角色時，可以出現如上舉例 56 至 60，這類「Subj.施＋V＋Adv＋竟」的結構。但是在「受事主語」句裏，並沒有發現副詞直接位於動詞「竟」之前的用法，也就是沒有「Subj.

[註 16] 梅祖麟〈現代漢語完成貌句式和詞尾的來源〉，《語言研究》第一冊，頁 65～77，1981。

受＋V＋Adv＋竟」結構的用例。唯一比較相似的是底下這個例子：

（例 84）是故先教五法。然後爲剃髮。如羅睺羅。髮落未竟便成羅漢。（蕭齊僧伽跋陀羅譯・善見律毘婆沙 p0788b）

例 84 副詞「未」位於「髮落」與「竟」之間，此時「竟」爲獨立的語法成分，故應視爲「謂語動詞」的性質。但仔細分析，如果此例的經文是作「髮剃未竟」，則「髮」可視爲「受事者」的語義功能，然而經文作「髮落未竟」，動詞「落」顯然只在描述主語「髮」的狀態，因此「髮」在句中並非「受事主語」，而是「當事主語」，故與此處所說「Subj.受＋V＋竟」的結構，是不同的語法關係。此一現象，可能顯示在「受事主語」句裏，完成動詞「竟」是比較接近補語性質的語法功能。

（例 85）論曰。譬如屋被燒竟更求水救之。非時立因救義亦如是。是名不至時。（陳眞諦譯・如實論 p0035b）

例 85「屋被燒竟」,「竟」出現在被動句式當中，此時「燒竟」亦應視爲「動補結構」，因爲「屋被燒竟」不可能分析爲「屋被燒，被竟」的擴充形式，並且「被燒竟」整個爲一謂語結構單位，「竟」屬謂語結構內部的語法成分，故只能類歸爲「動詞補語」的性質。由於「竟」在語義上表達「結果」的概念，故屬「結果補語」的用法。

4、V＋Object＋竟

佛經中「竟」也可以出現在動賓詞組之後，此時「竟」仍屬動詞性用法。一般認爲整個「V＋Object＋竟」結構可以分析爲主謂結構，即以「V＋Object」爲主語，而以「竟」字爲謂語動詞。因爲就語義層面而言，完成動詞「竟」所描述的，乃是整個「V＋Object」所表達的動作行爲或事件的完成，並且在「V＋Object」與動詞「竟」之間可插入副詞狀語加以修飾，顯示「竟」在句中爲一獨立的語法單位。不過在中古佛經裏，有些例子已經有副詞出現在整個「V＋Object＋竟」結構之前的例子，我們認爲這些例子中「竟」的語法功能爲「動詞補語」。其例句如下：

（例 86）阿群就座。王褰衣膝行。供養訖畢。即說經曰。……說經竟。即邁歷市。聞有婦人逆產者命在呼吸。還如事啓。（吳康僧會譯・六度

集經 p0023c）

（例 87）諸菩薩皆悉卻坐聽經。聽經竟即悉諷誦通。重知經道。益明智慧。（吳支謙譯・佛說阿彌陀三耶三佛薩樓佛檀過度人道經 p0306c）

（例 88）王右顧見駒那羅即語上座言。我盡庫藏一切宮人并諸輔相及與我身子駒那羅等。一切施僧。請稱我名般遮于瑟。布施已訖。僧爲咒願。受咒願竟。於菩提樹四邊縛格。自上其上。（西晉安法欽譯・阿育王傳 p0105c）

（例 89）又復。如來在天上與母說法時。我亦在於中。與母說法竟。將諸天眾從天上來。下僧迦奢國。（劉宋求那跋陀羅譯・雜阿含經 p0169c）

（例 90）佛大慈悲愍傷眾生。我曹應當承用佛教。須待結集經藏竟。隨意滅度。諸來眾會皆受教住。（姚秦鳩摩羅什譯・大智度論 p0067c）

（例 91）爾時樹神語太子言。波婆伽梨。是汝之賊。刺汝眼竟。持汝珠去。（元魏慧覺等譯・賢愚經 p0413a）

（例 92）有二比丘。一是律師。一修多羅師。時修多羅師。入廁用洗盆竟。不去水覆盆。律師入廁。見洗盆不去水。問修多羅師言。誰入廁不去水覆瓮。修多羅師答言。是我。（蕭齊僧伽跋陀羅譯・善見律毘婆沙 p0796b）

（例 93）若比丘犯一一法。隨知覆藏。應行別宿。行別宿竟。僧中六夜行摩那埵卑下。行淨意竟。應與除罪順法。（元魏瞿曇般若流支譯・解脫戒經 p0661a）

例 86 至 93，「竟」位於「V＋Object」詞組之後。就語義看，這些例句中的動詞「竟」都在描述前面句子所表達事件之完成。其中例 92 應讀爲「有二比丘，一是律師；一修多羅師。時修多羅師入廁，用洗盆竟，不去水，覆盆。律師入廁，見洗盆不去水，問修多羅師言：『誰入廁不去水，覆瓮』修多羅師答言：『是我』」。而例 91「刺汝眼竟」與「持汝珠去」對文，「竟」與「去」處於相對的位置，「去」在句中表「離開」之意，爲一獨立的動詞成分，故與之相對的「竟」亦屬獨立的動詞性質。例 87「聽經竟」、例 93「行別宿竟」，從上下文語境來看，動詞「竟」很明顯是在描述上一句「聽經」與「應行別宿」事件的終了，故這些例子中的「竟」都應視爲「主謂結構」中的「謂語動詞」。

（例 94）亂風持上第五天上。造作天人宮殿竟。後久久數千萬歲。水下遂耗減。（西晉法立共法炬譯・大樓炭經 p0304a）

（例 95）如始遭火災變時。後復更始生。亂風復起。造作之悉竟後。第十五天上人。其薄祿者。來下悉塡滿。十一重天人所居上下悉充滿。及阿須倫天。在須彌山四面。本故所居處。悉皆充滿。（西晉法立共法炬譯・大樓炭經 p0305a）

例 94「造作天人宮殿竟」與例 95「造作之悉竟」是一組對比的例子，都是「造作＋Object＋竟」的形式，只是例 94 沒有副詞「悉」，而例 95 在「竟」之前有副詞做爲修飾成分。

（例 96）諸菩薩阿羅漢中。有誦經者。其音如三百鐘聲。中有說經者。如疾風暴雨時。如是盡一劫竟。終無懈倦時。（吳支謙譯・佛說阿彌陀三耶三佛薩樓佛檀過度人道經 p0307b）

例 96「如是盡一劫竟」出自《佛說阿彌陀三耶三佛薩樓佛檀過度人道經》，同一部經當中，尚有「我說阿彌陀佛功德國土快善，晝夜盡一劫，尚復未竟」的內容，與此對照，顯見「竟」與「如是盡一劫」之間可插入副詞修飾的成分，故其內部結構是以「如是盡一劫」爲主語，而以「竟」爲謂語動詞的用法。

（例 97）菩薩得無所從生法樂忍。說是時。五百菩薩悉得無所從生法樂。懼或天子。得法忍不疑。說是欲竟時。佛呼阿難。若悉得伅眞陀羅所問不。阿難白言。悉得甚善。（東漢支婁迦讖譯・佛說伅眞陀羅所問如來三昧經 p0366a）

（例 98）有諸下座比丘先洗腳上座後來洗腳未竟驅令去。佛言。若下座先已洗應聽竟。（劉宋佛陀什共竺道生譯・彌沙塞部和醯五分律 p0167c）

（例 99）爾乃水出。咸得洗手。洗手既竟。次當咒願。（元魏慧覺等譯・賢愚經 p0361a）

（例 100）若於高山有磐石處。眾多比丘於石上摩花。摩花既竟相與禮拜。久後石上自生珍寶。（梁僧伽婆羅譯・文殊師利問經 p0508c）

（例 101）菩薩答曰。……說此適竟。如伸臂頃忽然不現。（西晉竺法護譯・

佛說阿惟越致遮經 p0199c）

（例 102）頂生復言。若我有福應爲王者。國當就我。我不就國。立誓適竟。大國之中所有宮殿。園林浴池。悉來就王。（元魏慧覺等譯・賢愚經 p0439c）

（例 103）復有說者。若作業都竟。如作房舍一切都竟。是名爲作亦名增長。若作業不竟。是名爲作不名增長。（北涼浮陀跋摩共道泰等譯・阿毘曇毘婆沙論 p0099a）

（例 104）於說法堂誦出十七地經。隨所誦出隨解其義。經四月夜解十七地經方竟。雖同於一堂聽法。唯無著法師得近彌勒菩薩。（陳真諦譯・婆藪槃豆法師傳 p0188c）

例 98 應讀爲「有諸下座比丘先洗腳，上座後來，洗腳未竟，驅令去。佛言：『若下座先已洗，應聽竟』」。例 103 應讀爲「復有說者。若作業都竟，如作房舍，一切都竟，是名爲作，亦名增長。若作業不竟，是名爲作，不名增長。」例 104 應讀爲「於說法堂誦出十七地經，隨所誦出，隨解其義。經四月夜，解十七地經方竟。雖同於一堂聽法，唯無著法師得近彌勒菩薩」。而上述例 97 至 104 的例子，副詞「欲」、「未」、「既」、「適」、「都」、「不」、「方」等位於「V＋Object」詞組與「竟」之間，顯見「竟」爲「謂語動詞」的功能。

（例 105）爾時有比丘欲作氈羊毛少。諸比丘問言。作氈竟未。答言未竟。問何以故。答言。羊毛少。（東晉佛陀跋陀羅譯・摩訶僧祇律 p0307c）

例 105 應讀爲「爾時有比丘欲作氈，羊毛少，諸比丘問言：『作氈竟未？』答言：『未竟。』問：『何以故？』答言：『羊毛少。』」「作氈竟未」屬疑問句，從下文「未竟」的回答，可知「竟」在句中爲獨立的語法單位，屬「謂語動詞」的用法。整句結構爲「作氈主語＋竟謂動＋未疑問語氣詞」。

（例 106）阿難心念。今吾宜往爲佛施座。此則說法本之瑞應。適布座竟。尋時三千大千世界六反震動十方佛土各十恒沙亦復如是。（西晉竺法護譯・佛說阿惟越致遮經 p0200a）

（例 107）論者言。已說苦諦竟。集諦今當說。（姚秦鳩摩羅什譯・成實論 p0289c）

（例 108）未受先思我今欲受離惡禁戒。是名能生正受之時。是名攝受。已受戒竟思離諸惡乃增上緣五根所攝。時共種本間間善持。如所受戒守護思惟。（陳眞諦譯・決定藏論 p1026c）

（例 109）天子問言。文殊師利。以何意故如是說耶。文殊師利答言。天子。言殺殺者。是何言語。殺何物人。天子。當知殺言語者。殺貪瞋癡我慢嫉妒。幻僞諂曲取相想受。如是名殺。已說殺竟。天子應知。……（元魏毘目智仙共般若流支譯・聖善住意天子所問經 p0130c）

（例 110）如是捨愛人　則近涅槃住　已造惡業竟　不曾修行善　如是惡業燒心勿行惡業（元魏瞿曇般若流支譯・正法念處經 p0039c）

（例 111）此三德中。因果二德顯自利。恩德顯利他。已說三學竟。欲顯菩薩三德圓滿。故明此義。（陳眞諦譯・攝大乘論釋 p0246b）

例 106「適布座竟」，時間副詞「適」位於「V＋Object＋竟」之前，例 107 至 111 時間副詞「已」位於「V＋Object＋竟」之前。其中例 106「適布座竟」意指「剛布完座」，例 107「已說苦諦竟」意指「已經說完苦諦」，例 108「已受戒竟」意指「已經受完戒」，例 109 應讀爲：「天子問言：『文殊師利，以何意故如是說耶？』文殊師利答言：『天子言殺，殺者，是何言語？殺何物人？天子當知，殺言語者，殺貪瞋癡、我慢嫉妒、幻僞諂曲、取相想受，如是名殺。已說殺竟，天子應知……』」這段內容乃爲天子與文殊師利之間的對話，其中「已說殺竟」意指「已經解說完『殺』的義涵」。例 110「已造惡業竟」意指「已經造完惡業」，例 111「已說三學竟」意指「已經說完三學」。就語義指向來看，完成動詞「竟」都在補充說明持續性動作動詞「布」、「說」、「受」、「造」的「終了」。就句法結構來說，時間副詞「適」、「已」位於整個「V＋Object＋竟」結構之前，顯示完成動詞「竟」屬於謂語結構內部的語法成分，故屬「結果補語」的功能。

（例 112）阿難聞已。作是念。奇哉已壞僧竟。即還以上因緣具白世尊。（東晉佛陀跋陀羅共法顯譯・摩訶僧祇律 T22n1425_p0443a19）

《摩訶僧祇律》在例 112 這一段文字之前，有「阿難聞是語已，作是念：『此是奇事。出是惡聲，將無壞僧耶？』阿難還，以上事具白世尊」的內容，故例 112 應讀爲「阿難聞已，作是念：『奇哉！已壞僧竟。』即還，以上因緣具白世尊」。其中「已壞僧竟」一句，副詞「已」位於「壞僧竟」之前，故完成動詞「竟」

於句中乃屬補語性質的語法成分。由於動詞「壞」屬狀態動詞，此時「竟」所表達的語義已不再是動作的結果，而是狀態的實現，因而具有「動相補語」的語法功能。

（例 113）云何過去。若犯罪竟已懺悔是過去。云何未來。若未犯罪必當犯是未來。（劉宋僧伽跋摩譯・薩婆多部毘尼摩得勒伽 p0565b）

（例 114）未受具戒時作方便受具戒竟精出。偷羅遮。受具戒時作方便。受具戒時精出。僧伽婆尸沙。（劉宋僧伽跋摩譯・薩婆多部毘尼摩得勒伽 p0571b）

例 113、114 爲「V＋Object＋竟」與「未＋V＋Object」相對文的例子，屬肯定與否定形式之間的對比。其中例 113 應讀爲「云何過去？若犯罪竟，已懺悔，是過去。云何未來？若未犯罪，必當犯，是未來。」「犯罪竟」與「未犯罪」分別表達「未發生」與「發生完」，即「未完成」與「完成」之間的對比。例 114 應讀爲「未受具戒時，作方便；受具戒竟，精出。偷羅遮。受具戒時，作方便。受具戒時，精出。僧伽婆尸沙。」「未受具戒時」、「受具戒竟」及下文「受具戒時」則分別表達「未發生」、「發生完」與「正在發生」的時間點，亦即「未完成」、「完成」、「進行中」之間的對比。這兩個例句中的完成動詞「竟」顯然已經虛化。其中例 114 動詞「受」屬動作行爲動詞，故「竟」應屬「結果補語」。例 113 動詞「犯」屬當下的瞬間動詞，故「竟」應屬「動相補語」的用法。

（例 115）龍王日日。供設百味。作諸伎樂。供養菩薩。菩薩便爲具足。分別四念處慧。經一月竟。辭當還去。（元魏慧覺等譯・賢愚經 p0407b）

（例 116）我今且當待阿育王遣使往師子洲。授太子天愛帝須爲王竟。然後我往。（蕭齊僧伽跋陀羅譯・善見律毘婆沙 p0686c）

例 115「經一月竟」，嚴格的說並不算是眞的「動賓結構」，不過「一月」爲時間名詞，馬慶株（2005）討論動詞類別時，即稱之爲「時量賓語」。例 116「授太子天愛帝須爲王」實爲一兼語句，「太子天愛帝須」爲動詞「授」之賓語，爲動詞組「爲王」的主語。但爲避免分類過於繁瑣，我們還是將這兩個例子放在「V＋Object＋竟」這一類當中討論。就上下文語義來看，這兩個例子中的「竟」都應視爲「謂語動詞」，描述其前主語「經一月」與「授太子天愛帝須爲王」事件的終了。

（例 117）酥等有二種用。若與比丘衣竟。後瞋更奪取。應還與所瞋比丘。（陳眞諦譯・律二十二明了論 p0670b）

（例 118）佛告文殊師利。歸依者應如是言。大德。我某甲。乃至菩提歸依佛。乃至菩提歸依法。乃至菩提歸依僧。第二第三亦如是說。復言我某甲。已歸依佛已歸依法已歸依僧竟。如是三說。（梁僧伽婆羅譯・文殊師利問經 p0496c）

例 117「若與比丘衣竟」，「竟」出現在雙賓語句當中。就上下文語義觀察，「竟」仍在描述「與比丘衣」這件事的完畢，可視爲「謂語動詞」。例 118 於斷句上可以讀爲「復言：『我某甲已歸依佛、已歸依法、已歸依僧』竟」，亦可以讀爲「復言：『我某甲已歸依佛、已歸依法、已歸依僧竟。』」第一種讀法，「竟」爲「謂語動詞」的用法。第二種讀法，「竟」則可視爲「結果補語」的性質。

5、Subject＋V＋Object＋竟

佛經當中，「竟」也可以出現在「主動賓」具完的句子之後。一般說來，位於此一結構中的完成動詞「竟」仍具有「謂語動詞」的性質，因爲在這類句式中，副詞往往可以直接位於動詞「竟」之前。然而在「舊譯時代前期」的譯經裏，已經出現時間副詞「已」介於「Subject」與「V＋Object＋竟」之間的用法，此一結構中的完成動詞「竟」已不再具有「謂語動詞」的功能，而是屬於補語性質的語法成分。因此可以推測從「舊譯時代前期」開始，「Subject＋V＋Object＋竟」結構中的完成動詞「竟」，也已發展出「補語」功能的用法。其例句如下：

（例 119）其佛言。……其化佛說是語竟便不復現。（東漢支婁迦讖譯・佛說阿闍世王經 p0392a）

（例 120）佛敕侍者。古千比丘。暮當結戒。不得他行。即夜行籌數。得千二百五十人。佛結戒竟。比丘歡喜。莫不肅然。禮佛而退。（東漢曇果共康孟詳譯・中本起經 p0154a）

（例 121）師有二種。一可見。二不可見。不可見者。十方諸佛菩薩僧是。可見者。我身是。於可見不可見師邊。是人得戒竟。第二第三亦如是。（劉宋求那跋摩譯・菩薩善戒經 p1014c）

（例 122）其人蘇息已。起追逐牛而不逐牛跡。入林直先往牛飲水處止。或坐

或臥待牛飲水竟。取繩穿鼻以杖驅去。（蕭齊僧伽跋陀羅譯・善見律毘婆沙 p0748c）

（例 123）釋曰。若言佛作眾生利益事竟。先願應窮。不可以願證法身常住者。是義不然。何以故由正事未究竟故。（陳眞諦譯・攝大乘論釋 p0252a）

（例 124）既嘉其聰明即爲解說僧佉論語外道云。汝得論竟愼勿改易。龍王畏其勝己故。有此及其隨所得簡擇之有非次第。或文句不巧義意不如悉改易之。龍王講論竟其著述亦罷。即以所著述論呈龍王。（陳眞諦譯・婆藪槃豆法師傳 p0189c）

例 119 至 124 爲「Subject＋V＋Object＋竟」的句式。其中例 120「佛結戒竟」一句，丁福保《佛學大辭典》云：「結戒，結成戒律而護持也」，可知「結戒」爲一「動賓結構」的語法關係。

從表面結構看，「竟」在「Subject＋V＋Object＋竟」句式中，亦有兩種可能的分析方式，一是以完成動詞「竟」爲「謂語動詞」，前面的「Subject＋V＋Object」爲主語。此時整個句子的語義結構可以詮釋爲「Subject（之）V＋Object＋竟」。另一是以「竟」爲「動詞補語」，補充說明動詞「V」的動作狀態。

（例 125）佛與阿難說斯未竟。時有一人名胞罽。師事逝心。逝心名羅迦藍。胞罽睹佛靈輝。身色紫金。相好甚奇。古聖希有。心喜踊溢。拱手直進。稽首而曰。（吳康僧會譯・六度集經 p0042b）

（例 126）若有眾生行道未竟。聞佛說法即得受記三昧。（北涼曇無讖譯・悲華經 p0210b）

（例 127）諸律師共判此事未竟。是時眾中有一阿毘曇師比丘。名瞿檀多。極知方便。大德瞿檀多而作是言。（蕭齊僧伽跋陀羅譯・善見律毘婆沙 p0731a）

（例 128）若比丘時行摩那埵未竟。轉根爲比丘尼。尼應行半月摩那埵出罪。若行摩那埵竟。轉根爲比丘尼。應與出罪。若行半月摩那埵未竟。復轉根爲比丘。應與六夜摩那埵出罪。若行摩那埵竟復轉根。比丘僧應與出罪。（蕭齊僧伽跋陀羅譯・善見律毘婆沙 p0725c）

（例 129）世尊說是偈適竟。應時具足億那術百千人。聞是法得須陀洹道。（西晉竺法護譯・佛說方等般泥洹經 p0923b）

例 125 至 129，副詞「未」、「適」直接位於完成動詞「竟」之前，表明「竟」仍爲「謂語動詞」的用法。其中例 128「行摩那埵未竟」〔註 17〕與「行摩那埵竟」相對，更清楚顯示出「Subject＋V＋Object＋竟」的內部結構，若爲「主語＋謂語（竟）」時，其否定形式是以時間副詞「未」，直接處於謂語動詞「竟」之前來表達。

（例 130）佛言。譬如有百二十斛四升篅。滿中芥子。百歲者人取一芥子去。比丘是百二十斛四升芥子悉盡。人在阿浮泥犁中常未竟。若人在尼羅浮泥犁中者。百歲取一芥子。盡二千四百八十斛芥子。乃得出耳。（西晉法立共法炬譯・大樓炭經 p0286c）

例 130「人在阿浮泥犁中常未竟」，「常」在「南宋思溪藏」、「元大普寧寺藏」、「明方冊藏」中作「尙」。「常」與「尙」皆爲副詞修飾語，因此不論是「常未」或「尙未」，都是以副詞狀語的成分，置於主語「Subject＋V＋Object」〔註 18〕與謂語動詞「竟」之間。

（例 131）佛言。我說阿彌陀佛功德國土快善。晝夜盡一劫。尙復未竟。我但爲若曹小說之爾。（吳支謙譯・佛說阿彌陀三耶三佛薩樓佛檀過度人道經 p0317a）

例 131「尙復未竟」實爲「我說阿彌陀佛功德國土快善晝夜盡一劫」之句子主語的謂語結構，它應是「Subject＋V＋Object＋竟」結構的擴充形式，故將其歸入此類當中。

〔註 17〕丁福保《佛學大辭典》「摩那埵」一條云：「譯曰悅意。比丘犯僧殘罪，行懺悔，得依懺悔洗除罪，自喜使眾僧悅也。又爲僧中治罰之名。」

〔註 18〕此例「人在阿浮泥犁中常未竟」，「阿浮泥犁中」表明處所的概念，屬處所補語的性質。有些學者則是把「處所補語」視爲動詞之後的「處所賓語」。關於動詞之後表處所概念的名詞組究竟應該歸爲「處所補語」或「處所賓語」的問題，本文並不打算進一步討論，只是在分類上暫時將它置於「Subject＋V＋O＋竟」這一類句式當中，與一般的受事賓語放在一起討論，這樣作可省去將其獨立爲「Subject＋V＋C＋竟」一類的麻煩，因爲這些例子實際上都是屬於以句子形式擔任主語，接上謂語動詞「竟」的主謂結構。

（例 132）爾時有客比丘尼來。次第應得房。先住下坐比丘尼言。阿梨耶。待我移鉢。乃至明日問言。移鉢竟未。答言。我移鉢未竟。客比丘尼言。汝欲持是鉢居瓦肆去耶。用爾許鉢爲。（東晉佛陀跋陀羅譯・摩訶僧祇律 p0525b）

（例 133）比丘得已即合作敷具。諸比丘復問汝作敷具竟未。答言已竟。但於作中少利多過。（東晉佛陀跋陀羅譯・摩訶僧祇律 p0308a）

（例 134）婦人言。若不從我者。當如是如是謗。強牽我。是比丘畏故便入。入已婦人語婢守門。我與比丘行欲。女人入已欲心熾盛即臥。比丘蹴已而去。守門婢問。尊者作事竟耶。答言。已竟。（東晉佛陀跋陀羅譯・摩訶僧祇律 p0468c）

例 132 從問句「移鉢竟未」與「我移鉢未竟」的回答，可知「竟」屬「謂語動詞」。例 133、134「汝作敷具竟未」、「尊者作事竟耶」亦可從「已竟」的回答內容，確定「竟」屬「謂語動詞」。

（例 135）大臣問言。云何諸供養中於此最勝。王言。以其總持法身之故。能令法燈至今不滅。阿難之力。譬如牛跡不受海水。佛智慧海阿難能受。以是因緣。諸供養中於此最多王已供養諸大弟子聲聞塔竟。歡喜敬禮尊者。塔合掌恭敬而說偈言。（西晉安法欽譯・阿育王傳 p0104c）

例 135 於斷句上應該讀爲「王言：『以其總持法身之故，能令法燈至今不滅。阿難之力，譬如牛跡，不受海水。佛智慧海，阿難能受。以是因緣，諸供養中於此最多。』王已供養諸大弟子聲聞塔竟，歡喜敬禮尊者塔，合掌恭敬而說偈言」，其中「已供養諸大弟子聲聞塔竟」爲「王已供養諸大弟子聲聞塔竟」一句之謂語，「已」屬副詞狀語，「供養」爲述語，「諸大弟子聲聞塔」爲賓語，「竟」的語義指向爲動詞「供養」，屬謂語內部之補語成分，其功用在補充說明「供養」動作之結果。

例 135 出自於西晉安法欽所譯《阿育王傳》，因此根據這個例子，可以推測「Subject＋V＋Object＋竟」結構中的「竟」，從西晉開始就發展出「結果補語」的功能。但是此例經文中的時間副詞「已」，在「南宋思溪藏」、「元大普寧寺藏」、「明方冊藏」及「宮內省圖書寮本」中皆作「以」。如果就「以」字來解釋，這個例子的上下文意可以詮釋爲「王因爲供養諸大弟子聲聞塔一事終了，歡喜敬禮尊者塔」，此時「供養諸大弟子聲聞塔竟」可單純視爲主謂關係的「V＋Object＋竟」結構。由於版本用字有異，因此無法遽以論斷「竟」之「結果補語」功能所出現的時間。不過，從「舊譯時代前期」開始，佛經裏就已經出現副詞「已」位於「Subject」與「V＋Object＋竟」之間的例子，並且在「舊譯時代後期」的譯經資料裏，則完全沒有副詞位於「Subject＋V＋Object」與「竟」之間的例子出現。這一現象也透露出完成動詞「竟」正處於逐步虛化的過程當中。相關的例句如下：

（例 136）阿難聞已。作是念。奇哉已壞僧竟。即還以上因緣具白世尊。世尊聞已。即說此偈。……佛告阿難。非法人已作布薩竟。如法人應作布薩。（東晉佛陀跋陀羅譯・摩訶僧祇律 p0443a）

（例 137）此是從一法增至十一法。今集爲一部名增一阿含。自餘雜說今集爲一部。名爲雜藏。合名爲修多羅藏。我等已集法竟。從今已後。佛所不制不應妄制。（劉宋佛陀什共竺道生譯・彌沙塞部和醯五分律 p0191a）

（例 138）若上座已取缽竟。欲付盜比丘。上座言。汝是誰非時取缽。盜比丘聞上座語。驚怖而走。亦得波羅夷。（蕭齊僧伽跋陀羅譯・善見律毘婆沙 p0737c）

（例 139）我當廣說。若於中說者。於初波羅夷中而便亂雜。是以至句次說者令人易解。此中僧已集眾竟。白四羯磨比丘。若是比丘行不淨。得波羅夷罪。（蕭齊僧伽跋陀羅譯・善見律毘婆沙 p0719a）

（例 140）何以故。我爲慈悲憐愍利益諸世間故。爲令彼等得安樂故。阿難。我與世間已作父事親友事竟。我於汝等應作已作。（高齊那連提耶舍譯・大悲經 p0965a）

（例 141）某甲已受具足戒竟。和上某甲。僧忍默然故。是事如是持。（陳眞諦譯・佛阿毘曇經 p0970a）

（例 142）釋曰。須陀洹等學人已得道竟。後時出觀爲當起出世心。爲當起世間心。若起出世心無出觀義。若起世間心。何因得生。論曰。諸惑熏習久已謝滅。（陳眞諦譯・攝大乘論釋 p0169a）

（例 143）須菩提。我憶往昔無數無量過於算數大劫過去然燈如來阿羅訶三藐三佛陀。後八萬四千百千俱胝諸佛如來已成佛竟。我皆承事供養恭敬無空過者。（陳眞諦譯・金剛般若波羅蜜經 p0764b）

例 136 至 143 中的完成動詞「竟」已屬補語成分，其中例 136 至 141，動詞「作」、「集」、「取」、「受」都是持續性的動作動詞，「竟」在句中表達這些動作的結果，具有「結果補語」的功能。例 142 動詞「得」屬瞬間動作動詞，「竟」在句中並非表達動作之結果，而是表動作之「完成」，故屬「動相補語」的功能。例 143「已成佛竟」，動詞「成」亦具有「完成」之義，但是此時擔任補語的「竟」在句中既非表結果，亦非表完成。王錦慧（1993）曾舉出敦煌變文中「一個個總交成佛了，未曾有意略言恩」之例，認爲句中「了」字已具有「句末語氣助詞」的功能，她說：

> "成佛了"，動詞"成"字本身已有完成義，因此，"成佛了"與"成佛"義同，"了"字也是個句末語氣詞，增加句子語氣的表達而已。〔註 19〕

按照此一推論，例 143「已成佛竟」之「竟」可能亦具有「句末語氣助詞」的功能。然而動詞「竟」在中古以後的文獻裏，並沒有發展出「句末語氣助詞」的用法，如果把這個孤例的「竟」視爲「句末助詞」，那麼在整個漢語語法史的演變裏，就會顯得有點突兀。因此我們認爲例 143 的完成動詞「竟」尚未發展出「句末助詞」的功能，它在句中仍是屬於「動相補語」的用法。在上文例 38、39、40 的討論中，我們引用吳福祥（1998）的說法，認爲「動相補語」是「表示實現或完成的補語性成分」，「完成」指動作之完成，「實現」則爲狀態之實現，因此「已成佛竟」可解釋爲「完成」狀態的「實現」。試比較底下幾個例子：

（例 144）時王命終。王阿闍世到竹園中看。見是房舍即問此爲誰作。比丘答言。大王。是父王所作。有成者有未成者。王便命終。王問比丘。何不成竟。答言。無直。王言。我當與直。時房舍成竟。無陘道故。無人在上住。（姚秦弗若多羅譯・十誦律 T23n1435_p0276c23）

〔註 19〕王錦慧《敦煌變文語法研究》，頁 174，國立臺灣師範大學國文研究所碩士論文，1993。

（例 145）時舍利弗縫衣語目連言。小住待縫衣訖當去。目連催促疾去。時目連以手摩衣衣即成竟。舍利弗見目連貴其神通。即以腰帶擲地語言。汝舉此帶去。（姚秦鳩摩羅什譯・大智度論 T25n1509_p0384b29）

（例 146）染法染者。若以一法合。若以異法合。若一則無合。何以故。一法云何自合。如指端不能自觸。若以異法合。是亦不可。何以故。以異成故。若各成竟不須復合。雖合猶異。（姚秦鳩摩羅什譯・中論 T30n1564_p0008b15）

（例 147）其塔成已。玉女寶・居士寶・典兵寶・舉國士民皆來供養此塔。（姚秦佛陀耶舍共竺佛念譯・長阿含經 T01n0001_p0121b20）

（例 148）龍復語言。四城門外。有四大泉。城東泉水。取用作墼。成紺琉璃。城南泉水。取用作墼。其墼成已。皆成黃金。城西泉水。取用作墼。墼成就已。變成爲銀。（元魏慧覺等譯・賢愚經 T04n0202_p0424c05）

（例 149）爾時世尊既成佛已。作是思惟。何等眾生應先得度。（姚秦鳩摩羅什譯・大莊嚴論經 T04n0201_p0312b20）

例 144、145、146 爲「成竟」的用法，例 147、148 爲「成已」的用法。其中例 144「房舍成竟」、145「衣即成竟」與例 147「其塔成已」、148「其墼成已」句式相對，「竟」、「已」的語義指向都爲動詞「成」。「其塔成已」與「其墼成已」之「已」在句中屬「動相補語」的性質，[註 20] 與之相對的「竟」顯然也具有「動相補語」的功能。更有趣的是例 149「爾時世尊既成佛已」這個例子，「既成佛已」與「已成佛竟」相對，所表達之概念相同，「已」與「竟」同樣都具有「動相補語」的性質。因此就上舉例 143 與例 142 來說，「已成佛竟」與「已得道竟」之「竟」皆爲「動相補語」，差別只在於前者「竟」字用以表狀態之實現，後者則表動作之完成。

[註 20] 蔣紹愚〈《世說新語》《齊民要術》《洛陽伽藍記》《賢愚經》《百喻經》中的"已""竟""訖""畢"〉一文已舉出《賢愚經》「其墼成已」一例，並認爲「成已」之「已」即屬前接非持續動詞的「動相補語」。

6、S，竟，S

此一結構的「竟」位於兩個句子之間而獨立成句，其功用仍在描述前一句子所表達事件之結束。例句如下：

（例 150）十九者示現般遮旬世間有貧窮羸劣者。指示地中伏藏財物。施與貧窮人。竟爲說經法皆令發意。（東漢支婁迦讖譯・佛說伅眞陀羅所問如來三昧經 p0358c）

例 150 於斷句上可讀爲「十九者，示現般遮旬。世間有貧窮羸劣者，指示地中伏藏財物，施與貧窮人，竟，爲說經法，皆令發意。」其中「十九者」爲菩薩漚和拘舍羅所行三十二事中之第十九事。丁福保《佛學大辭典》云：「般遮旬 Paa^na，譯曰五神通。又曰五旬。般遮爲五也。」因此第十九事乃示現五神通，指示世間貧窮羸劣之人，地中所伏藏之財物，並將其施捨給貧窮之人，施捨之事完畢後，爲貧窮之人說經法，令所有貧窮之人都能發意。就上下文之語義觀之，「竟」當單獨成句，描述其前「施與貧窮人」之事的完畢，故爲「謂語動詞」之性質。

（例 151）摩突羅國有一長者子新取婦。竟辭其父母向尊者所。求哀出家。尊者即時度使出家。教受禪法。及其坐禪。心念己婦顏貌端正。尊者即化其婦在前而立。（西晉安法欽譯・阿育王傳 p0125a）

例 151 於斷句上可讀爲「摩突羅國有一長者子新取婦，竟，辭其父母，向尊者所，求哀出家」，其中「竟」指「取婦」一事終了，於是向父母辭別。

（例 152）若二人者。一人澆一人洗。不得太多用水棄。當籌量用。不得覆頭覆右肩。當偏袒坐。不得洗腳時坐禪睡眠不淨觀及誦經。竟當避去勿妨餘人。若最在後洗者。得誦經無罪。（東晉佛陀跋陀羅譯・摩訶僧祇律 p0508b）

例 152 這一段經文乃在敘述比丘從聚落中回來時，所行洗漱之事。就上下文語境觀察，「竟」指洗漱之事竟，「竟」字獨用，位於「S，竟，S」結構之中，表明其「謂語動詞」的性質。

7、竟＋NP

「竟」出現在「竟＋NP」結構時有兩種用法，一種「竟」爲動詞，其後名詞爲其賓語；一種「竟」屬形容詞，修飾其後之名詞。底下討論第一種做爲動詞「竟」的例句。

（例 153）其佛般泥洹已是兒當習其後。便於遮迦越羅壽盡。當至兜術天上。從上竟壽而下。當生彼佛刹而自成佛。（東漢支婁迦讖譯・佛說阿闍世王經 p0405a）

（例 154）王意乃解。即便下床。遙禮祇洹。歸命三尊。懺悔謝過。盡形竟命。首戴尊教。（東漢曇果共康孟詳譯・中本起經 p0160b）

（例 155）是打比丘去後。異比丘於後便竟其命。前打比丘得偷蘭罪。後殺比丘得波羅夷。（東晉佛陀跋陀羅譯・摩訶僧祇律 p0257b）

例 153「從上竟壽而下」，「竟」字與上文「便於遮迦越羅壽盡」一句之「盡」字同義。例 154「盡形竟命」，更是屬於「動＋賓、動＋賓」之平行結構。例 155「便竟其命」與例 154「竟命」義同，「竟」字皆爲「終了、結束」之意。

（例 156）其人往時有小功夫施恩於王。王思念之遣告獄吏放出其人。恣之四月自在娛樂。與眷屬俱而相勞賀。竟四月已還著獄中。（西晉竺法護譯・修行道地經 p0213b）

（例 157）善男子。如來玄見迦葉菩薩卻後三月善根當熟。亦見香山須跋陀羅竟安居已當至我所。（北涼曇無讖譯・大般涅槃經 p0514b）

（例 158）同時成道　於六年中　正法王治　竟此數已　便當盡漏（苻秦曇摩難提譯・阿育王息壞目因緣經 p0180b）

例 156 至 158，「竟四月已」、「竟安居已」、「竟此數已」，在「竟＋NP」之後再加上「已」，語義上分別指「終盡四個月以後」、「安居終了以後」、「此數終了以後」。

5.2　「竟」之其他語法功能

除了完成動詞「竟」的用例以外，在佛經裏，「竟」也可擔任「副詞修飾語」、「名詞賓語」、「形容詞修飾語」等幾種語法功能。

1、竟＋Predicate

這一類別的「竟」字位於整個謂語結構之前，屬副詞修飾語的性質，表達「最後、最終」的概念。其例句如下：

（例 159）是大沙門。端正可惜。不隨我語。竟爲毒火所害。（吳支謙譯・佛說太子瑞應本起經 p0481a）

（例 160）但以新發意者我見心覆故生驚怖。爲除顛倒令得實見竟無所失。（姚秦鳩摩羅什譯・大智度論 p0730c）

例 159「竟爲毒火所害」乃是「是大沙門竟爲毒火所害」省略主語「是大沙門」的結果，因此「竟爲毒所害」整個爲一謂語結構，「竟」則充當謂語結構內部之狀語，屬副詞修飾語的性質，表明是大沙門「最後」被毒火所害的意思。例 160「竟無所失」意指最終無所失的意思。

（例 161）南天竺有一男子。與他婦女交通。母語兒言。與他交通。是大惡法。婬欲之道無惡不造。聞是語已。即殺其母。往至他家求彼女人。竟不獲得。（西晉安法欽譯・阿育王傳 p0120c）

（例 162）往昔有賈客三人。到他國治生。寄住孤獨老母舍。應雇舍直。見老母孤獨欺不欲與。伺老母不在。默聲捨去竟不與直。（西晉法立共法炬譯・法句譬喻經 p0582b）

例 161、162「竟」出現在否定副詞「不」之前，語義亦爲「最終、最後」的意思，仍屬狀態副詞的用法。如例 161「竟不獲得」指「最後沒有獲得」，例 162「竟不與直」指「最後沒有與直（付錢）」。

（例 163）佛知而故問。優波離。汝來還何故速。僧中諍事竟得滅不。答言。未滅。（東晉佛陀跋陀羅譯・摩訶僧祇律 p0323a）

（例 164）佛言。善男子。譬如有人食已心悶出外欲吐。既得吐已而復迴還。同伴問之汝今所患竟爲差不。（北涼曇無讖譯・大般涅槃經 p0396a）

（例 165）我空歸家。不知彼牛竟云何失。（元魏慧覺等譯・賢愚經 p0428c）

（例 166）若使先王有餘業者。今王殺之竟有何罪。唯願大王寬意莫愁。（北涼曇無讖譯・大般涅槃經 p0475a）

（例 167）魔即怒曰。汝幼無知。乃言瞿曇有勝道德。瞿曇身羸如枯骨人。竟何所能而言慈悲。（東晉佛陀跋陀羅譯・佛說觀佛三昧海經 p0651a）

（例 168）於自己身內外諸法而不能知。我竟是誰。我是誰許。（高齊那連提耶舍譯・佛說施燈功德經 p0804c）

（例 169）瓶有暗故。既不能自照燈亦有暗。云何能照。二者能所照一。既是一體。竟誰爲能所照耶。（陳眞諦譯・佛性論 p0791b）

例 163 至 169，「竟」在上述疑問句中亦處於謂語結構之前，主要擔任副詞狀語的功能，而這些例子中的「竟」則具有「究竟、到底」的意思。如例 163「竟得滅不」指「究竟能否得滅」，例 164「竟爲差不」指「究竟好了沒」，例 165「竟云何失」指「到底怎麼失去的」，例 166「竟有何罪」指「到底有何罪」，例 167「竟何所能」指「究竟有什麼能奈」，例 168「我竟是誰」指「我到底是誰」，例 169「竟誰爲能所照耶」指「到底（究竟）誰爲能所照耶」。

（例 170）其人得金詣市買人。所買之人不知當殺以祭天祠。病人父母愚癡無智竟不至家。直詣天祠語守廟者。汝速爲我設祭天祠。（梁月婆首那譯・僧伽吒經 p0969c）

（例 171）佛入娑梨那村竟。不得食空缽而出。（元魏菩提留支譯・入楞伽經 p0560b）

（例 172）若比丘語比丘言。長老。共入某村。當與汝多美食。是比丘至村竟。不令與此比丘食。語言。長老汝去。我共汝若坐若語不樂。我獨坐獨語樂。非餘因緣而遣去者。波逸提。（元魏瞿曇般若流支譯・解脫戒經 p0663a）

例 170「竟不至家，直詣天祠」指竟然沒有回家，而直接前往天祠的意思。例 171 應讀爲「佛入娑梨那村，竟不得食，空缽而出」。例 172 斷句應改爲「若比丘語比丘言：『長老，共入某村，當與汝多美食』，是比丘至村，竟不令與此比丘食。語言：『長老，汝去！我共汝若坐若語，不樂。我獨坐獨語，樂。』非餘因緣而遣去者，波逸提。」兩個例子中的「竟」字都應當歸屬於下句，它們與例 170「竟不至家」的用法相同，乃副詞修飾語。例 171「佛入娑梨那村，竟不得食，空缽而出」意指佛進入娑梨那村以後，竟然沒有得到食物，空著缽出來。例 172「是比丘至村，竟不令與此比丘食」則意指那個比丘到了村子以後，竟然不讓村人施給那個比丘食物。

2、V＋竟

在 5.1 小節裏，我們指出佛經「竟」字位於「V＋竟」結構時，有「動詞」

與「名詞」兩種情形，底下所討論，爲擔任賓語名詞的功能，其例句如下：

（例 173）後復無災變者。後有災變者是則不安。從本至竟無有異。是乃爲安。（東漢支婁迦讖譯・佛說阿闍世王經 p0396b）

（例 174）心自端正決斷世事。專精行道便旋至竟。壽終命盡不能得道。無可那何。（吳支謙譯・佛說阿彌陀三耶三佛薩樓佛檀過度人道經 p0312c）

（例 175）至竟無能生　用離等侶故　一切眾緣力　諸法乃得生（劉宋僧伽跋摩譯・雜阿毘曇心論 p0880c）

例 173、174、175「至竟」意指「到最後」的意思，其中「從本至竟」與現代漢語「從頭至尾」的意思相同。

（例 176）愚冥凡夫由從顛倒而生痛痒。罪福報應適合便離。故曰痛痒悉空慌惚虛詐之法。以如是知從痛因緣得心處所。痛會有竟必歸滅盡。（西晉竺法護譯・持人菩薩經 p0634b）

（例 177）如牢獄囚開鎖五木。安能自濟解脫。苦哉如是之屬。志在生死。譬如車輪無窮無竟斷絕。是行卻除眾欲。（西晉竺法護譯・佛說四自侵經 p0539a）

例 177 應讀爲「苦哉如是之屬，志在生死。譬如車輪，無窮無竟，斷絕是行，卻除眾欲。」而例 176、177「有竟」、「無竟」，「竟」都屬動詞「有」、「無」之賓語。當中「痛會有竟」指痛會有終了的時候，「無窮無竟」則指沒有窮盡、沒有終止的時候。

（例 178）云何爲初云何爲中云何爲竟。或作是說。戒爲首思惟惡露爲中涅槃爲竟。（苻秦僧伽跋澄等譯・尊婆須蜜菩薩所集論 p0770b）

例 178「云何爲竟」意指「什麼是竟」，「竟」位於判斷動詞「爲」之後，屬於賓語的性質。像這種「竟」當名詞，出現在「V＋竟」結構裏的用法，前面的動詞都是不具有動作行爲概念的「存現動詞」或「判斷動詞」，或者以介賓形式出現在「至」的後面。至於其他接在具有時間性質之「動作動詞」後面的「竟」，則都屬動詞性的用法。而除了出現在「存現動詞」、「判斷動詞」與介詞「至」之後的「竟」，屬名詞性用法以外，名詞「竟」也可冠以數詞，出現在如以下所列舉的語境當中：

（例 179）共一戒一竟。一住一食一學一說。（東晉佛陀跋陀羅譯・摩訶僧祇律 p0412c）

3、竟＋Adj

在佛經裏，「竟」亦具有名詞性的用法。而「竟」充當名詞時，也可出現在主語的位置，後接形容詞。其例句如下：

（例 180）所以者何。比丘博聞則持不忘。若有說法。初善中善竟善。（西晉竺法護譯・生經 p0082a）

（例 181）爲諸沙門梵志天龍鬼神梵天及世間人民。說經講義。上中亦善其竟亦善。所謂上亦善者。身行善口言善心念善。中亦善者。其意甚諦戒禁具足超踰眾智。竟亦善者以得脫空無想無願之法門。（西晉竺法護譯・佛說文殊師利現寶藏經 p0462a）

例 180「竟善」、181「其竟亦善」、「竟亦善」，就表面形式而言，「竟」出現在主語的位置，其後「善」、「亦善」則爲謂語結構。但以之與下面例 184「竟語亦善」、185「竟教亦眞」相對照，可知此處「竟」實爲「竟語（或竟說）」之省略。實際上我們也可以把「竟善」、「竟亦善」這種形式視爲「主題－述評」的結構。

4、竟＋NP

此爲「竟」出現在「定中結構」中的用法，它有兩種意思，一指「最終、終了」，一指「全部、整個」之義。

（例 182）佛語舍利弗。悉說是諸佛字。從劫至劫未有竟時。皆悉文殊師利之所發動。（東漢支婁迦讖譯・佛說阿闍世王經 p0394b）

（例 183）佛告阿難。若我從一劫至那術劫。作譬合會挍計說譬喻法。講義說諸佛。無有竟時不可竟也。（西晉竺法護譯・佛說方等般泥洹經 p0925a）

例 182「未有竟時」與例 183「無有竟時」指「沒有終了的時候」。「竟時」實際爲「竟之時」，即「終了之時」。在上古漢語時期，句子或動詞組的名物化（nominalisation）主要是利用加入「之」字的方式形成名詞組，但由於「之」字的這種名物化功能，到了中古漢語時期已逐漸消失，故句子形式或動詞組可直接出現在「主語」、「賓語」等一般由名詞組所出現的位置，也因此形成了「未有竟時」這樣的形式。

（例 184）演說經典。初語亦善中語亦善竟語亦善。（西晉竺法護譯・正法華經 p0065c）

（例 185）佛言。若佛在世若般泥洹後。菩薩持十二部經教授。上教亦眞中教亦眞竟教亦眞。（西晉無羅叉等譯・放光般若經 p0028a）

例 184、185「竟語」、「竟教」指最終之語、最終之教，「竟」修飾其後之中心語「語」和「教」。

（例 186）釋曰。律中說拔除迦絺那衣羯磨。有八種。一竟邊。二成就邊。三出離邊。四失邊。五間邊。六過住邊。七斷望邊。八共拔除邊。（陳眞諦譯・律二十二明了論 p0671a）

《律二十二明了論》尚有「至邊者，有三種：一至身邊，二至物邊，三至器邊」之內容，透過這一段經文可知「邊」有處所之義，因此例 186「竟邊」可釋讀爲「終盡之處」。

（例 187）聚中道士。有五百人。菩薩過之。終日竟夜。論道說義。師徒皆悅。（吳支謙譯・佛說太子瑞應本起經 p0472c）

（例 188）婆闍弗哆說如此偈覺悟阿難。阿難聞已竟夜經行坐禪念定。（西晉安法欽譯・阿育王傳 p0113a）

（例 189）後日國王請諸大臣。上殿宴會會輒竟日。（西晉法立共法炬譯・法句譬喻經 p0585a）

例 187、188、189 的「竟夜」、「竟日」之「竟」，爲「全部、整個」的意思。其中例 188 於斷句上應爲「婆闍弗哆說如此偈覺悟阿難，阿難聞已，竟夜經行，坐禪念定。」「竟夜經行」指整夜經行的意思。

（例 190）其彼世時八萬大臣。在大名稱劫而復學道。過是劫已中間斷絕。竟八十劫都無佛興。然後有劫名喻星宿。其八萬大臣於斯劫中成最正覺。過星宿劫中間斷絕。竟三百劫中久無佛興。然後有劫名重清淨。（西晉竺法護譯・賢劫經 p0064a）

（例 191）是毘止獄四角四門。鐵城圍遶上下皆鐵。晝夜燒燃遍滿火炎。是中罪人無量百千重沓受燒。猶如樵積猶如鍊鐵竟一日夜其身被燒亦復如是。（陳眞諦譯・佛說立世阿毘曇論 p0214b）

例 190、191「竟八十劫，都無佛興」、「竟三百劫中，久無佛興」與「竟一日夜」，三者的「竟」也都當做「全部、整個」之意，「竟八十劫」與「竟三百劫中」分別指「整個八十劫裏」與「整個三百劫中」，都沒有佛興的意思。「竟一日夜」則意指「整整一日夜」。

5.3 小　結

根據前面兩個小節的討論內容，我們可以把「竟」字在整個中古佛經裏的用法與功能，作如下的歸納。

1、語法功能

首先就詞性而言，「竟」在佛經中主要爲動詞的用法，屬「完成動詞」的一類。它可以有及物性的用法，也可以有不及物性的用法。語義上不論擔任及物或不及物的動詞，「竟」都具有「終了、完畢」的意思，它的語義功能乃在描述前面「主語」或後面的「賓語」所表達之「動作行爲」或「事件」的終了。

除了充當「動詞」之外，「竟」也具有「副詞」、「名詞」、「形容詞」等功能。當名詞用時，爲一時間名詞，具有「最終之時」或「最後之時」的概念。作「副詞」用時，則可以有「最終、終究」、「究竟、到底」、「竟然」三種意思。其中「究竟、到底」之意，只會出現在疑問句裏；「最終、終究」、「竟然」則須視上下文語境而給予不同的詮釋。「最終、終究」之意，主要在強調事件完結時所發生的狀況；「竟然」之意，則是因上下文語境在事件發生的過程之間，出現了轉折，因而衍生出的用法。故「竟」字當副詞用，在語義上主要的核心意義仍是表達「終了」的概念，不同的「義項」是受到不同語境的影響而產生。而形容詞「竟」則具有「全部、整個」的涵義。

其次，就語法結構來說，「竟」當「完成動詞」時，在句子內部可以處在「述語」的位置，也可以處於謂語內部之「補語」的位置。位於「述語」結構的「竟」，本文稱之爲「謂語動詞」，而出現在「補語」的「竟」，則以「動詞補語」名之。這中間又可根據其修飾動詞類別的不同，區分爲「結果補語」（result complement）與「動相補語」（phase complement）兩種功能。「結果補語」用以表達持續性動作動詞之結果，「動相補語」則補充說明非持續性動詞（包含瞬間動詞、狀態動詞）之完成或實現。

2、歷時演變

吳福祥（1998）探討完成體助詞「了」的產生時，認為現代漢語體標記的語法化過程，都經歷了「動詞＞結果／趨向補語＞動相補語＞體助詞」的幾個階段。〔註21〕而在中古佛經裏，「竟」即是處於由「動詞」虛化為「結果補語」（result complement）的過程當中，並且從「舊譯時代前期」開始，佛經經文中已出現「竟」位於「瞬間動詞」與「狀態動詞」之後，擔任補語的例子，這顯示「竟」在這個階段甚至已虛化為「動相補語」（phase complement）的功能。〔註22〕

引起「謂語動詞」「竟」產生虛化的因素，一樣是受到句法結構的影響。它與另一完成動詞「訖」演變的誘因是相同的。它們都是因為處於「V＋完成動詞」或「Subject＋V＋完成動詞」的句法結構中，經由句子內部語法關係的「重新分析」，使得「訖」、「竟」由原本的「謂語動詞」變成「動詞補語」的性質。此一句法結構「重新分析」的過程如下：

〔〔主V〕〔謂完成動詞〕〕→〔〔動V〔補完成動詞〕〕〕

〔〔主Subject＋V〕〔謂完成動詞〕〕→〔〔主Subject〕〔謂〔動V〕〔補完成動詞〕〕〕

此一句法結構內部「重新分析」的形式標記，可以經由時間副詞「已」、「適」等，在句中所出現的位置加以確認。也就是當副詞位於完成動詞「竟」之前時，此時「竟」仍保持「謂語動詞」的功能。但是當時間副詞處在「V＋竟」結構之前時，就標誌著完成動詞「竟」在句法結構中，已經由「謂語動詞」進入到「動詞補語」的位置。處在補語位置的動詞「竟」，剛開始主要表達動作行為結果的語義功能，仍具有較強的詞彙意義，故屬「結果補語」的用法。進一步的虛化，則是等到「竟」字的使用，擴充至可以擔任「瞬間動詞」與「狀態動詞」的補語時，此時「竟」之詞彙意義逐漸消失，而改以表達瞬間動作的完成或狀

〔註21〕參吳福祥〈重談"動＋了＋賓"格式的來源和完成體助詞"了"的產生〉，《語法化與漢語歷史語法研究》，頁176，安徽教育出版社，合肥，2006。

〔註22〕吳福祥〈重談"動＋了＋賓"格式的來源和完成體助詞"了"的產生〉一文，判斷「V＋了」結構之「了」為「動相補語」的形式、語義標記有「（i）瞬間動詞＋了、（ii）狀態動詞＋了、（iii）形容詞＋了、（iv）動補結構＋了」四個標準。本文所說的「狀態動詞」亦包含「形容詞」在內，因此從「竟」出現在「瞬間動詞」、「狀態動詞」之後，可推測部分「竟」字的用例，已經具有「動相補語」的功能。

態的實現爲主要語義功能，這一用法的「竟」就具備了「動相補語」的功用。換句話說，「竟」從「謂語動詞」虛化爲「結果補語」，是因爲句法結構「重新分析」所導致的影響，而從「結果補語」虛化爲「動相補語」，則是新的句法規律開始使用之後，在語境上擴充之後的結果。

如果我們從分佈的角度觀察，可以發現「竟」字由「謂語動詞」語法化爲「結果補語」，再到「動相補語」的演變，是從「竟」處在表「已然」的語境當中開始，因此從「古譯時期」到「舊譯時代後期」的發展過程裏，可以發現有愈來愈多的「已 V 竟」與「已 V＋Object＋竟」的例子出現。從整個語法體系的語法範疇來看，也可以發現在「古譯時期」的語法系統中，表達「未然」（imperfective）與「已然」（perfective）的範疇，是利用副詞「未」跟「已」（或「既」）出現在動詞或動詞組之前，構成語法形式上的對立。而表示動作行爲或事件的「完成」與「未完成」，則是透過副詞「未」出現在完成動詞之前，構成否定形式與肯定形式之間的不同。〔註 23〕

但從劉宋時期（屬「舊譯時代前期」）的譯經開始，佛經經文中已出現了「未V」與「V 竟」這種否定與肯定形式之間對立的情形。也就是「V 竟」原本是表事件「完成」的語法範疇，在句中被用來與表「未然」語法範疇的「未 V」形式相對。之所以可以有這樣的情形，我們認爲是因爲「竟」字開始虛化爲「結果補語」之後，此時「竟」表達的是「體貌」範疇當中「完成」概念的語法功能，此時「竟」只能分佈在表「已然」（perfective）的語境裏面，〔註 24〕故可用以與「未然」（imperfective）的語法範疇相對。

與這個現象互相平行的，是「古譯時期」與「舊譯時代前期」的譯經資料當中，可以看到很多「V＋（Object）＋未竟」的例子，但是到了「舊譯時代後期」，「未竟」出現在「V＋（Object）」之後的例子已不多見。這也顯示出「V竟」與「V 未竟」之間的對比，在語法系統中已慢慢轉變。因此，不論是就句法結構，或者是就動詞搭配、語法範疇的分佈等角度觀察，都可以發現「竟」

〔註 23〕利用副詞「未」出現在完成動詞之前的用法爲「有標」（marker）的形式，單獨用完成動詞表達動作行爲或事件的完成則屬「無標」（un-marker）的形式。

〔註 24〕這也是爲什麼在佛經裏面可以發現有「已 V 竟」、「Subject 已 V 竟」的用例，卻沒有「未 V 竟」或「Subject 未 V 竟」例子出現的原因。因爲表「完成」概念的「竟」在語法範疇的分佈上，只能出現在 perfective（已然）的語境當中。

在中古佛經裏的用法，是逐漸由「謂語動詞」虛化至「動相補語」。只不過在中古漢語時期，「竟」仍處在新、舊語法功能並行的階段，因此從「古譯時期」一直到「舊譯時代後期」，還可以發現許多「竟」擔任「謂語動詞」功能的例子。

3、動詞搭配

從完成動詞「竟」在完成貌句式裏搭配的動詞狀況來看，可以出現在「竟」字之前的動詞如下表：

表 5.3-1　「竟」之動詞配合表： 〔註 25〕

結　構	音節	動　相		搭　配　動　詞
V＋竟	單音節	動態	持續	舞、遶／繞、言、語、說、請、白（說）、謂、誦、問、諫、論、食、飯、飲、剃、作、澡、浣、染、造、坐、過、煮、治、試、行、攝、敹、分、禮、與、浴、洗、度、乞、打、覆、產、教、唱、捨、住、集、磨、落（指落髮）、薰、鉗、用、補、取、燒、施、析、出
			瞬間	成（完成）、見、示、離、除、得（獲得）
		靜態	狀態	乾、老、壞
	雙音節	動態	持續	坐飯、咒願、言語、澡浴、洗浴、沐浴、選擇、分衛、廣說、略說、解說、闍維、安居、算計、和合、分別、自恣、浣染、料理、布薩、飽食、見禮、棄捨、出家、論議、別住、羯磨〔註 26〕、教授、大便、檢校、交通、籌量、度量、莊嚴、苦行、三歸、治護、倚看、表述、講論、慰喻、懺悔、分析
			瞬間	覺了
		靜態	狀態	搖動

〔註 25〕按：本表根據中古佛經「竟」字出現在「（Subject）＋V＋（Object）＋竟」結構的使用情形歸納而成。表內「搭配動詞」一欄，爲出現在「（Subject）＋V＋（Object）＋竟」結構裏「V」位置的動詞。動詞後「下標」的部分乃注明此一動詞在句中所表達的意義。「其他」一項，則爲整個位於動詞「竟」之前的並列詞組或句子。

〔註 26〕丁福保《佛學大辭典》：「譯曰作業。作授戒懺悔等業事之一種宣告式也。以由此宣告文而其事成就故也。行事鈔上一曰：「明了論疏翻爲業也，所作是業，亦翻爲所作。百論云事也。若約義求，翻爲辦事。」玄應音義十四曰：「羯磨此譯云作法辦事，優婆離問經作劍暮，此梵言之訛也。」慧苑音義上曰：「羯磨此云辦事，謂諸法事由玆成辦也。」

<table>
<tr><td rowspan="4">V＋Object＋竟</td><td rowspan="2">單音節</td><td rowspan="2">動態</td><td>持續</td><td>結（結戒）、說、講、聽、念、作、受、授、燒、行、積（累積）、布（布座）、禮、誦、敷、觀、解（解開）、解（解說）、釋（釋義）、乞、立、縫、與（給與）、移、取、拜、差（差遣）、集、洗、浣、示（指示）、捨、白（說）、置、嚼、用、論、飲、歠、學、易（交易）、度（付錢）、度（度化）、治、發、步（步影）、歸（歸依）、摩、造、斷（處理）、出</td></tr>
<tr><td>瞬間</td><td>了（了知）、斷（斷絕）、判（判決）、壞、得（獲得）、成（成就）、明（明了）</td></tr>
<tr><td rowspan="2">雙音節</td><td rowspan="2">動態</td><td>持續</td><td>供養、造作、淨修、覆行、指授、飲食、驅出、教授、教悔、辭謝、建立、靜處、安立、與披、制伏、列出、示現、歸依</td></tr>
<tr><td>瞬間</td><td>住果〔註 27〕、燒空</td></tr>
<tr><td colspan="2">其　他</td><td colspan="2">持　續</td><td>澡漱洗缽、摩那埵〔註 28〕、浣染縫、安居自恣、取藥塗毒、身出煙、翻講論</td></tr>
</table>

表 5.3-1 顯示完成動詞「竟」可以出現在「持續性」、「瞬間」及「狀態」三類動詞的後面，所搭配的動詞數量，以「持續性」動詞最多，其次爲「瞬間」動詞，「狀態」動詞則只有「乾」、「老」、「壞」幾個例子，並且分別都只出現一次。與「瞬間」動詞搭配的例子，主要是出現在東晉以後的「舊譯時代前期」與「後期」譯經當中；與「持續性」動詞的搭配，則從「古譯時期」一直到「舊譯時代後期」都有大量的例子。這樣的分佈狀況，表示佛經完成動詞「竟」主要的功用，乃在表達持續動作行爲的完結。但是到了東晉以後，它也發展出表達瞬間動作行爲完成的功用。至於表達狀態之實現的用法，由於僅有少數幾個例子，也許顯示它正進一步朝著此一語法功用的方向發展，或者也可以暫時將其視爲例外的情形。

張美蘭（2003）指出，在《祖堂集》的語料裏，與「竟」搭配的動詞有：「言、捧付、除、識、成、通達、安、懺悔」等，並云：

〔註 27〕丁福保《佛學大辭典》「住果」條云：「聲聞緣覺之聖者，各安住於所得之證果，不更進求勝道也。俱舍論二十三曰：「住果者，乃至未起勝果道時但名住果。」法華玄義五曰：「住果聲聞猶在草庵。」

〔註 28〕丁福保《佛學大辭典》：「行事鈔中一曰：『摩那埵者翻爲悅眾意，隨順眾教咸生歡喜。』」

> "畢"、"訖"多用在持續動詞之後；只有"竟"較爲特殊，多用於非持續動詞之後，這可看爲是受"已"用法的影響，不是"竟"用法的新特點。〔註 29〕

據此可知完成動詞「竟」，一直到唐末五代這個階段，仍持續出現在瞬間動詞之後，擔任「動相補語」的作用。〔註 30〕它與完成動詞「畢」、「訖」之間的語法功能，一直到五代時期的《祖堂集》，還是有所區別的。而這樣的差異，在「舊譯時代前期」以後的譯經資料就已存在。

不過，張美蘭（2003）認爲「竟」字出現在非持續性動詞之後，是受到「已」字用法的影響，不是「竟」字用法的新特點。關於這一點，本文有不同的意見。我們的看法是：完成動詞「竟」能夠出現在非持續動詞之後的用法，確實是受到「已」字的影響，〔註 31〕但此一影響應是誘發「竟」字進一步語法化的因素。當「竟」字能夠出現在此一語法環境以後，同時也就意味著它已經發展出新的語法功能，並且這當中還呈現使用比例多寡的變化。

如果進一步比較中古佛經與《祖堂集》這兩個階段，使用「竟」字的分佈狀態，可以發現在中古佛經裏，「竟」出現在持續性動詞之後的例子，遠多於出現在非持續性動詞之後。可是到了十世紀的《祖堂集》裏，用於非持續性動詞之後的完成動詞「竟」，卻已多於出現在持續性動詞之後。兩相比較，更明顯呈現出完成動詞「竟」逐步語法化的趨勢。它不只是單純受到「已」字用法的影響而已，實際上也代表了「竟」字本身語法化的發展軌迹。

〔註 29〕張美蘭《祖堂集語法研究》，頁 269，商務印書館，北京，2003。

〔註 30〕張美蘭（2003）也把「竟」稱爲「動相補語」，不過她對「動相補語」的定義，是根據蔣紹愚（2001）的說法，把表「完結」與「完成、實現」兩種不同功能的補語成分都視爲「動相補語」，本文則採吳福祥（1998）的論點，將表「完結」義的補語視爲「結果補語」，而把表「完成、實現」義的補語視爲「動相補語」。

〔註 31〕參本論文 9.2.1 的討論。

第六章　中古佛經「已」之語法功能與演變

梅祖麟（1981）指出「已」、「畢」、「訖」、「竟」、「了」等字爲同義詞，都表示「終了、完畢」的意思，並將它們稱爲「完成動詞」。〔註1〕蔣紹愚（2001）認爲完成句式「V＋（O）＋完成動詞」中的「已」，在佛經中一部分是來自於漢語原有的動詞「已」，一部分（指前接非持續性動詞的「已」）則是受到梵文絕對分詞的影響而產生，因此將佛經中的「已」區分爲「已 $_1$」與「已 $_2$」，「已 $_1$」表「完結」的概念，「已 $_2$」則表「完成」的意涵。〔註2〕龍國富（2004）的看法與蔣紹愚相同，也是以「已」前面所接爲「非持續性動詞」或「持續性動詞」爲區判根據，將之分爲兩種。〔註3〕雖然蔣紹愚與龍國富兩位先生的看法一致，都將「已」區分爲兩種性質不同的語法成分，但前者所採用的佛經文獻，僅根據《百喻經》與《賢愚經》；後者所探論的語料，亦僅侷限於姚秦時期的譯經資料，因此對於「已」字在佛經中使用情形的觀察與討論，仍有不夠全面與完備之憾。

就「完成動詞」在佛經裏面的使用情況而言，「已」在佛經裏使用的頻率是最多的一個，並且所出現的語境也是最爲複雜的一個。因此如果想要釐清「已」

〔註1〕梅祖麟〈現代漢語完成貌句式和詞尾的來源〉，《語言研究》第一冊，頁65～77，1981。

〔註2〕蔣紹愚〈《世說新語》《齊民要術》《洛陽伽藍記》《賢愚經》《百喻經》中的"已""竟""訖""畢"〉，《中古漢語研究（二）》頁309～321，商務印書館，北京，2005。

〔註3〕龍國富《姚秦譯經助詞研究》，頁74～84，湖南師範大學出版社，長沙，2005。

與其他完成動詞「畢」、「訖」、「竟」之間的性質是否相同，以及判斷完成貌句式中「已」字的來源問題，仍然必須將「已」字在中古佛經中的用法，做一整體性的觀察。在第三、四、五章裏，本文已分別就「畢」、「訖」、「竟」在佛經中的用法，作了初步的分析，而在這一個章節裏，我們將就「已」在整個中古佛經裏面的使用情形，進行討論。

6.1 完成動詞「已」

中古佛經的完成動詞「已」所出現的語法環境，可以有幾種狀況：一是位於單一動詞之後，二是處在句末的位置，三是介於上下兩個分句之間，四是位於名詞組之後。底下分為「『已』單獨位於動詞之後」、「『已』附於句子形式之後」、「其他語境之動詞已」三個小節加以討論。

6.1.1 「已」單獨位於動詞之後

「已」在佛經裏可以出現在單一動詞之後，用以補充說明前面動詞所表達動作行為的完成，在句中擔任「動詞補語」的功能。正如蔣紹愚、龍國富兩位先生所指出的，這一結構中的「已」，前面所接的動詞可以區分為「持續性動詞」與「非持續性動詞」兩類。底下列出此一結構中的例子：

1、V持續＋已

（例 1）其佛言。有不可議怛薩阿竭署。若當學。學已便能作火而不用薪。（東漢支婁迦讖譯・文殊師利問菩薩署經 T14n0458_p0438b23）

（例 2）若欲浴者當於中浴。眾邪惡可以消除。浴已諸天人及一切皆得安隱。（東漢支婁迦讖譯・文殊師利問菩薩署經 T14n0458_p0440c22）

（例 3）精深思眾經道術。何經最眞。何道最安。思已喟然而歎曰。（吳康僧會譯・六度集經 T03n0152_p0047b17）

（例 4）自念言。今師當坐說經。及諸弟子皆當來聽。我更掃除整頓坐席整已地輒有塵土來坌師及諸闓士今當灑之即行索水。（吳支謙譯・大明度經 T08n0225_p0506a11）

（例 5）以牛頭旃檀曼陀羅花供養佛牙。供養已語諸天眾愼莫放逸。（西晉安法欽譯・阿育王傳 T50n2042_p0114b29）

（例 6）持轉輪王棺。著上便放火燒。燒已玉女寶主藏聖臣寶導道聖臣寶。共收骨以置於四徼道中起塔。（西晉法立共法炬譯・大樓炭經 T01n0023_p0283a28）

（例 7）居士言。我聞釋子比丘能著弊納衣。我欲試故。持大價氎裹八枚錢。是氎中有八枚錢。若不信我可數看。數看已實有八枚錢。（姚秦弗若多羅共鳩摩羅什譯・十誦律 T23n1435_p0429a19）

（例 8）普照三千大千世界。遍觸一切諸菩薩身。觸已復觸一切諸天世人。（東晉佛陀跋陀羅譯・大方廣佛華嚴經 T09n0278_p0666a16）

（例 9）旃遮孫陀利者。以惡業所牽。乃至夢中謗其如來。謗已捨身墮於惡趣。（梁僧伽婆羅譯・佛說大乘十法經 T11n0314_p0768b28）

（例 10）取蘇曼木段塗酪酥蜜。咒之一遍擲著火中。盡三十一段次第而咒。咒已然後如法修行。（北周耶舍崛多譯・佛說十一面觀世音神咒經 T20n1070_p0150b19）

例 1 至 10，「已」皆位於持續性動詞「學」、「浴」、「思」、「整」、「供養」、「燒」、「數看」、「觸」、「謗」、「咒」之後。此一「V＋已」結構，根據前文分析「畢」、「訖」、「竟」之後，照理應該也有「主謂結構」與「動補結構」兩種可能性存在。但是在中古佛經裏，當副詞出現在「V＋已」結構的句式時，往往只會放在整個「V＋已」結構之前，而不會直接出現在完成動詞「已」的前面，〔註 4〕例如：

（例 11）迦葉語婆羅門。吾今問汝。隨意答我。如人稱鐵。先冷稱已。然後熱稱。何有光色柔軟而輕。何無光色堅鞕而重。（姚秦佛陀耶舍共竺佛念譯・長阿含經 T01n0001_p0045a03）

（例 12）云何菩薩。向菩薩道修菩薩道。既修習已。令速清淨菩薩之行。具成菩薩圓滿淨行。（東晉佛陀跋陀羅譯・大方廣佛華嚴經 T09n0278_p0694b07）

〔註 4〕在本文所檢視的中古佛經裏，根據最終統計的結果，「V＋Adv＋已」的例子總共只出現 2 次。其一爲西晉安法欽所譯《阿育王傳》：「尊者鞠多教化檀越作好飲食洗浴眾僧。洗浴既已。優波鞠多時使維那打揵揵。作是唱言。」另一則爲劉宋佛陀什共竺道生所譯《彌沙塞部和醯五分律》：「爾時毘舍佉母。著極上寶嚴身之具。與諸親里遊戲園林。林近祇洹。觀察眾人歡暢未已。作是念。」

（例 13）供養畢已。胡跪合掌。以種種偈讚歎諸佛。既讚歎[已]。說十惡業懺悔諸罪。既懺悔[已]而作是言。（劉宋曇摩蜜多譯・佛說觀普賢菩薩行法經 T09n0277_p0392b07）

（例 14）爾時有一年少外道。故殺母。既殺[已]。常懷愁憂念言。誰能爲我除此憂者。……即問言。汝是何等人。答言。我是某甲外道。我故殺母。既殺[已]。常懷愁憂念言。（姚秦佛陀耶舍共竺佛念等譯・四分律 T22n1428_p0813a04）

（例 15）用得聞尊經故。是時薩陀波倫菩薩悉受五百女人及五百乘車珍寶既受。用道德故既受[已]。薩陀波倫菩薩欲持上師。白曇無竭菩薩言。（東漢支婁迦讖譯・道行般若經 T08n0224_p0476a04）

（例 16）諸有來者既施與[已]。皆悉教令自歸三尊。（西晉無羅叉譯・放光般若經 T08n0221_p0127a05）

（例 17）爾時大眾聞是言已皆悉集聚。既集聚[已]皆共誦持毘陀咒術。（北涼曇無讖譯・悲華經 T03n0157_p0227b22）

（例 18）得已即便分張舉國共食。民既食[已]皆生歡喜。（北涼曇無讖譯・大般涅槃經 T12n0374_p0398b05）

例 11 至 18，時間副詞「先」、「既」位於「V＋已」結構之前，顯示動詞「V」屬陳述性質的用法，完成動詞「已」則屬補語性語法成分。而副詞只會出現在「V＋已」之前的這一語法現象，說明當「謂語動詞」使用的「已」在當時已經不是它的主要功能。並且就例 1 至 10 的上下文語境觀察，這些動詞都是承接上文句式而來，如例 1 動詞「學」乃承上句「若當學」之謂語動詞「學」而來，例 2 動詞「浴」乃承上文「若欲浴者當於中浴」之謂語動詞「浴」而來。「已」的語義指向則爲前面的動詞，其功能在說明動詞「學」、「浴」等所表達動作行爲之結果，故在句中可視爲「結果補語」的性質。龍國富（2004）認爲：

> 在持續性謂語動詞之後，「竟」、「訖」、「畢」的用法和「已」沒有什麼區別，其語意功能和語法功能完全一致。……它們都是完成動詞，表示一個動作過程的結束，可以近似現代漢語的「V 完」格式。〔註 5〕

〔註 5〕 龍國富《姚秦譯經助詞研究》，頁 76，湖南師範大學出版社，長沙，2005。

因此例 1 至 10 當中的完成動詞「已」，都可解釋爲具「完結」義的「結果補語」。

（例 19）我當妄語。妄語時自知是妄語。妄語已知是妄語。（姚秦佛陀耶舍共竺佛念等譯・四分律 T22n1428_p0634b23）

例 19「妄語已」與上文「妄語時」相對。在 5.1 小節，我們已經說明「VP 時」之「時」已屬後置詞的性質，與之相對的「已」亦可判斷屬補語成分。「妄語已」之「已」，仍具有表達「完」的詞彙意義，故爲「結果補語」的功能。

（例 20）若人自作隨事成時相續轉勝。名爲業道。是義應知。果假因名故。是身口事果。假身口名義亦如是。如意身口無教。有大德說。依眾生取陰。由三時作意。得殺生罪。謂當爲我殺正殺殺已。此解亦不然。雖有三意業道未必得成。（陳眞諦譯・四諦論 T32n1647_p0396b02）

例 20「殺已」，根據上下文語義關係來看，上文「由三時作意」表明三個時間點的概念，下文則有「當爲我殺」、「正殺」、「殺已」，分別表示動作「殺」未發生、正在發生、發生完了的「三時」。這個例子也顯示位於「V＋已」結構中的「已」已經是個補語成分的性質，故能與「當殺」、「正殺」在動作時點上形成對立。此例「殺已」之「已」亦屬「結果補語」的功能，表達「殺完」的概念。

2、V 非持續＋已

（例 21）是時菩薩於夢中聞佛名即覺。覺已即大歡喜踊躍。（東漢支婁迦讖譯・道行般若經 T08n0224_p0471a12）

（例 22）時復於夢中見忉利天人。告之曰。前有佛字景法自穢來王。夢聞佛字則寤。寤已大歡喜。則捐家入山投命棄身無所貪慕。（吳支謙譯・大明度經 T08n0225_p0504a06）

（例 23）世尊以右手摩象頭。摩象頭已醉便解。醉解已。世尊爲說偈曰。（苻秦僧伽跋澄譯・鞞婆沙論 T28n1547_p0497b21）

（例 24）摩突羅國有族姓子。詣尊者所出家學道。尊者即便教授以法得須陀洹。得已不復進修。（西晉安法欽譯・阿育王傳 T50n2042_p0124b22）

（例 25）爾時此花墮佛足上。復更踊起。起已自然遍散三千大千世界。復於蓋中雨栴檀末。（劉宋功德直譯・菩薩念佛三昧經 T13n0414_p0813b24）

（例 26）若比丘尼。骨牙角作鍼筒。破已波夜提。（東晉法顯譯・摩訶僧祇

比丘尼戒本 T22n1427_p0561c01）

例 21 至 26，「已」位於瞬間動詞「覺」、「寤」、「解」、「得」、「起」、「破」之後，擔任動詞的補語。這些動作行爲在時間軸上的「起始點」與「終結點」相距極短，幾乎是重疊在一起，因此動作行爲本身並沒有一個持續的過程，此時擔任補語的完成動詞「已」，不再表達動作之結果，而是表達這些瞬間動作的完成。語義上，已較爲虛化，不能再詮釋爲「完」，故屬於「動相補語」的功能。

（例 27）薩陀波倫菩薩叉手仰向視化佛。身有金色。身放十億光炎。身有三十二相。見已大歡欣。（東漢支婁迦讖譯・道行般若經 T08n0224_p0471b19）

（例 28）我於爾時。初聞此四自在。聞已受持。至燃燈佛時乃得具足。（姚秦鳩摩羅什譯・自在王菩薩經 T13n0420_p0932b25）

（例 29）文殊師利。若復有善男子善女人。信此法門。信已書寫。若教他書。若自身誦。若教他誦。乃至經夾書寫信敬。（元魏曇摩流支譯・信力入印法門經 T10n0305_p0958b18）

（例 30）世尊。我今始知諸佛如來不畢竟滅。知已則得無上大寶。（北涼曇無讖譯・大方等無想經 T12n0387_p1085c05）

例 27 至 30，「已」位於動詞「見」、「聞」、「信」、「知」之後，這些動詞都屬感知動詞，其中動詞「見」（看到）、「聞」（聽到）分別描述視覺、聽覺等，爲瞬間感知的動作，「信」（相信）、「知」（了解）則描述內在的心理狀態。這些動詞也沒有一個持續性的過程，位於其後擔任補語的「已」，語義上，亦無法詮釋爲「完」，故亦屬「動相補語」的性質。

（例 31）何以故。已教授令柔故至極處。如經文所說。若心已柔隨用所堪。譬如生金。次第鍛成柔已隨用所堪。若欲作種種瓔珞打之不碎。心亦如是所遣而隨。如經文所說。（蕭齊僧伽跋陀羅譯・善見律毘婆沙 T24n1462_p0702c15）

（例 32）能令壽命若至一劫若減一劫。還能令短。短已不能令長。（姚秦鳩摩羅什譯・十住毘婆沙論 T26n1521_p0072c04）

（例 33）又能還合能住。壽命無量劫數還能令少。少已還能令長。（姚秦鳩

摩羅什譯・十住毘婆沙論 T26n1521_p0072c13）

（例 34）師子虎言。隨意。兩舌野干。得二獸殘肉噉故。身體肥大。肥已作是念。（姚秦弗若多羅共鳩摩羅什譯・十誦律 T23n1435_p0066b05）

（例 35）彼洗缽不乾便舉垢生。佛言不應爾。應令乾已舉。（姚秦佛陀耶舍共竺佛念等譯・四分律 T22n1428_p0953a27）

（例 36）不洗便舉。諸比丘見惡之。佛言不應爾。應洗已舉之。彼不燥便舉生壞。佛言不應爾。應令燥已舉之。（姚秦佛陀耶舍共竺佛念等譯・四分律 T22n1428_p0961a13）

（例 37）要以人身新出血　塗洗法師毒惡瘡　調和人肉令香已　而爲彼食故奉獻（高齊那連提耶舍譯・月燈三昧經 T15n0639_p0600c19）

（例 38）出房舍時。當還顧閉戶。復以手推看爲牢不。若不牢當更重閉。若牢已。當取戶扇孔中繩內之。遍觀左右已。持戶鑰著屏處。（姚秦佛陀耶舍共竺佛念等譯・四分律 T22n1428_p0801c23）

例 31 至 38，完成動詞「已」則位於狀態動詞（或「形容詞」）「柔」、「短」、「少」、「肥」、「乾」、「燥」、「香」、「牢」之後。這些動詞的語義特點，在表示某一性質或狀態，本身沒有動作進行的過程，因此位於其後的完成動詞「已」，意義也已經虛化，不再帶有「完結、完畢」的詞彙意義，僅表達狀態實現的意涵，故亦屬「動相補語」的用法。「已」字還可以位於「存現動詞」之後，如：

（例 39）又問。汝立無佛性眾生。始終定無。爲不定無。譬如大地。初無金性。後時或有。有已更無。汝立無佛性。亦如是不。（陳眞諦譯・佛性論 T31n1610_p0788b18）

（例 40）有爲何相。若先未有今有。有已更不有。此法相續名住。此相續前後不同名住異。（陳眞諦譯・阿毘達磨俱舍釋論 T29n1559_p0186b13）

例 39、40「已」位於存現動詞「有」之後。存現動詞可區分爲表「存在」與「出現」兩種概念意涵。「存在」爲一靜態的描述，無所謂動作行爲的進程。「出現」則指狀態的改變，爲瞬間性的轉變。就 39、40 兩個例子來說，動詞「有」顯然表達的是從無到有的意義，屬狀態瞬間的變化。「已」位於動詞「有」之後，表達狀態變化的完成。其中例 40「有已」更與上句「未有」、「今有」同現，「未有」指事件尚未發生，「今有」指現在發生了，「有已」則指事件發生的狀態已經完成。這種否定與肯定形式同時出現的用法，還有以下數例：

（例 41）燃不於餘方來入可燃可燃中亦無燃。析薪求燃不可得故。可燃亦如是。不從餘處來入燃中。燃中亦無可燃。如燃已不燃未燃不燃燃時不燃。是義如去來中說。（姚秦鳩摩羅什譯・中論 T30n1564_p0015c04）

（例 42）亦有四義。一以宿業爲依止。二未得王位欲得如初生。三正得王位如住。四得已不失如受用。（陳眞諦譯・佛性論 T31n1610_p0808c22）

（例 43）四功德者。一依止。依止者。三十七道品。是所依止。二者正生。謂欲得應得。即是未知欲知根。三者正住。謂正得。即是知根。四正受用。即知已根。合此四義。名爲應身。（陳眞諦譯・佛性論 T31n1610_p0808c18）

例 41 至 43，從上下文語境可以看出，「已」都處在否定與肯定形式相對的句式之中，具有表達時點的功能。如例 41 當讀爲「……燃中亦無可燃，如：燃已不燃，未燃不燃，燃時不燃，……」「燃已」與「未燃」、「燃時」相對，整段指「點燃了以後不燃，未點燃不燃，點燃時不燃」的意思。例 42「未得王位」、「正得王位」與「得已」等，亦分別描述動詞「得」未發生、發生時與發生以後三個時間點的狀況；例 43「知已根」爲一名詞組，「知已」修飾「根」，與前文「未知欲知根」、「知根」等，亦分別描述動作「知」未發生、發生時與發生以後的狀況。這些例子中的「已」都可視爲「動相補語」，用來表明瞬間動作「得」與「燃」、「知」的完成與實現。〔註 6〕

（例 44）煩惱斷復有差別不。佛言無差別。斷時有差別。斷已無差別。譬如刀有利鈍。斷時有遲速。斷已無差別。（姚秦鳩摩羅什譯・大智度論 T25n1509_p0649b29）

（例 45）何以故。彼法行王。見彼眾生至於死時。依自業過生瞋恨心。死已命斷生惡道中。（元魏菩提留支譯・大薩遮尼乾子所說經 T09n0272_

〔註 6〕按：例 41「燃已」之「燃」，如果以「燃燒」的意思來解釋，則「燃已」可釋爲「燒完」，此時「已」仍爲「結果補語」。

p0336b27）

例 44、45「斷已」、「死已」分別與「斷時」、「死時」相對，同樣顯示「已」字具有「動詞補語」的功能。而就動詞「斷」與「死」都屬瞬間動詞來看，完成動詞「已」亦為「動相補語」。

（例 46）皆共往詣文殊師利童子住處。既往到已。在於文殊師利童子住處寺外。右遶七匝。（元魏毘目智仙共般若流支譯・聖善住意天子所問經 T12n0341_p0120b08）

（例 47）善男子。譬如有人以羅刹女而為婦妾。是羅刹女隨所生子生已便噉子。既盡已復噉其夫。……善子既盡復噉眾生。（北涼曇無讖譯・大般涅槃經 T12n0374_p0440b27）

（例 48）如來爾時即往化度。如須彌羅既疲乏已。即便臥地宛轉。佛亦如是。度諸眾生既已疲苦。以此陰身於娑羅雙樹倚息而臥。（姚秦鳩摩羅什譯・大莊嚴論經 T04n0201_p0347c11）

（例 49）有四十比丘。多念於欲結。靜念彼若得美食者。欲想欲覺便令熾盛。彼以惡食因緣故。欲想欲覺亦微。既微已。彼七日七夜得阿羅漢果。（梁僧伽婆羅譯・佛說大乘十法經 T11n0314_p0769a10）

例 46 至 49，都有時間副詞「既」位於「V＋已」結構之前，表明動詞「V」並非指稱性質，這些例句中的「已」亦屬「動相補語」的用法。

蔣紹愚（2001）認為這些位於非持續性動詞之後的「已」，無法解釋為「完」義的補語成分，但可以解釋為「……了以後」的意思。這一點可從下面這個例子得到印證：

（例 50）若有婆羅門道人。行求金翅鳥意。奉金翅鳥行。求金翅鳥。死已即生金翅鳥中。若有婆羅門道人。行求優留鳥意。奉戒行具足。從死後生優留鳥中。若有婆羅門道人。行求牛。奉牛意戒具足。死後便生牛中。若有婆羅門道人。行求狗道。奉狗意戒行具足。死後生狗中。（西晉法立共法炬譯・大樓炭經 T01n0023_p0289a05）

例 50「死已即生金翅鳥中」一句，動詞「死」亦屬瞬間動詞，而它與下文「死後便生牛中」、「死後生狗中」相對照，可知「已」在句中確實具有「以後」的概念，它的語義功能，著重在表達某一瞬間動作或狀態完成、實現了以後，導致新狀況的產生。因此將位於非持續動詞之後的「已」，釋爲「……了以後」的概念，在語義上是合理的。

（例 51）反謂有身。正使餘道人信佛。信佛已。反持小道入佛道中。入佛道中已不受。色痛痒思想生死識不受。不受已亦未曉。尚未成。亦不見慧。亦不於內見慧。亦不於外見慧。亦不於餘處見慧。亦不於內痛痒思想生死識見慧。亦不於外痛痒思想生死識餘處見慧。（東漢支婁迦讖譯・道行般若經 T08n0224_p0426b05）

（例 52）諸比丘稍樂寂往還是。稍寂共往還已。俱行不復大聽聞法。不聽聞已。亦不大承用。復不得大精進。（東漢支婁迦讖譯・阿閦佛國經 T11n0313_p0761b20）

（例 53）答曰。彼說者。此中說無色界天乘意行。彼梵志有朋友。極敬念而命終。以天眼觀欲界而不見。觀色界亦不見。如不見已彼便作念。爲斷滅耶。爲云何。（苻秦僧伽跋澄譯・鞞婆沙論 T28n1547_p0517b11）

例 51 至 53，完成動詞「已」位於「不 V＋已」的結構當中。其中例 51 從下文「亦不於內痛痒思想生死識見慧。亦不於外痛痒思想生死識餘處見慧」兩句，可知「痛痒思想生死識」爲一語法單位，故此例應讀爲「……入佛道中已，不受色，痛痒思想生死識不受，不受已，亦未曉……。」

就上下文語義來看，這些例子中的「已」雖然同樣表達「完成、實現」的概念，但是它的語義指向並非前面的動詞「受」、「聽聞」、「見」，而是整個「不 V」詞組。從句法結構的角度分析，「補語」是受到「謂語動詞」支配的語法成分。雖然在語義指向上，它可以有「指施補語」、「指受補語」與「指動補語」三種不同的性質，但是它的語義指向不會是整個謂語結構或句子。然而上述例 51、52、53 三個例子中的「已」，所表達的卻是「不受」、「不聽聞」、「不見」等三種情況的出現，顯見它已不受「謂語動詞」所支配。而是以整個「不 V」結構爲其論元加以描述。

它與「不 V」詞組的語法關係又非「主謂結構」，因爲如果是「主謂結構」，應該可以有「不 V＋Adv＋已」的句式出現，可是在中古佛經中顯然沒有這樣的用例。並且例 52、53 中的「已」，所表達的並非具體的詞彙意義，而是表達「完成」或「實現」的語法功能。因此就句法結構與語義功能來說，這些例句中的「已」應當屬於「句末助詞」的語法性質。

試比較現代漢語「不吃完」與「不吃了」之間的差別。現代漢語「不吃完」的「完」屬「動詞補語」的性質，副詞「不」則是對動補結構「吃完」的否定，故其內部結構的語法關係爲：「不＋吃完」。「不吃了」的「了」，則爲「句末助詞」的用法，其主要的語法功能在「肯定事態出現了變化或即將出現變化，有成句的作用」，〔註 7〕故「不吃了」內部的結構應爲：「不吃＋了」。

以上所舉例 51、52、53 三個例子的句法結構，也應該是「不受＋已」、「不聽聞＋已」、「不見＋已」，「已」表達事態完成或實現的意義，都屬「體貌助詞」的語法功能，但它的語法功用與現代漢語的「了 2」並不完全等同，因爲就上下文意來說，它仍具有「……了以後」的概念。它與「已」字「動相補語」功能的差別，僅在於所處句法結構的位置不同，「動相補語」包含在整個謂語結構的內部，「體貌助詞」則處於謂語結構之外，它以整個句子爲其論元。

（例 54）戒莊嚴心所願具足。被忍辱鎧教授瞋恚。精進堅強能成就已猶如金剛。處於憒亂志執禪定而無所著。（西晉竺法護譯・佛說無言童子經 T13n0401_p0530a27）

（例 55）若母懷妊。或九月。或十月。身重自愛護。若九月若十月愛護重身已。便生子。生已母以血養。聖法中。以母乳爲血。後便能食能食已。諸根增長。諸根增長已諸根具足。後則衰變。（姚秦曇摩耶舍共曇摩崛多等譯・舍利弗阿毘曇論 T28n1548_p0626b21）

例 54「能成就已」、55「能食已」，完成動詞「已」皆位於「Aux.＋V＋已」的結構裏。其中例 54 應讀爲「戒莊嚴心，所願具足。被忍辱鎧，教授瞋恚。精進堅強，能成就已。猶如金剛，處於憒亂，志執禪定，而無所著。」例 55 則應讀爲「……後便能食，能食已，諸根增長。諸根增長已，諸根具足……」就句義來看，助動詞「能」所表示的是一種能力具備之狀態，處於這個位置中的「已」，語義指向並非動詞「成就」或「食」，而是整個「能成就」與「能食」詞組。它

〔註 7〕呂叔湘主編《現代漢語八百詞（增訂本）》，頁 351，商務印書館，北京，2005。

的功能在描述其前「能成就」、「能食」狀態發生以後的情形，而不是表達動詞「成就」的完成，或動詞「食」的結果。在句法結構上，它與例 51 至 53 的例子相似，完成動詞「已」並非是受「謂語動詞」支配的補語成分，而是處於「句末助詞」的位置，以「能成就」、「能食」爲其論元。在語義上，「已」所表達的，是出現了具備「成就」與「食」的能力狀態，故屬於「體貌助詞」的用法。

（例 56）懊惱而言。我所爲非。我父去時。具約敕我。守護此火。愼勿令滅。而我貪戲。致使火滅。當如之何。彼時。小兒吹灰求火。不能得已。便以斧劈薪求火。復不能得。又復斬薪置於臼中。擣以求火。又不能得。（姚秦佛陀耶舍共竺佛念譯・長阿含經 T01n0001_p0044b28）

例 56「不能得已」一句，爲「能＋V＋已」的否定形式。完成動詞「已」所表達的仍然是整個「不能得」狀態的出現，因此同樣屬於「體貌助詞」的功能。

（例 57）時有信樂陶師。世尊指授泥處語言。取此處土。作如是打。如是曬燥。如是作泥。如是調。作如是缽。如是揩摩。如是曬乾已。作大堅爐安缽置中。以蓋覆上泥塗。（姚秦佛陀耶舍共竺佛念等譯・四分律 T22n1428_p0952c04）

例 57「如是曬乾已」一句，完成動詞「已」位於動詞「曬乾」之後。動詞「曬乾」則屬於帶上形容詞性狀態補語的「動補結構」。吳福祥（1996）認爲：「動詞帶上形容詞性狀態補語，後跟“了”，……這類“了”當爲動態助詞。」如敦煌變文「長大了擇時娉與人，六親九族皆歡美」一句。〔註 8〕之後吳福祥（1998）修正了原先的看法，並說：

> 吳福祥（1996）把它（指「長大了」之「了」）看成完成體助詞，現在看來，這個說法證據不足。我們現在認爲它是一種表示實現或完成的動相補語。〔註 9〕

與敦煌變文「長大了」之「了」相對，此處「曬乾已」之「已」，亦可視爲「動相補語」的用法。但是如果考慮到例 51 至 56 的例子，顯然中古佛經中的「已」，

〔註 8〕吳福祥《敦煌變文語法研究》，頁 294，岳麓書社，長沙，1996。

〔註 9〕吳福祥〈重談“動＋了＋賓”格式的來源和完成體助詞“了”的產生〉，《語法化與漢語歷史語法研究》，頁 166，安徽教育出版社，合肥，2006。

已經發展出「體貌助詞」的功能這一情況，那麼或許也可以把「曬乾已」之「已」視爲「體貌助詞」的用法，因爲就句法結構來說，「曬乾」之「乾」，已是謂語結構內部的補語成分，此時「已」則不再屬於補語，而應視爲句末「體貌助詞」的功能。不過，此例就上下文語境皆爲「如是 VP」的結構來看，於斷句上亦可讀爲：「取此處土。作如是打，如是曬燥，如是作泥，如是調，作如是缽，如是揩摩，如是曬乾，已，作大堅爐，安缽置中，以蓋覆上泥塗。」，此時「已」則仍屬「謂語動詞」的功能。

（例 58）如佛告一比丘。非汝物莫取。比丘言。知已世尊。佛言。云何知。比丘言。諸法非我物不應取。（姚秦鳩摩羅什譯・大智度論 T25n1509_p0198a26）

（例 59）佛告比丘。諦聽。諦聽。善思念之。當爲汝說。比丘。若隨使使者。即隨使死。若隨死者。爲取所縛。比丘。若不隨使使。則不隨使死。不隨使死者。則於取解脫。比丘白佛。知已。世尊。知已。善逝。佛告比丘。汝云何於我略說法中。廣解其義。（劉宋求那跋陀羅譯・雜阿含經 T02n0099_p0003a17）

（例 60）爾時佛告憍陳如。得法已不。憍陳如言。得已。世尊憍陳如得法已不。憍陳如言得已。世尊（姚秦弗若多羅共鳩摩羅什譯・十誦律 T23n1435_p0448c15）

例 58、59、60 完成動詞「已」都處於「V 非持續＋已」的結構裏，這三個例子與前文所舉例 21 至 30 的「V 非持續＋已」不太一樣。就句式來說，例 21 至 30 都是位於「V 已，VP」的結構裏，處在前一分句句末，用以連結上下兩個分句。「已」字表達前一分句之事件或狀態完成了以後，導致後一分句所描述之新情況的出現。例 58 至 60 的「已」則位於句末，其後不再接上另一分句，並且都處在問答語境當中。其中例 58 讀爲「如佛告一比丘：『非汝物，莫取。』比丘言：『知已！世尊。』佛言：『云何知？』比丘言：『諸法非我物，不應取。』」例 59 爲「佛告比丘：『諦聽！諦聽！善思念之。當爲汝說：比丘，若隨使使者，即隨使死。若隨死者，爲取所縛。比丘，若不隨使使，則不隨使死。不隨使死者，則於取解脫。』比丘白佛：『知已！世尊。知已！善逝。』佛告比丘：『汝云何於我略說法中，廣解其義？』」例 60 則爲「爾時佛告憍陳如：『得法已不？』

憍陳如言：『得已！世尊。』『憍陳如得法已不？』憍陳如言：『得已！世尊。』」就上下文語義來看，「知已！世尊」應指「知道了，世尊」，而不是「知道了以後」或「知完」的意思；「得已！世尊」則爲「得到了，世尊」，不是「得到了以後」或「得完」的概念。兩者皆爲回答佛的內容。從句義來看，在這三個例子中，「已」字的功能都在表達陳述的語氣，含有事理之已然的概念，屬於「句末語氣詞」的性質。〔註 10〕此一用法，應是沿用上古漢語句末語氣詞的功能。如：《尚書・洛誥》：「公定，予往已。」與《史記・貨殖列傳》：「夫神農以前，吾不知已。」兩句的「已」字皆爲句末語氣詞的性質。〔註 11〕

除了上述討論的「V＋已」結構以外，佛經當中還有否定副詞「不」直接位於「已」字之前的例子，如：

（例 61）此女心忌猶欲害之。數譖不已王頗惑之。（西晉法立共法炬譯・法句譬喻經 T04n0211_p0604a07）

（例 62）其婦瞋恚忿然言曰。瞿曇亂俗奚足採納。君毀遺則禍從此興。蹴迫不已便共俱食。（西晉法立共法炬譯・法句譬喻經 T04n0211_p0592a03）

就語義而言，例 61 與 62 兩個例子中的「已」都是「停止」的意思，這樣的涵義應該是承襲自上古漢語，如《詩經》「雞鳴不已」的用法，與擔任指動補語，表「結果」或「完成」之義的「已」應有所區隔。

6.1.2 「已」附於句子形式之後

「已」在佛經中也可以出現在整個句子的後面，而根據「已」字前面所接

〔註 10〕太田辰夫（1958）認爲《祖堂集》「以不」、「已不」跟作句末助詞用的「不」、「否」相同，並提出「以不」（以否）、「已否」（已不）可能是「與否」音變的說法。（《漢語史通考》，頁 148，重慶出版社，重慶，1991）但是就例 60 這個例子來看，「已不」應與「與否」音變無關，「已」在「得法已不」一句裏，從回答的內容可以推知它本身即具有表達肯定語氣的作用，它與疑問語氣詞「不」乃是語氣詞連用的情形。（有關語氣詞連用的現象，可參郭錫良〈先秦語氣詞新探〉，《漢語史論集》，頁 49～74，商務印書館，北京，1997）不過我們也不排除《祖堂集》中的「以不」、「已不」與中古佛經中的「已不」有不同來源的可能性。

〔註 11〕例句引自中國社會科學院語言研究所古代漢語研究室編《古代漢語虛詞詞典》，頁 712，商務印書館，北京，1999。

的句子形式，可以區分爲「敘述句」、「判斷句」、「描寫句」、「有無句」與「被動句」等不同的形式。底下就各依所分類別舉出例句，並加以討論。

一、敘述句

「已」出現在敘述句中的例子，有兩種情況，一種爲主謂結構具全的形式，一種則主語不出現，只有謂語結構出現在「已」字之前。主謂結構具全的形式，又可分爲「Subject＋V＋已」與「Subject＋V＋Object＋已」兩種情形。主語不出現時，又可根據前面的謂語結構，區分爲簡單的謂語形式（即「V＋Object」結構）與複雜的謂語形式（其前的謂語結構爲兩個或兩個以上動詞組的並列結構）。以下分別論述之：

1、Subject＋V＋已

這一類句式中的「已」，前面接上「Subject＋V」的語法成分，就動詞「V」來說，亦有持續性動詞與非持續性動詞兩種情形，其例句如下：

（例 63）日月滿足。夫人在產。娩娠得男。又無惡露。其兒適生。叉手長跪。誦般若波羅蜜。夫人產已。還如本時無所復知。如夢寤已了無所識。（吳康僧會譯・六度集經 T03n0152_p0036a05）

（例 64）譬若無所有。是所施與諸法亦無所有。是爲成施與中無毒也。若作異施爲行反施。唯闓士所施是法若佛。皆更知作是施自致作佛。今我施已作無上正眞道。佛言善哉善哉。善業。所作如佛。（吳支謙譯・大明度經 T08n0225_p0487a03）

（例 65）於是目連禮已便去自以私意取舍夷國人知識檀越四五千人。盛著缽中舉著虛空星宿之際。（西晉法立共法炬譯・法句譬喻經 T04n0211_p0591a18）

（例 66）如是說言。君等皆看。君等皆看。於彼遠處有一赤翅舍居尼鳥向此而來。第二大臣看已答言……（元魏瞿曇般若流支譯・金色王經 T03n0162_p0389c03）

（例 67）復次拘翼。般若波羅蜜書已。雖不能學不能誦者。當持其經卷。（東漢支婁迦讖譯・道行般若經 T08n0224_p0431c22）

（例 68）以如是拘翼。般若波羅蜜寫已。作是供養經卷。（東漢支婁迦讖譯・

道行般若經 T08n0224_p0432a23）

（例 69）出如是等百千法聲。此聲出已。有不可數億那由他百千眾生。必定不退阿耨多羅三藐三菩提。（元魏毘目智仙共般若流支譯・聖善住意天子所問經 T12n0341_p0116b28）

例 63 至 69，「已」位於「Subject＋V」結構之後。理論上此一結構中的「已」應該也可以有「謂語動詞」與「動詞補語」兩種可能性。「已」當「謂語動詞」時，其內部語法結構應爲：「Subject（之）V 主＋已謂」；「已」當「動詞補語」時，語法關係則爲：「Subject＋V 述＋已補」。但是就「已」字在整個中古佛經裏的使用情形來說，凡是有副詞修飾的語法成分出現時，一般只會位於「Subject」與「V＋已」之間，此一分佈現象顯示「已」字基本上已進入「補語」的位置，而不再具有「謂語動詞」的功能。〔註 12〕

就語義層面而言，在這些例子中，「已」字的語義指向都爲前面動詞「產」、「施」、「禮」、「看」、「書」、「寫」、「出」，這些動詞都屬持續性動詞，「已」表達動作行爲的結果，屬於「結果補語」的性質。

（例 70）王到已。太子五體投地。稽首如禮。（吳康僧會譯・六度集經 T03n0152_p0020c04）

（例 71）便自變身。作大羅刹。衣毛振豎。執五尺刀。因王夜靜臥。去之不遠。在虛空中。王覺已甚大怖畏語言……（東晉法顯譯・佛說雜藏經 T17n0745_p0559b06）

（例 72）目連答言。汝前世時。作佛圖主。有諸白衣賢者。供養眾僧。供設食具。若有客僧來。汝便粗設麤供。客僧去已。自食細者。以是因緣故。糞尚叵得。何況好食。（東晉法顯譯・佛說雜藏經 T17n0745_p0557c23）

（例 73）譬如日性無有暗冥。但日沒已天下則闇。出則大明。（東晉佛陀跋陀羅譯・大方廣佛華嚴經 T09n0278_p0748a03）

〔註 12〕副詞直接位於完成動詞「已」之前的例子，在本文所檢視的中古佛經裏僅有「毋怖畏未已」與「臣殺未已」兩個例子。例句見下文討論。佛經中另有「Subject＋V＋不已」的用法，如《長阿含經》「若長者・長者子博戲不已」，此一用法的「已」語義應爲「停止」，與表「結果」或「完成」的完成動詞「已」不同。

（例 74）時金色王於須臾間。悲啼止已如是思惟。（元魏瞿曇般若流支譯・金色王經 T03n0162_p0388c14）

（例 75）佛告比丘。火災過已。此世天地還欲成時。有餘眾生福盡・行盡・命盡。於光音天命終。生空梵處。（姚秦佛陀耶舍共竺佛念譯・長阿含經 T01n0001_p0145a06）

例 70 至 76，「已」同樣位於「Subject＋V＋已」的句式裏，擔任動詞「V」的補語。例 70「王到已」，動詞「到」指「到達」，本身已具有「動作結果」的概念。例 71「王覺已」，動詞「覺」爲瞬間動詞。例 72「客僧去已」，動詞「去」屬趨向動詞，表達由此地向彼地的位移趨向，但在這個例子中，「去」強調客僧「離開」的概念，故亦可視爲瞬間動詞。例 73「日沒已」、74「悲啼止已」，動詞「沒」、「止」亦爲瞬間動詞。例 75「火災過已」，動詞「過」本屬具體的動作行爲，表達「經過某處」的意思。但在這個例子裏，「過」強調事件已經「過去」的概念，故亦可視爲瞬間動詞。這些例句中的「已」所表達的，都不是持續動作的結果，而是瞬間動作的完成，詞彙意義已經虛化，故屬「動相補語」的性質。

（例 76）阿闍世王夢見爲王捉蓋之人折於蓋莖。王夢見已恐怖即覺。守門者言向者阿難故來辭王欲入涅槃。王聞此語悶絕躄地。（西晉安法欽譯・阿育王傳 T50n2042_p0116a04）

例 76「王夢見已」，動詞「夢見」屬動補結構，「見」爲知覺動詞「夢」的補語。王錦慧（1993）舉出敦煌變文「目連剃除須髮了，將身便即入深山」一例，說明：

> “剃除”就是“剃掉”之義，“除”字已是個結果補語，後面的“了”字顯然不是個補足語，基本上已屬虛詞，爲一個句末語氣詞。〔註 13〕

趙元任（1970）指出「夢見」之補語「見」本身即爲狀態補語（動相補語），〔註 14〕因此就「王夢見已」一例來看，「已」在句中亦應視爲「句末助詞」的功能。從語義概念來說，「王夢見已，恐怖即覺」指王夢見（爲王捉蓋之人折

〔註 13〕王錦慧《敦煌變文語法研究》，頁 174，國立臺灣師範大學國文研究所碩士論文，1993。

〔註 14〕趙元任著、丁邦新譯《中國話的文法》，頁 228～229，臺灣學生書局，台北，1994。

於蓋莖）了以後，因感到恐怖而醒了過來，「已」字仍可詮釋爲「……了以後」，但在語法功能上已由「動相補語」進一步虛化爲「體貌助詞」了。

（例 77）一切諸天人　皆悉同止住　佛先觀察已　然後爲說法（東晉佛陀跋陀羅譯・大方廣佛華嚴經 T09n0278_p0564a26）

（例 78）時。四天王皆先坐已。然後我坐。（姚秦佛陀耶舍共竺佛念譯・長阿含經 T01n0001_p0030b24）

（例 79）弗波育帝。見佛及僧悉安坐已。便起行水。手自斟酌。諸美飲食。（東晉法顯譯・大般涅槃經 T01n0007_p0196c09）

（例 80）用是故。當報佛恩。我亦復作是說般若波羅蜜。菩薩亦當復受菩薩法。我復勸樂。我皆受已。皆勸樂已。菩薩疾逮作佛。（東漢支婁迦讖譯・道行般若經 T08n0224_p0429b01）

（例 81）佛言。阿彌陀及諸菩薩阿羅漢皆浴已。悉自於一大蓮華上坐。（吳支謙譯・佛說阿彌陀三耶三佛薩樓佛檀過度人道經 T12n0362_p0305c03）

（例 82）彼金色王復於異時在空閑處。寂靜思惟生如是心。一切商人我當不稅。一切人民我當不賦。時金色王既思惟已詔喚大臣左右內外諸曹百官。如是敕言。（元魏瞿曇般若流支譯・金色王經 T03n0162_p0388b27）

（例 83）子既長大。勤教令學歷算書印。及餘種種深密工巧深密智慧。子既學已。後時長者語其子言。我今於汝所作已竟。汝既學得歷算書印深密工巧深密智慧。今日是我最後教敕。（高齊那連提耶舍譯・大悲經 T12n0380_p0964c20）

例 77 至 83，副詞「先」、「皆先」、「悉」、「皆」、「既」等位於「Subject」與「V＋已」之間，顯示「V＋已」爲謂語結構。就動詞「V」而言，「觀察」、「坐」、「安坐」、「受」、「浴」、「學」等皆爲持續性的動作動詞，「思惟」雖爲心理活動動詞，但仍有一持續的過程。位於這些動詞之後的「已」，表達這些動作的結果，屬「結果補語」的用法。例 80「皆勸樂已」一句，前文有「佛言：善哉！須菩提，勸樂諸菩薩學乃爾」，同經亦有「當共教之。當共勸樂之。當爲說法皆令歡喜學佛道」的用法，顯示「勸樂」表達「勸而使之樂」的概念，「樂」具有使動的意味，並非動詞「勸」的補語。位於其後的「已」表達的是「勸樂」的實現，屬「動相補語」的功能。

（例 84）時彼世尊於座寂然。以無量頌三昧正受即不復現。無身無意都不可得心無所立。世尊適三昧已。天雨意華大意華柔軟音華大軟音華。而散佛上及於大會四部之眾。（西晉竺法護譯・正法華經 T09n0263_p0066a18）

（例 85）復次須菩提。法師欲到極劇之處。語受經人言。善男子能知不。其處無穀有虎狼多賊。五空澤我樂往至彼間諦自思議。能隨我忍是勤苦不。復以深好語與共語。弟子悉當厭已心不復樂稍稍賜還。（東漢支婁迦讖譯・道行般若經 T08n0224_p0448b07）

（例 86）王既聞已集諸群臣。不聽殺生各仰人得一種頭。（西晉安法欽譯・阿育王傳 T50n2042_p0129c26）

（例 87）然後起火火既發已。復更號慟灑淚如雨。（劉宋功德直譯・菩薩念佛三昧經 T13n0414_p0796a22）

（例 88）彼諸天女。既傷歎已。復說偈言。（元魏瞿曇般若流支譯・毘耶娑問經 T12n0354_p0229c14）

（例 89）又復更有福德眾生。身既死已識如是念。由我此身得生善道。天中而生。（元魏瞿曇般若流支譯・毘耶娑問經 T12n0354_p0226c27）

例 84 至 89，副詞「適」、「悉當」、「既」位於「V＋已」之前，表明「已」在句中處於謂語結構的內部。就上下文義觀察，「已」的語義指向皆爲動詞「V」。其中例 84「適三昧已」，丁福保《佛學大辭典》云：

> 梵音 sama^dhi，舊稱三昧，三摩提，三摩帝。譯言定，正受，調直定，正心行處，息慮凝心。心定於一處而不動，故曰定。正受所觀之法，故曰受。調心之暴，直心之曲，定心之散，故曰調直定。正心之行動，使合於法之依處，故曰正心行處。息止緣慮，凝結心念，故曰息慮凝心。智度論五曰：「善心一處住不動，是名三昧。」

顯示「三昧」爲一狀態動詞。例 85、88 動詞「厭」、「傷歎」乃描述心理的狀態。

例 86、87、89 動詞「聞」、「發」、「死」爲瞬間動詞，故完成動詞「已」皆表達「完成」或「實現」的概念，屬「動相補語」的用法。

（例 90）時彼父母聞已憂愁悲泣而說此言。我等生此惡子。但有子名生我家內。財物悉皆散失。令我等貧苦。爲他奴僕絕望而死。子聞父母既喪亡已亦絕望死。（梁月婆首那譯・僧伽吒經 T13n0423_p0969b06）

例 90 就語法關係而言，「已」字修飾的對象如果是「聞」，則整個句子應爲「子既聞父母喪亡已」。然而經文的語序是「子聞父母既喪亡已」，故當以「父母既喪亡已」爲「子聞」的賓語，「已」所修飾的對象爲動詞「喪亡」。「喪亡」爲瞬間動詞，故「已」亦屬「動相補語」。

（例 91）又作是念。我若死已。所生必見諸佛菩薩。是故無有墮惡道畏。（東晉佛陀跋陀羅譯・大方廣佛華嚴經 T09n0278_p0545a19）

例 91「我若死已」，「已」出現在假設句式裏，意指我如果死了以後，「已」在句中亦可視爲「動相補語」。

（例 92）復次須菩提。菩薩摩訶薩常當建心令不動搖。彼菩薩摩訶薩心不動已所思惟薩芸若心亦不念。是爲菩薩摩訶薩心不動搖。（西晉竺法護譯・光讚經 T08n0222_p0181a07）

例 92 就上下文義觀之，應讀爲「復次，須菩提，菩薩摩訶薩常當建心，令不動搖。彼菩薩摩訶薩心不動已，所思惟薩芸若心亦不念。是爲菩薩摩訶薩心不動搖。」其中「彼菩薩摩訶薩心不動已」一句，「已」的語義指向爲「心不動」狀態的實現，而不是動詞「動」，故「已」並非「動詞補語」的性質，而是位於句末，擔任「體貌助詞」的功能，表達「心不動了以後」的概念。

（例 93）婆羅門言。世尊。我已知已。佛言。善男子。云何知已。婆羅門言。世尊。（T12n0374_p0593b03）

（例 94）梵志言。世尊。我已知已我已解已。佛言。善男子。汝云何知汝云何解。（T12n0374_p0596c01）

例 93、94「我已知已」、「我已解已」兩句，句末「已」同樣表達敘述的語氣，它與 6.1.1 小節中所舉例 58、59、60 的情形相同，都是屬於「句末語氣詞」的用法。

（例 95）若母沒溺水中。不得以手撈取若有智慧比丘以船接取。若用竹木繩杖接取得。若無竹木繩杖。脫袈裟鬱多羅僧接亦得。若母捉袈裟已。比丘以相牽袈裟而已。若至岸母怖畏未已。比丘向母言。檀越莫畏。一切無常今已得活。何足追怖。（蕭齊僧伽跋陀羅譯・善見律毘婆沙 T24n1462_p0762b14）

（例 96）時帝須言。當知此臣僻取王意殺諸比丘。臣殺未已。帝須比丘便前遮護。臣不得殺。臣即置刀。往白王言。我受王勅。令諸比丘和合說戒。而不順從。我已依罪次第斬殺。殺猶未盡。帝須比丘即便遮護。不能得殺。（蕭齊僧伽跋陀羅譯・善見律毘婆沙 T24n1462_p0683a16）

例 95、96 副詞「未」位於「已」字之前，顯示「已」仍爲「謂語動詞」。就上下文語義來看，例 95「母怖畏未已」仍可以解釋爲「母佈畏之心還沒停止」，例 96「臣殺未已」根據下文「殺猶未盡」相對照，可知「已」字已有「完」的意思。但這種否定副詞「未」直接位於「已」字之前的例子，在佛經裏極爲少見，它應該是沿襲「已」在上古漢語擔任「謂語動詞」的用法，周守晉（2005）指出：

> 秦簡中的“既”、“已”有兩點值得注意：1）“已”的主要作用轉向作時間副詞。……2）動詞方面，“已”引申出動詞“既”的意義，表示“完結”……〔註 15〕

顯見動詞「已」在出土秦簡裏，即已具有「停止」與「完結」兩種意義，「臣殺未已」之「已」即是沿襲此一用法。

2、Subject＋V＋Object＋已

這一類句式中的「已」，前面接上主動賓完整的句子，就句法結構而言，「已」位於這一結構中也可以有兩種分析方式，一是以「Subject＋V＋Object」爲主語，「已」字擔任句中的謂語動詞，描述其前句子所表達事件的完成。另一是將「V＋Object＋已」視爲謂語結構，「已」擔任謂語內部的補語，而從此一結構所屬的用例中，沒有一例是出現副詞直接位於「已」字之前的現象來看，可以推測「已」已經是補語性質的語法成分。底下列出佛經中的用例，並加以討論。

〔註 15〕周守晉《出土戰國文獻語法研究》，頁 91，北京大學出版社，北京，2005。

（例 97）佛說經已。皆歡喜受教。（吳支謙譯・佛說齋經 T01n0087_p0912a10）

（例 98）一切聲聞緣覺。食我食已。悉成道果。（東晉佛陀跋陀羅譯・大方廣佛華嚴經 T09n0278_p0705b23）

（例 99）譬如有人種於樹木。彼種樹已即日生芽。（梁月婆首那譯・僧伽吒經 T13n0423_p0970a10）

（例 100）時辟支佛緣覺世尊。受金色王所施食已。即以神通飛空而去。（元魏瞿曇般若流支譯・金色王經 T03n0162_p0390a13）

（例 101）爾時難提。即受王敕手執利刀。割截比丘手足耳鼻並挑兩目。王殺比丘已尋詣園林。（高齊那連提耶舍譯・月燈三昧經 T15n0639_p0604b04）

（例 102）譬如有人壞故獄已。更造新獄。斯是貪惡不善法耳。（姚秦佛陀耶舍共竺佛念譯・長阿含經 T01n0001_p0113a13）

例 97 至 101，「已」位於「Subject＋V＋Object＋已」的結構中，擔任動詞「說」、「食」、「種」、「受」、「殺」的補語，這些動詞都是屬於持續性的動作動詞，「已」表達持續動作的結果，故屬「結果補語」的用法。例 102「壞故獄已」動詞「壞」指「破壞」的概念，「已」字表達破壞故獄這件事的結果，可以詮釋爲「完」的意思，故亦屬「結果補語」的功用。

（例 103）薩陀波倫菩薩及五百女人。見曇無竭菩薩已。皆大歡欣踊躍。（東漢支婁迦讖譯・道行般若經 T08n0224_p0473b10）

（例 104）駒那羅聞是語已。以手覆耳而說偈言。（西晉安法欽譯・阿育王傳 T50n2042_p0108b06）

例 103「見曇無竭菩薩已」、例 104「聞是語已」，就上下文意而言，例 103 前文有「是時薩陀波倫菩薩及五百女人，供養般若波羅蜜已，便行至曇無竭菩薩高座大會所相去不遠，遙見曇無竭菩薩在高座上坐，爲人幼少，顏貌姝好，光耀明照，爲數千巨億人中說般若波羅蜜。」一段文字，顯見「已」字所表達的是「見了曇無竭菩薩以後」的概念，而不是「見完」的意思。例 104「聞是語已，以手覆耳而說偈言」所表達的亦是強調駒那羅在聽到了是語以後的反應，因此

「已」字所表達的乃是動作「見」、「聞」的「完成」，而非動作的結果，故屬於「動相補語」的語法功能。

（例 105）時慧亦無所見。內外悉空。除其因緣猶如外道。所學所信彼樂此[已]。御於篤信。是故曰薩芸若。（西晉竺法護譯・光讚經 T08n0222_p0170a02）

例 105，動詞「樂」表「喜歡」的意思，屬心理狀態的動詞，「已」用來表達此一心理狀態的實現，具有「……了以後」的概念，故屬「動相補語」。

（例 106）夢中不見餘。但見佛但見塔。但聞般若波羅蜜。但見諸弟子。但見極過度。但見佛坐。但見自然法輪。但見且欲成佛時。但見諸佛成得佛[已]。但見新自然法輪。但見若干菩薩。……（東漢支婁迦讖譯・道行般若經 T08n0224_p0435b10）

（例 107）何以故。阿難。如諸凡夫佛未出時。自無內正思惟。佛出世[已]。教諸凡夫作如是事。（高齊那連提耶舍譯・大悲經 T12n0380_p0970b22）

例 106「且欲成佛時」與「諸佛成得佛已」相對，分別表達「將要成佛之時」與「成佛了以後」的概念。動詞「成得」本身已具有「完成」的意義，故位於其後擔任補語的「已」乃表達實現的意思，屬「動相補語」。例 107「佛未出時」與「佛出世已」相對，「未出時」表示「佛尚未出世之時」，「出世已」則表示「出世了以後」。動詞「出」本為趨向動詞，涵蓋由裡至外的過程。但在這個例子裏，「出」乃表示「現世」的意義，故仍可視為瞬間動詞，因此「已」同樣具有「動相補語」的功能。

（例 108）佛言。是諸菩薩會者。悉度生死[已]。是優婆夷後當作金華佛。度不可計阿羅漢令般泥洹。（東漢支婁迦讖譯・道行般若經 T08n0224_p0458a25）

（例 109）復次須菩提。法師念我是尊貴。有來恭敬自歸者。我與般若波羅蜜。若有不恭敬自歸者。我不與之。受經之人自歸作禮恭敬不避處難。法師意悔不欲與弟子經。聞異國中穀貴。語受經人言。善男子知不。能與我俱至彼間不。諦自念之莫得後悔。弟子聞其所言甚大愁毒。即自念言。我悉見經[已]不肯與我。當奈之何。如是兩不和合。不得

學書成般若波羅蜜。（東漢支婁迦讖譯・道行般若經 T08n0224_p0448a27）

例 108、109 副詞「悉」位於「V＋Object＋已」結構之前。「已」字的語義指向爲前面的動詞「度」與「見」。丁福保《佛學大辭典》對「度」的解釋爲：

> 渡也。生死譬海，自渡生死海又渡人，謂之度。又梵語波羅蜜，譯曰度。渡生死海之行法也。

因此例 108「度生死」當指「渡生死海」的意思，具有一持續性的過程，「已」字則表此一動作過程的結果，屬「結果補語」。例 109「我悉見經已」意指已經看到了，而不是看完了，故「已」表動作「見」的「完成」，而不是「完結」的概念，屬「動相補語」。

（例 110）時諸比丘。當於食上。有不善攝身威儀者。諸婆羅門長者居士。既見之已。心不歡喜。（東晉法顯譯・大般涅槃經 T01n0007_p0196c12）

（例 111）或有是時。此劫始成。有餘眾生福盡・命盡・行盡。從光音天命終。生空梵天中。便於彼處生愛著心。復願餘眾生共生此處。此眾生既生愛著願已。復有餘眾生命・行・福盡。於光音天命終。來生空梵天中。（姚秦佛陀耶舍共竺佛念譯・長阿含經 T01n0001_p0090b21）

（例 112）時魔既聞文殊師利童子名已。轉更恐怖。一切魔宮皆悉戰動。（元魏毘目智仙共般若流支譯・聖善住意天子所問經 T12n0341_p0122b29）

例 110、111、112 副詞「既」位於「Subject」與「V＋Object＋已」之間，「已」屬謂語內部的補語成分。其中例 111「既生愛著願已」之動詞「生」表達「產生」的意思，屬心理狀態的描述。這三個例子中的「已」都表達「……了以後」的概念，如例 112「既聞文殊師利童子名已」乃指聽到了文殊師利童子名以後，而不是指聽完文殊師利童子名，「已」字所表達的乃是動作「見」、「生」、「聞」的「完成」，而不是「完結」的概念，因此也都具有「動相補語」的性質。

（例 113）天帝釋白佛。我已奉受此經本已。佛所建立當令廣普。（西晉竺法護譯・佛說海龍王經 T15n0598_p0156c12）

（例 114）向佛作禮。而白佛言。世尊。我已得過。我今已得過已。我今歸依

世尊及比丘僧。憶持我爲優婆塞。（陳眞諦譯·佛阿毘曇經 T24n1482_p0961c12）

（例 115）偈曰。眼根與識界。獨俱得復有。釋曰。獨得者。有與眼界相應。不與眼識相應。如人於欲界中次第至得眼根。或從無色界墮。於第二定等中生。有與眼識相應。不與眼界相應。如人已生第二定已。引眼識現前。從彼退於下界生。或俱得者。有與眼界眼識界一時相應。（陳眞諦譯・阿毘達磨俱舍釋論 T29n1559_p0169b26）

例 113 至 115 皆爲「Subject＋已＋V＋Object＋已」的結構。其中例 114「我已得過」與「我今已得過已」同時出現，此一現象顯示第二句「我今已得過已」的第二個「已」字，是個句末語氣詞的用法。在《佛阿毘曇經》這一段經文前面，尚有「時摩伽陀王頻婆娑羅。見法得法解法入甚深法。度希望心度諸疑網。不從他教更無餘信。於佛教法中得無畏」一段內容，顯示此處「得過」有「解脫」的意思。就語義的表達來說，第一句「我已得過」可理解爲「我已經解脫」，第二句「我今已得過已」則具有「我今日已經解脫了」的意思，乃是對前一答句重複敘述、肯定狀態已然存在的「句末語氣詞」用法。例 113「我已奉受此經本已」，與例 115「如人已生第二定已」兩句，句末「已」之後都無表達新情況出現的句子。就語義來說，這兩個例子的「已」，同樣表達陳述的語氣，因此也可以視爲「句末語氣詞」的用法。

（例 116）佛告私呵昧童孺言。過去諸佛皆授若決已。我今亦當復授若決。今現在無央數國土諸佛轉法輪者。是諸佛皆復授若決已。私呵昧童孺。從佛聞所授決。便大歡喜。即住虛空。去地百四十丈。從上下來。以頭面著佛足。爲佛作禮。（吳支謙譯・私呵昧經 T14n0532_p0812c22）

例 116「過去諸佛皆授若決已」與「是諸佛皆復授若決已」，副詞「皆」、「皆復」亦出現在「授若決已」之前，比較特殊的是，這個例子是一個雙賓語句，因此「已」在句中似乎不具有補語的性質，而應爲一「句末助詞」的用法。就語義來看，「已」字表達事理之已然，故爲「句末語氣詞」的功能。

（例 117）比丘聞如來說法。或聞梵行者說。或聞師長說法。思惟觀察。分別法義。心得歡喜。……於是。比丘聞法喜已。受持諷誦。亦復歡喜。爲

他人說。亦復歡喜。（姚秦佛陀耶舍共竺佛念譯·長阿含經 T01n0001_p0051c10）

例 117 從上下文語義來說，「比丘聞法喜已」應爲「比丘聞法（而）喜已」的意思，在句法結構上，「已」位於「VP 而 VP」結構之後，顯示它不處於補語的位置，故應視爲「句末助詞」。語義上，乃指比丘聽聞法而歡喜了以後，受法、持法、諷法、誦法，又再一次得歡喜心。「已」乃承接前後兩個事件的時間參照點，故屬「體貌助詞」的功能。

（例 118）時善宿比丘隨我後行。見究羅帝尼乾子在糞堆上伏舐糠糟。梵志。當知時善宿比丘見此尼乾子在糞堆上伏舐糠糟已。作是念言。（姚秦佛陀耶舍共竺佛念譯·長阿含經 T01n0001_p0067a18）

例 118「善宿比丘見此尼乾子在糞堆上伏舐糠糟已」一句，乃是以「此尼乾子在糞堆上伏舐糠糟」爲動詞「見」之賓語，「已」則指「見了以後」，不具有「完」的詞彙意義，故爲「動相補語」的性質。

（例 119）彼復念言。我今寧可不爲念行。不起思惟。彼不爲念行。不起思惟已。微妙想滅。麤想不生。彼不爲念行。不起思惟。微妙想滅。麤想不生時。即入想知滅定。（姚秦佛陀耶舍共竺佛念譯·長阿含經 T01n0001_p0110b19）

例 119「不爲念行」、「不起思惟」是兩個並列的分句，就語義指向來說，「已」表達整個「不爲念行、不起思惟」狀態的實現，在句法結構上，它並不具有「動詞補語」的性質（不爲動詞所支配）。故應視爲句末的「體貌助詞」。

（例 120）爾時有比丘爪長至一白衣家。此比丘顏貌端正。白衣婦女見已便繫意於彼比丘。即語比丘言。共我作如是如是事。比丘言。大姊。莫作是語。我等法不應爾。彼婦女言。若不從我者。我當自以爪爬身面破已。我夫還時當語言。彼比丘喚我作如是事。我不從彼便爪爬破我身面如是。（姚秦佛陀耶舍共竺佛念等譯·四分律 T22n1428_p0945b27）

例 120「我當自以爪爬身面破已」與「彼便爪爬破我身面如是」對照，可知「爬身面破」與「爬破我身面」爲「動＋賓＋補」與「動＋補＋賓」的相對結構。

句中「破」已是動詞「爬」的補語，此時位於句末的「已」，不再是動詞組內部的補語成分，而屬於「句末助詞」的性質，表達「爬破身面了以後」的意思，具有「體貌助詞」的功能。

（例 121）時。堅固長者子白佛言。世尊。此比丘名何等。云何持之。佛告長者子。此比丘名阿室已。當奉持之。（姚秦佛陀耶舍共竺佛念譯・長阿含經 T01n0001_p0102c20）

例 121「此比丘名阿室已」一句，當中「名」屬命名類的動詞，並無動作過程的意涵，且「已」位於句末，表達論斷的語氣，故可視爲「句末語氣詞」。

（例 122）今是城郭火起。用我故。悉當滅。悉當消。悉當去不復現。佛言。假令火賜滅已。賜消已。賜去已。知是須菩提。菩薩摩訶薩受決已。過去怛薩阿竭阿羅訶三耶三佛。授阿耨多羅三耶三菩。知是阿惟越致相假令火不滅不消不去。知是菩薩摩訶薩未受決。（東漢支婁迦讖譯・道行般若經 T08n0224_p0459c13）

例 122 就上下文義而言，可讀爲「假令火賜滅已、賜消已、賜去已，知是須菩提，菩薩摩訶薩受決已。過去怛薩阿竭阿羅訶三耶三佛授阿耨多羅三耶三菩，知是阿惟越致相。假令火不滅、不消、不去，知是菩薩摩訶薩未受決。」其中「菩薩摩訶薩受決已」與「菩薩摩訶薩未受決」，屬於「已然」與「未然」相對的形式。但是這個例子在吳支謙所譯《大明度經》與曇摩蜱共竺佛念所譯《摩訶般若鈔經》裏分別如以下例 123、124 所列：

（例 123）佛言。假令火即滅知已於往佛受尊決矣。假令火不滅知未受決。（吳支謙譯・大明度經 T08n0225_p0498b12）

（例 124）佛言。若火悉爲消滅去者。知是菩薩摩訶薩受決以爲過去怛薩阿竭阿羅訶三耶三佛之所受阿耨多羅三耶三菩。知是爲阿惟越致。令火不滅消去者。知是菩薩未受決。（苻秦曇摩蜱共竺佛念譯・摩訶般若鈔經 T08n0226_p0533a01）

在《大明度經》裏，與「菩薩摩訶薩受決已」相對的句子爲「知已於往佛受尊決矣」，由於「已」跟「矣」同樣出現在句末的位置，顯示「已」可能是個「句末語氣詞」。而就《摩訶般若鈔經》的經文來看，「已」字似乎也可以斷爲下句，即讀爲「知是菩薩摩訶薩受決，以（已）爲過去怛薩阿竭阿羅訶三耶三佛之所受阿耨多羅三耶三菩。知是爲阿惟越致。」〔註 16〕由於此例在版本用字上存有差異，因此「已」之語法屬性究爲「句末語氣詞」或「副詞」，尚無法斷定，故暫時存疑。

（例 125）伅眞陀羅與宮室眷屬。供養佛七日[已]。便持所有國土悉奉上佛。（東漢支婁迦讖譯・佛說伅眞陀羅所問如來三昧經 T15n0624_p0363b27）

例 125「伅眞陀羅與宮室眷屬供養佛七日已」，「已」位於句子結尾，且句中動賓詞組「供養佛」之後尚有補語「七日」，此時「已」在句中的語法位置已不可能是謂語結構內部的補語成分，故推論它的性質應具有「句末助詞」的功能。不過這個例子也能讀爲「伅眞陀羅與宮室眷屬供養佛，七日已，便持所有國土悉奉上佛」，如此一來，則「已」並不具有「句末助詞」的性質，而仍爲一「結果補語」的用法。〔註 17〕

3、V＋Object＋已

在佛經裏，有大量「已」字位於「V＋Object＋已」結構中的例子，就語法關係而言，「已」在句中亦有「謂語動詞」與「動詞補語」兩種可能。但是從副詞一般只會出現在整個「V＋Object＋已」之前的特點來看，「已」應該都已經成爲補語性的語法成分。而就「已」字所修飾的動詞性質來說，位於此一結構中的「已」也有「結果補語」、「動相補語」兩種功能。部分「已」字則已發展出句末「體貌助詞」的性質。底下就實際舉例說明完成動詞「已」，在此一結構中的情形：

（例 126）普慈闓士從定寤作是念。諸佛本何所來去何所。作是惟[已]。便復哀慟念。……作是念[已]。則入城街里自衒云。誰欲買我者。（吳支謙譯・大明度經 T08n0225_p0504c11）

（例 127）仙人報曰。吾有四大。當慎將護。今冬寒至。果蓏已盡。山水冰凍。又無巖窟可以居止。適欲捨去依處人間。分衛求食。頓止精舍。過

〔註 16〕《摩訶般若鈔經》「以」字在「南宋思溪藏」、「元大普寧寺藏」、「明方冊藏」、「宮內省圖書寮本」中皆作「已」。

〔註 17〕有關「七日已」這種「NP＋已」的結構，可參考下面 6.1.3 小節的討論。

冬寒已。當復相就。勿以悒悒。（西晉竺法護譯・生經 T03n0154_p0094b21）

（例 128）過金壁山已。有山名雪山。縱廣五百由旬。深五百由旬。東西入海。雪山中間有寶山。高二十由旬。（姚秦佛陀耶舍共竺佛念譯・長阿含經 T01n0001_p0116c03）

（例 129）修如是等無量善根。修善根已。作如是念。（東晉佛陀跋陀羅譯・大方廣佛華嚴經 T09n0278_p0488c08）

（例 130）雨如是等無量妙香。雨華香已。往至世尊釋迦牟尼如來佛所。（元魏毘目智仙共般若流支譯・聖善住意天子所問經 T12n0341_p0117b09）

例 126、127，「已」位於複句中的前一分句之末，作用在表達前一分句所陳述之事件或動作行為的完成，接著由連詞「便」、「則」等，引出後一分句所表示新狀況的發生。有時，後一分句雖沒有連接詞出現，但從上下文之語義，仍可確定上下兩個句子之間的順承關係，如例 128 至 130。其中例 126 動詞「作」原屬動作行爲動詞，而在這個例子裏，它主要表達的是心理活動的過程。例 127 與 128 動詞「過」都表「經過」，雖然一個是表達「時間」上的經過，另一個則是表達「空間」上的經過，但都具有持續性的特點。例 129 動詞「修」表「修習」的意思，屬動作行為動詞。例 130 動詞「雨」表「降落、降下」，乃由上而下的方向位移，亦隱含有時間段落的過程。「已」字位於「V＋Object」詞組之後，表達這些持續性動作行爲、活動的結果，屬「結果補語」的性質。

（例 131）復次天下諸餘龍王。過阿耨達龍王。餘龍王。熱沙雨身上。燒炙燋革。燋革已燒膚。燒膚已燒筋。燒筋已燒骨。燒骨已燒髓。燒炙甚毒痛。過阿耨達龍王。餘龍王皆見熱。阿耨達龍王獨不熱。是故名爲阿耨達。（西晉法立共法炬譯・大樓炭經 T01n0023_p0278c17）

例 131 從「燋革已燒膚。燒膚已燒筋。燒筋已燒骨。燒骨已燒髓」的經文內容，可以很清楚看出「已」字都在表達燒完某一事物之後，接著燒另一事物的概念。「已」字仍具有「完」的詞彙意義，爲一「結果補語」的用法。

（例 132）其彼村人婆羅門・居士。有禮拜迦葉然後坐者。有問訊已而坐者。有自稱名已而坐者。有叉手已而坐者。有默而坐者。（姚秦佛陀耶

舍共竺佛念譯・長阿含經 T01n0001_p0042c25）

例 132「問訊已而坐」、「自稱名已而坐」、「叉手已而坐」，「已」皆位於「VP 而 VP」結構中的前一動詞組內，表明「已」屬前一動詞組內部的補語成分。動詞「問訊」、「稱」、「叉」都屬持續性動作行爲動詞，因此「已」仍具有「完」的詞彙意義，可以解釋爲「問訊完」、「稱（報）完姓名」、「拱手完」，〔註 18〕故亦屬「結果補語」的性質。

（例 133）王見此事即勤修福。既修福已。復更鑄像。復更稱量。（西晉安法欽譯・阿育王傳 T50n2042_p0131a13）

（例 134）爾時太子未經多時。並殺父母集五逆罪。善男子。我亦憶念往昔之時。既殺王已愁悲啼泣自責悔過。（梁月婆首那譯・僧伽吒經 T13n0423_p0964c06）

（例 135）是明度學者心無動搖。悉受六度已。佛言。然善聽我說。上中下言皆善。釋言。受教。（吳支謙譯・大明度經 T08n0225_p0483c11）

（例 136）服此藥時。先發無上菩提之心。一服藥已。四百四病。終身不動。何況下耶。（劉宋沮渠京聲譯・治禪病祕要法 T15n0620_p0338b19）

例 133 至 136，副詞「既」、「悉」、「一」位於「V＋Object＋已」之前，表明整個「動＋賓＋已」爲一謂語結構。從上下文義來說，「已」的語義指向爲動詞「修」、「殺」、「受」、「服」，故屬「指動補語」的性質。其中例 136「服此藥時」與「一服藥已」相對，「時」、「已」都具有表達動作時點的意義。動詞「修」表「修習」，「殺」表「斬殺」，「受」表「領受」，「服」表「服食」，皆屬具體的動作行爲動詞，具有一持續性的動作行爲過程。「已」字則表達這些動作行爲過程的結果，仍具有「完」的詞彙意義，故亦爲「結果補語」的用法。

（例 137）南天竺有一男子。與他婦女交通。母語兒言。與他交通。是大惡法。婬欲之道無惡不造。聞是語已。即殺其母。（西晉安法欽譯・阿育王傳 T50n2042_p0120c10）

〔註 18〕丁福保《佛學大辭典》「叉手」條云：「叉手乃吾國之古法，即拱手也。洪武正韻曰：『叉手相錯也，今俗呼拱手曰叉手。』然竺土之法，叉手之禮，合掌交叉中指者，單曰叉手，亦曰合掌叉手。」

（例 138）時阿闍世王五體投地頂禮尊者足合掌而言。如來涅槃我不得見。尊者涅槃必使我見。答言爾。許可王已即告王言。我今欲集如來法眼。唯願大王爲我檀越。（西晉安法欽譯·阿育王傳 T50n2042_p0113a16）

（例 139）此等眾生假使一時得於人身。得人身已。彼一一眾生皆修十善。成就轉輪聖王福德。（元魏菩提留支譯・大薩遮尼乾子所說經 T09n0272_p0343c02）

（例 140）閻浮提中一切人民。皆悉遍數知口數已。善知書人具作文案謹送奉王。（元魏瞿曇般若流支譯・金色王經 T03n0162_p0389a13）

（例 141）滿千年已法欲滅時。非法眾生極爲甚多。（西晉安法欽譯・阿育王傳 T50n2042_p0126b26）

（例 142）時有迦夷國王入山射獵。王見水邊有諸群鹿。放弓射之。箭誤中睒正射其胸。被毒箭已舉身皆痛。便大呼言。誰持一箭殺三道人。（乞伏秦聖堅譯・佛說睒子經 T03n0175ap0438c25）

上文所舉例 140 應讀爲「閻浮提中一切人民，皆悉遍數。知口數已，善知書人具作文案，謹送奉王。」例 141 讀爲「滿千年已，法欲滅時」例 142 讀爲「箭誤中睒，正射其胸。被毒箭已，舉身皆痛」就上下文語義推敲，這些例子中的「已」，語義指向皆爲前面的動詞「V」，而動詞「聞」、「許可」、「得」、「知」、「滿」等皆爲非持續性動詞。例 142 動詞「被」本有「披覆」的意思，但在這個例句裏，乃表達「中箭」或「箭『附著』在身上」的概念，故亦屬非持續性動詞。在這些例子當中，「已」的詞彙意義已較爲虛化，無法再解釋爲「完」的概念，如例 139「得人身已」不能說成「得完人身」，只能說成「得到人身了以後」。又如例 140「知口數已」也沒有辦法解釋爲「知完口數」，而必須解釋爲「知道口數（指人口數目）了以後」。「已」在句中的主要功能乃在表達「聞」、「許可」、「得」、「知」等瞬間動作之「完成」及狀態動詞「滿」之「實現」等語法概念，故都具有「動相補語」的功能。

（例 143）邪去不遠化作比丘輩言。是應儀過世時皆求闓士道取應儀已。若何從得佛。（吳支謙譯・大明度經 T08n0225_p0495a28）

（例 144）弊魔復捨去不遠。復化作諸比丘示之言。是悉阿羅漢。過去世時皆求菩薩道。不能得佛。今皆取阿羅漢已。如是比丘當何從得佛。（東漢支婁迦讖譯・道行般若經 T08n0224_p0455a28）

例 143 與 144 出自《道行般若經》與《大明度經》兩部重譯經，內容上乃爲相對應的文句。而從《道行般若經》之經文，可以推知例 143 於斷句上應讀爲「邪去不遠，化作比丘輩言:『是應儀過世時，皆求闓士道。取應儀已，若何從得佛？』」例 144「今皆取阿羅漢已」一句，副詞「皆」位於「取阿羅漢已」之前，表明整個「V＋Object＋已」爲一謂語結構，「已」之語義指向則爲動詞「取」。「取」本爲動作行爲動詞，但是在這兩個例子裏，「取應儀」與「取阿羅漢」所表達的乃是「得阿羅漢道」的意思，故動詞「取」在這兩段經文中具有「獲得」的涵義，屬瞬間動詞的用法。因此「已」所表達的並非是「完」義的「結果補語」，而是表「完成」概念的「動相補語」。

（例 145）拘翼。若三千大國土中薩和薩。皆使得人道。了了皆作人已。令人人作七寶塔。（東漢支婁迦讖譯・道行般若經 T08n0224_p0433a06）

（例 146）我曹蒙大恩。乃得聞尊經好語。既聞經已。無有狐疑大如毛髮。（東漢支婁迦讖譯・道行般若經 T08n0224_p0476a01）

（例 147）然後當聚氣一處。數息令調想。一梵王手持梵瓶。與諸梵眾。至行者前。捉金剛刀。授與行者。既得刀已。自剜頭骨。大如馬珂。置左膝上。（劉宋沮渠京聲譯・治禪病祕要法 T15n0620_p0334b19）

（例 148）時彼菩薩既起是心。即向餘處異樹根下。既到彼已依彼樹根。結加趺坐端身正念。（元魏瞿曇般若流支譯・金色王經 T03n0162_p0389b06）

（例 149）凡夫愚人亦復如是。悕心菩提志求三乘。宜持禁戒防護諸惡。然爲五欲毀破淨戒。既犯禁已捨離三乘。縱心極意無惡不造。（蕭齊求那毘地譯・百喻經 T04n0209_p0554c23）

例 145「了了皆作人已」，副詞「了了皆」位於「作人已」之前，例 146 至 149 則爲副詞「既」出現在「V＋Object＋已」結構之前的例子。就語義表達來說，「已」的語義指向仍爲前面的動詞「V」，顯示它具有補語的性質。就動詞「V」的語義來看，例 145 根據「皆使得人道」一句，可以知道「了了皆作人」有「全部都成爲人」的意思。例 146 動詞「聞」表「聞知」，例 147 動詞「得」表「得到、獲得」，例 148 動詞「到」表「到達」，例 149 動詞「犯」表「觸犯」，這些動詞都屬非持續性動詞，因此擔任「指動補語」的「已」字，詞彙意義已經虛化，無法解釋爲「作完人」、「聞完經」、「得完刀」、「到完那裏」、「犯完禁」等意思，而表達瞬間動作「完成」的語法意義，具有「動相補語」的功能。

（例 150）譬如以泥木　而爲作佛像　未得成就時　腳蹋而斲削　既得成就已 香花而敬禮（姚秦鳩摩羅什譯・大莊嚴論經 T04n0201_p0313b15）

例 150「未得成就時」與「既得成就已」爲一平行相對的句式。副詞「未」與「既」，分別代表「未然」與「已然」的情態範疇，句末「時」與「已」，則分別表達「動作進行之時」與「動作完成了以後」的體貌範疇。而在這個例子裏，「已」字的語法性質可以有兩種可能的分析方式，一是「得」字表「獲得」義，「成就」表「成果」，擔任「得」之賓語，此時「已」語義指向爲動詞「得」，表「完成」的語法意義，具有「動相補語」的功能。二是「得」字爲助動詞用法，表「能」義。「成就」屬動詞，表「完成」，此時「已」字的語義指向爲整個「既能成就」詞組，表狀態之「實現」，具有句末「體貌助詞」的功用。

（例 151）諸佛智慧光　圓滿淨世間　能淨世間已　令入諸佛法（東晉佛陀跋陀羅譯・大方廣佛華嚴經 T09n0278_p0487b11）

（例 152）譬如小兒蜜塗苦藥然後能服。今先讚戒福然後人能持戒。能持戒已立大誓願得至佛道。（姚秦鳩摩羅什譯・大智度論 T25n1509_p0159b07）

（例 153）如世間中無知水草牛所噉食。應長養犢子。如作如此計於。一年內能轉作乳。犢子既長。能噉草已。牛復食水草。則不變爲乳。（陳眞諦譯・金七十論 T54n2137_p1260a08）

例 151 至 153，「已」位於「能＋V＋Object＋已」的結構裏，就上下文語義觀察，「已」字的語義指向並非前面的動詞「淨」、「持」、「噉」，而是整個「能＋V＋Object」詞組。以例 153 來說，「犢子既長，能噉草已」意思是「犢子已經長大，能夠吃草了以後」，而不是「犢子已經長大，能夠吃完草（或把草吃完）」。因此位於句末的「已」不是動詞組內部的補語成分，而是以「能噉草」爲其論元的「句末助詞」。它所表達的是一種新的能力狀態已成爲事實的概念，具有「體貌助詞」的功用。此一語法、語義功能，也可以從下面這個例子得到印證：

（例 154）爾時阿難白佛言。世尊。若有善男子善女人。得聞是經能信能解。能信解已。復能受持讀誦通利。是善男子善女人得幾所福。（劉宋智嚴譯・佛說廣博嚴淨不退轉輪經 T09n0268_p0281a21）

例 154「能信解已」一句，在「南宋思溪藏」、「元大普寧寺藏」、「明方冊藏」、「宮內省圖書寮本」、「正倉院聖語藏本」中皆作「已能信解」。此一版本上的差異，正好顯示出體貌助詞「已」與副詞「已」之間具有相同的語法功能。而在佛經裏，這種位於「能＋V＋（Object）＋已」結構裏的「已」，都已經具有「體貌助詞」的性質。

除了在「能＋V＋（Object）＋已」結構當中，出現這種體貌助詞「已」與副詞「已」對應的例子以外，在其他結構裏，也能夠發現此一對應的情形。例如：

（例 155）除貪嫉棄眾惡。常知止足行於正眞。無有異心則逮平等。逮平等已無有眾邪則獲慈心。已習慈心便遇善友。已得善友則便得聞寂然之法。已聞寂然便建立行。已建立行則化眾生。化眾生。已則便講說立寂然誼。假使菩薩不爲眾生不修寂然。則不微妙。已不微妙不獲道眼。不得道眼不至善權。不能睹見一切眾生根本所趣。（西晉竺法護譯・等集眾德三昧經 T12n0381_p0976b26）

（例 156）吾悉勸助斯眾德本。了此德本不可捉持。一切諸法猶如虛空。若能勸助此德本已則無有本。已離諸本不可護持。無所志念寂然無生。達無生已便入諸法。已入諸法便勸德本。如爲己身所可勸助。亦復勸助一切菩薩。開化眾生俱復如是等無差特。（西晉竺法護譯・佛說文殊悔過經 T14n0459_p0444c07）

（例 157）習諸法者用正故學。習菩薩行等心眾生。已等眾生便等諸法。已等諸法知菩薩心。已知菩薩則能暢解眾生志操。知眾生已則知諸法。是名曰習弘等一切眾生之類。悉等諸法而無適莫。（西晉竺法護譯・阿差末菩薩經 T13n0403_p0594b10）

例 155 至 157，「已」都處於「V＋Object＋已，（則、便）VP」的句式當中，其中例 155 於斷句上應讀爲「……已聞寂然，便建立行。已建立行，則化眾生。化眾生已，則便講說，立寂然誼……」。這些例子中的「已」，透過經文上下文句之間的對照，可以發現它與「已＋V＋Object，（則、便）VP」的句式，是平行對等的關係，如例 157「已等眾生便等諸法」與「知眾生已則知諸法」兩者句式相同，差別只在「已」所處句中的位置，「已等眾生」的「已」處於動賓詞組之前，「知眾生已」的「已」則位於動賓詞組之後。就語法功能而言，兩者應同屬句中的修飾成分，位於動賓詞組前的「已」屬副詞狀語，因此可推論例 155、156、157 這些在動賓詞組之後的「已」，已經具有「體貌助詞」的性質。

（例 158）菩薩摩訶薩若未成就是三昧者。無常無我無樂無淨若已成就則得名為常樂我淨。未能度脫一切眾生。名無常無我無樂無淨。若能度脫則得名為常樂我淨。（北涼曇無讖譯‧大方等無想經 T12n0387_p1104b16）

（例 159）菩薩摩訶薩未得成就是三昧者。名無常無我無樂無淨。若成就已則得名為常樂我淨。未能度脫諸眾生故。名無常無樂無我無淨。若能度脫則得名為常樂我淨。（北涼曇無讖譯‧大方等無想經 T12n0387_p1104b26）

例 158、159 兩段經文皆出自《大方等無想經》，所描述的內容亦相同。其中例 158「若已成就，則得名為常樂我淨」，在例 159 裏作「若成就已，則得名為常樂我淨」，由此可推測「成就已」之「已」，業已是個句末「體貌助詞」的用法。並且透過文句的相應，表現出副詞「已」與體貌助詞「已」之間在用法上的共同性。

（例 160）具此八法已　當自發願言　我得自度已　當復度眾生（姚秦鳩摩羅什譯‧十住毘婆沙論 T26n1521_p0023a27）

（例 161）具此八法已　當自發願言　我已得自度　當復度眾生（姚秦鳩摩羅什譯‧十住毘婆沙論 T26n1521_p0089a10）

例 160、161 兩段經文亦同出於《十住毘婆沙論》，經文的內容也完全相同。而例 160「我得自度已」一句，在例 161 裏作「我已得自度」，同樣屬副詞「已」與體貌助詞「已」對應的關係，「我得自度已」之「已」，乃為句末「體貌助詞」的功能。

（例 162）因是業得彼天道。得天壽命。得住得天同類。已生於彼受業果報有二種樂。一無逼樂二者受樂。是業熟已被用無餘。（陳真諦譯‧佛

說立世阿毘曇論 T32n1644_p0204a14）

（例 163）因此業得天道天壽命。得天住。得天同類。生於彼已受業果報。有無逼樂無復受樂。是業熟已被用無餘。（陳眞諦譯・佛說立世阿毘曇論 T32n1644_p0204b10）

例 162、163 同樣也都出自《佛說立世阿毘曇論》，所描述的內容也都相同。例 162「已生於彼，受業果報」，在例 163 裏作「生於彼已，受業果報」，同樣顯示副詞「已」與體貌助詞「已」之間，具有相同的語法、語義功能。

（例 164）是鴈王前行右腳著罥中。作是念。若我出是罥腳者。餘鴈不敢噉穀。須噉穀盡然後當現。噉穀盡已。即便現腳相。（姚秦弗若多羅共鳩摩羅什譯・十誦律 T23n1435_p0263b17）

（例 165）觀察於諸女　而坐於道場　坐於道場已　摧壞諸魔軍（高齊那連提耶舍譯・月燈三昧經 T15n0639_p0596a18）

例 164 在「噉穀盡已」一句當中，「噉穀盡」爲「動＋賓＋補」結構，「已」在句中已非補語性質，而爲句末助詞的功能。就語義上的表達來說，「噉穀盡已」指「把穀吃完了以後」的概念，因此「已」亦具有「體貌助詞」的性質。例 165「坐於道場已」，介詞組「於道場」同樣擔任動詞「坐」的補語，故「已」亦屬於句末「體貌助詞」的用法，表達「坐在道場了以後」的概念。

（例 166）敬遶世尊無量匝已。退坐蓮華臺上。（東晉佛陀跋陀羅譯・大方廣佛華嚴經 T09n0278_p0408a08）

（例 167）右咒若初坐未定身心不安。先誦此咒七遍已。跏趺坐則不驚動。（北周闍那崛多譯・種種雜咒經 T21n1337_p0638c29）

（例 168）檀尼迦比丘和泥作屋。窗牖戶扇悉是泥作。唯戶扇是木。取柴薪牛屎及草。以赤土汁塗外。燒之熟已。色赤如火。打之鳴喚。狀如鈴聲。風吹窗牖。猶如樂音。（蕭齊僧伽跋陀羅譯・善見律毘婆沙 T24n1462_p0727b24）

例 166 至 168 也都屬「V＋Object＋Comp.＋已」的結構，「已」字也同樣具有「體貌助詞」的功能，表示「……了以後」的意思。不過這三個例子在斷句上，分別又可以讀爲「敬遶世尊，無量匝已，退坐蓮華臺上」、「……先誦此咒，七遍已，跏趺坐則不驚動」、「……燒之，熟已。色赤如火……」。「無量匝已」與「七遍已」可以解釋爲「遶完無量匝」、「誦完七遍」，屬於因動詞「遶」、「誦」省略而形成的「NP＋已」形式，「已」則爲「結果補語」的性質。「熟已」之「已」則爲表達狀態動詞「熟」之「動相補語」。因此這些「已」字的語法屬性，要比例 151 至 164 的情形來得不明確。

（例 169）復次菩薩作是念。一切國王及諸貴人力勢如天。求樂未已死強奪之。我今爲眾生故。捨家持清淨戒。（姚秦鳩摩羅什譯・大智度論 T25n1509_p0412b01）

例 169「求樂未已」，副詞「未」處於「已」字之前，此時「已」在句中爲「謂語動詞」的性質。不過在佛經裏，副詞位於「V＋Object」與「已」字之間的例子僅有這一個。這樣的用法，應是襲用上古漢語的謂語動詞「已」。

4、複雜謂語＋已

這一類句式中的「已」，位於複雜的謂語結構之後，它的前面所接的語法成分，可以是並列的聯合詞組形式，例如：

（例 170）是諸菩薩摩訶薩自生意念。欲從其刹至他方世界。俱至諸如來所聽所說法。爲諸佛世尊作禮諷誦之。復重問意解。爲諸佛作禮諷誦已。重問意解已。便復還至阿閦如來所。（東漢支婁迦讖譯・阿閦佛國經 T11n0313_p0758b09）

例 170「爲諸佛作禮諷誦已，重問意解已，便復還至阿閦如來所」一段，從上下文來看，「已」字很明顯是描述整個謂語結構「爲諸佛世尊作禮諷誦」與「重問意解」完成以後的狀態。丁福保《佛學大辭典》「意解」條云：

> 謂依意識而了解也。八十華嚴十四曰：「觀其意解與同事。」深密經一曰：「唯除種種意解，別異意解，變異意解。」行事鈔上曰：「意解不同，心相各別。」資持記上四之一曰：「意解即所見也。」堃意之解脫也。維摩經佛國品曰：「漏盡意解。」又註曰：「漏盡，九十八結漏既盡，故意得解脫，成阿羅漢也。」同慧遠疏一曰：「內除愛染，名爲漏盡；得無學智，名爲意解。」

故「意解」可視爲一主謂結構的詞組，「重問意解」則爲動詞組與主謂詞組並列的結構。「作禮」與「諷誦」同樣可視爲兩個動詞組並列的語法關係。有時候「已」字之前的語法成分，可以是由幾個動詞構成聯合並列的形式，如：

（例 171）其聞般若波羅蜜者。皆過去佛時人。何況學持諷誦。學持諷誦已如教住者。是人前世供養若干佛已。今復聞深般若波羅蜜。學持諷誦如教住。其人從過去佛時問事已。（東漢支婁迦讖譯・道行般若經 T08n0224_p0444b25）

（例 172）彌勒菩薩白佛。我以從過去諸佛所。已聞是法。持諷誦讀已。今復還聞是法。（東漢支婁迦讖譯・佛說阿闍世王經 T15n0626_p0405c17）

例 171、172「學、持、諷、誦」與「持、諷、誦、讀」都是動詞聯合並列的形式。位於此一結構中的「已」，原則上仍可將其視爲「結果補語」的功能，因爲在佛經經文中，它也可以用以下的形式呈現：

（例 173）釋提桓因白佛言。是輩人其福祐功德不小。聞般若波羅蜜者。何況乃學持誦念。學已持已誦已。取學如是用是法住。（東漢支婁迦讖譯・道行般若經 T08n0224_p0434a21）

例 173「學已、持已、誦已」一段，「已」字分別擔任持續性動詞「學」、「持」、「誦」的補語，以之與例 171、172 對照，可知「學持諷誦已」應該是從「學已、持已、諷已、誦已」省略「已」而來的句法結構。胡敕瑞（2006）指出：佛經中的句法省略情形，較之上古漢語有更爲複雜的省略現象，在這些複雜的省略現象中，大體可以歸納爲「相對位置省略規則」，他說：

> 平行成分的省略基本根據其所在句法結構中的位置。如果平行成分位於結構的前端，一般採取前指省略，即保留最前的成分而刪除其後的其他平行成分，如果平行成分位於結構的後端，一般採用後指省略，即保留最後的成分而刪除其前的其他平行成分。〔註 19〕

根據此一規則，可以將上述例 170、171、172 視爲「後指省略」的一種句法現象，其省略的語法成分都是擔任指動補語的「已」。

（例 174）文殊師利問摩訶迦葉。今早欲到何所。則言欲行分衛故。文殊師利

〔註 19〕胡敕瑞〈代用與省略——論歷史句法中的縮約方式〉，《古漢語研究》第 4 期，頁 32，2006。

復謂摩訶迦葉。我今與汝分衛。摩訶迦葉則言。已具足爲供已。所以者何。以法到是不以食故。（東漢支婁迦讖譯・佛說阿闍世王經 T15n0626_p0399a09）

例 174「已具足爲供已」一句，文義較不明確。不過在同經當中，還有一段類似的經文，如下：

（例 175）阿闍世王則白文殊師利。惟加大恩。明旦屈德就宮而食。則文殊師利答言。以足可爲供養已。文殊師利復言。佛法非以衣食故。（東漢支婁迦讖譯・佛說阿闍世王經 T15n0626_p0396a05）

將「已具足爲供已」與「以足可爲供養已」兩相比較，可知「已具足爲供已」完整的句式當爲「已具足可爲供養已」，其內部結構實際是「已具足（而）可爲供養已」的並列形式。就第二個「已」字所處的位置在句末，且出現的語境乃在表達一種肯定的語氣，因此可將之視爲「句末語氣詞」的用法。

二、判斷句

中古佛經裏，有許多「已」字出現在「……者，爲……已」或「爲……已」的句式當中。呂叔湘（1992）將這類由「準繫詞」「爲」所領屬的句子歸爲「準判斷句」，〔註 20〕楊伯峻、何樂士（1992）將其歸爲「判斷句」，李佐豐（2004）則把「爲」歸爲「分類動詞」，並將「爲」字所領屬的句子歸爲「分類句」當中。〔註 21〕這類例句有：

（例 176）須菩提白佛言。菩薩摩訶薩知是者。爲行般若波羅蜜。有想者便離般若波羅蜜遠已。佛言。善哉善哉。須菩提。有字者便有想。以故著。（東漢支婁迦讖譯・道行般若經 T08n0224_p0442b22）

（例 177）佛言。阿難。若敬我所說法爲敬事我。若自敬身有慈孝於佛。持是奉事明度。悉爲供養諸佛已若身口心有慈孝於佛。不言無孝。若常得佛儀常如法。心常淨無瑕穢。若見佛不言不見。如是悉爲報佛恩已。（吳支謙譯・大明度經 T08n0225_p0508a03）

（例 178）若起瞋恚毒意。一作意勇怫鬱。或以刀兵。或持弓矢欲相挌射。或

〔註 20〕呂叔湘《中國文法要略》，頁 63，文史哲出版社，台北，1992。

〔註 21〕李佐豐《古代漢語語法學》，頁 413，商務印書館，北京，2004。

以鎌斧欲斬人頭首。舉意如是斯爲犯三界眾生已。（西晉竺法護譯・佛說普門品經 T11n0315ap0774c13）

例 176「有想者便離般若波羅蜜遠已」一句，在吳支謙所譯《大明度經》中作「闓士有想便離明度遠」。透過《大明度經》與《道行般若經》的對照，顯示「離明度遠」乃「動＋賓＋補」的語法關係，因此「已」字不具有補語的性質，而屬於「句末助詞」的用法，位於判斷句「……者，……已」的句式當中。例 177「悉爲供養諸佛已」、「悉爲報佛恩已」與例 178「斯爲犯三界眾生已」之「已」則處於「爲……已」的句式當中，亦屬判斷句用法。這些例句的「已」應具有相同的語法功能。在《道行般若經》與《大明度經》裏，我們發現有下列一組對比的經文：

（例 179）是曹之人誹謗法者。自在冥中復持他人著冥中。其人自飲毒殺身無異。斷法之人所語有信。用其言者。其人所受罪俱等無有異。所以者何。用誹謗佛語故。誹謗般若波羅蜜者。爲悉誹謗諸法已。（東漢支婁迦讖譯・道行般若經 T08n0224_p0441b20）

（例 180）斯人自在冥中。復投人於冥中。其人自飲毒殺身無異也。斷經之愚人信其言罪苦等矣。誹謗明度爲謗十二部經也。（吳支謙譯・大明度經 T08n0225_p0488a15）

例 179「誹謗般若波羅蜜者，爲悉誹謗諸法已」在重譯的《大明度經》裏作「誹謗明度，爲謗十二部經也」，顯示位於「……者，爲……已」句式中的「已」字當爲句末語氣詞的用法，表達論斷的語氣。不過在佛經裏，位於判斷句中的「已」也有與句末語氣詞「矣」相對應的例子，如：

（例 181）其有說深般若波羅蜜。若不信者。其人爲未行菩薩道。反持作難。自歸般若波羅蜜者。爲自歸薩芸若慧已。舍利弗語釋提桓因。如是如是。（東漢支婁迦讖譯・道行般若經 T08n0224_p0444c10）

（例 182）聞其義而不信者。彼求道未久。以斯爲難矣。自歸明度爲自歸一切智矣。（吳支謙譯・大明度經 T08n0225_p0489b25）

例 181《道行般若經》「爲自歸薩芸若慧已」一句，在重譯的《大明度經》裏作「爲自歸一切智矣」。句末語氣詞「已」與「矣」兩兩相對。

（例 183）諸天子白佛言。少有及者。天中天。有持大明者。爲受一切智矣。時佛在眾中央坐。佛告除饉眾除饉女清信士清信女。（吳支謙譯・大明度經 T08n0225_p0483c03）

（例 184）聞人說明度復止之。止此者爲止一切知。爲止往古來今將導明眼矣。以斯愚罪斷於經法。輕易應儀。受不信之道。（吳支謙譯・大明度經 T08n0225_p0488a05）

例 183、184 句末語氣詞「矣」亦出現在判斷句裏面。就上古漢語的句末語氣詞來說，最常使用於陳述句的語氣詞爲「也」跟「矣」。其中「“也”所表示的語氣是事理的當然，不涉及時間」、「“矣”所表示的語氣是事理的已然或必然，…無論是既成的事或是未來的事，在語氣上都可以用“矣”來表示」。〔註 22〕就判斷句而言，所表達的句意並不涉及時間或事物變動的意義，因此在上古漢語中，判斷句一般都用句末語氣詞「也」而不用「矣」。除了「也」之外，語氣詞「已」在上古也可以用於判斷句裏，如李佐豐（2004）云：

> “已”可以用於論斷句末，也可以用於複句句末。在用於論斷句末時，與“也”的作用接近。〔註 23〕

如《荀子・堯曰》：「此三者，其美德已」。〔註 24〕而從上文所舉《道行般若經》與《大明度經》經文相對的例句來看，顯示上古漢語句末語氣詞的界線，到了中古時期的佛經裏，已經出現混用的狀況了。此一混用的情形，應與句末語氣詞「已」有關，因爲句末語氣詞「已」的功能，一方面與「矣」接近，〔註 25〕另一方面又與「也」一樣，可出現在判斷句裏，因而容易造成使用上的混淆。

除了「……者，爲……已」、「……爲……已」的句式以外，亦有「已」字位於「V……爲……已」、「V 爲……已」結構中的例子，如：

（例 185）其菩薩摩訶薩。以是光明住檀波羅蜜。被摩訶衍大僧那鎧。變現三千大千世界。悉爲紺琉璃。這變三千大千世界。爲紺琉璃已。則復

〔註 22〕劉景農《漢語文言語法》，頁 320，中華書局，北京，2003。

〔註 23〕李佐豐《古代漢語語法學》，頁 246，商務印書館，北京，2004。

〔註 24〕例句引自李佐豐《古代漢語語法學》，頁 246，商務印書館，北京，2004。

〔註 25〕劉景農：「比“矣”的語氣稍輕些是“已”，同樣可用來表對事理的推測或情況的描寫等等語氣。」（《漢語文言語法》，頁 324，中華書局，北京，2003）

變爲轉輪聖王。已變現爲轉輪聖王莊嚴之像。則能廣施。飢者與食。渴者給漿。無衣與衣。無香與香。華飾雜香擣香車乘象馬僮僕侍使。恣人所求。（西晉竺法護譯・光讚經 T08n0222_p0185c04）

（例 186）譬如屠兒以持利刀。殺害牛畜解爲四段。爲四段已坐起省察則無牛因緣合成。（西晉竺法護譯・光讚經 T08n0222_p0193b20）

（例 187）爾時。香姓以一瓶受一石許。即分舍利。均爲八分已。告眾人言。願以此瓶。眾議見與。自欲於舍起塔供養。（姚秦佛陀耶舍共竺佛念譯・長阿含經 T01n0001_p0030a03）

其中例 186「爲四段已」一句，是受佛經四字格的影響，省略了動詞「解」之後的形式，原應爲「（解）爲四段已」。至於例 185「這變三千大千世界爲紺琉璃已」、186「（解）爲四段已」、187「均爲八分已」，上述三句的句式，呂叔湘（1992）亦將其歸入「準判斷句」中。就上下文義來說，「已」的語義指向實爲動詞「變」、「解」、「均」。就句法結構而言，則「爲紺琉璃」、「爲四段」、「爲八分」分別充當動詞「變」、「解」、「均」的補語成分，因此「已」在句中亦不屬於補語用法，而應視爲句末的「體貌助詞」，表達「變爲紺琉璃了以後」、「解爲四段了以後」、「均爲八分了以後」的意思。

（例 188）其太子立爲王者。亦供養佛。如前數已。復立其子而爲王。（東漢支婁迦讖譯・佛說伅眞陀羅所問如來三昧經 T15n0624_p0363b16）

（例 189）汝端正如天　姿媚如莊已　何故起惡見　說言皆不著（元魏瞿曇般若流支譯・得無垢女經 T12n0339_p0100a01）

（例 190）既如是已。唱聲敕言。安住勿動。各嚴器仗手執弓箭。身著鎧鉀。拔刀警防。如是誡已。他軍來至多有象馬。（元魏瞿曇般若流支譯・毘耶娑問經 T12n0354_p0226b28）

例 188「如前數已」、例 189「姿媚如莊已」、例 190「既如是已」，這類使用相似詞的句式，呂叔湘（1992）亦歸入「準判斷句」中。李佐豐（2003）云：「『似』、『猶』、『如』、『若』表示事物之間的相似關係，特點是可以用代詞『之』或『是』作賓語。」〔註 26〕與「爲」字所領屬的判斷句相同，動詞「如」在句中並無表達

〔註 26〕李佐豐《先秦漢語實詞》，頁 117，北京廣播學院出版社，北京，2003。

事件過程的概念，因此「已」字在此，所表達的並非「完成」的意思，而是「實現」的義涵。從上下文語義觀察，「已」字皆位於上下兩個分句之間，表達前一分句所描述之狀態實現了以後，接著產生新的動作或作爲，其語義指向爲「如前數」、「姿媚如莊」、「如是」等，故在句中應屬句末之「體貌助詞」的功用。

三、描寫句

劉景農（1994）提到：「描寫句是用來描寫人或事物的性質、狀態的；無論文言或是現代漢語裏，這類句大都以形容詞做謂語的主要成分。」〔註 27〕呂叔湘（1992）則將此一句式稱爲「表態句」。佛經中，「已」也有出現在描寫句句末的情形，例如：

（例 191）當令若干億那術百千人積累德本。是人如所積德本。其菩薩是德本不可計。是菩薩摩訶薩德本眾多。已便坐無上正眞道。（東漢支婁迦讖譯・阿閦佛國經 T11n0313_p0763b09）

（例 192）有一小兒厥年七歲。城外牧牛遙聞比丘誦說經聲。即尋音往詣精舍中。禮比丘已却坐一面。聽其經言。時說色本聞之即解。兒大歡喜經句絕已。便問比丘。（吳康僧會譯・六度集經 T03n0152_p0035b28）

（例 193）是慳比丘生敬尙心。減少食分施上下座。後日有檀越多持好飲食來與。便心生歡喜而作是念。由昨日少施今日得多。復轉多施上下座。如是慳心破已。尊者爲說法要得阿羅漢。遂便語言使著籌窟中。（西晉安法欽譯・阿育王傳 T50n2042_p0123c05）

（例 194）一切諸佛。善知眾生諸根熟已。成等正覺。（東晉佛陀跋陀羅譯・大方廣佛華嚴經 T09n0278_p0594b09）

（例 195）遂便有娠。生一摩納子。墮地能言。尋語父母。當洗浴我。除諸穢惡。我年大已。自當報恩。（姚秦佛陀耶舍共竺佛念譯・長阿含經 T01n0001_p0083a08）

（例 196）如前復以乳還洗於心。乳滴流注入大腸中。大腸滿已。入小腸中。小腸滿已。流出諸乳。滴滴不絕。入八萬戶蟲口中。諸蟲飽滿。遍於身內。（劉宋沮渠京聲譯・治禪病祕要法 T15n0620_p0333c08）

〔註 27〕劉景農《漢語文言語法》，頁 138，中華書局，北京，2003。

（例 197）涼風吹扇令閻浮提其地皆淨。爾時涼風吹閻浮提。其地淨已中後半日。天雨種種佉陀尼食蒲闍尼食如是色食。（元魏瞿曇般若流支譯·金色王經 T03n0162_p0390b02）

例 191 至 197 皆屬描寫人或事物性質、狀態的描寫句，「已」字都位於句末，語義指向爲前面的狀態動詞（形容詞）。其中例 191 應讀爲「是菩薩摩訶薩德本眾多已，便坐無上正眞道」，「已」表達「此菩薩摩訶薩積累德本眾多了以後」的意思。這類例句中的「已」與位於單一「狀態動詞」之後的「已」性質相同，動詞「已」原本所具有的詞彙意義已經虛化，因此這些例句都無法用「完結」的意思來解釋，如例 194「諸根熟已」無法解釋爲「諸根熟完」、例 195「我年大已」也不能說成「我年紀大完」，「已」在句中只是表達性質、狀態之實現，故屬「動相補語」的性質。

四、有無句

「有無句」指「謂語動詞」爲「有」或「無」的句式，一般又稱爲「存現句」。佛經當中，「已」出現在「有無句」中的情形有兩種，一是擔任「動相補語」，語義可解釋爲「……了以後」，一是擔任「賓語」，語義表「停止」。其例子如下：

（例 198）其一兒言。願如佛右面尊比丘。其一兒言。願如左面神足比丘。是二兒各各有是願已。復共問一兒。（東漢支婁迦讖譯·佛說阿闍世王經 T15n0626_p0395a02）

（例 199）所教訓者欲令其人見當來佛神足變化於法道義便有增益。有增益已亦增福利益諸群黎。（西晉竺法護譯·阿差末菩薩經 T13n0403_p0597c07）

（例 200）自此王來始有貧窮。有貧窮已始有劫盜。有劫盜已始有兵杖。有兵杖已始有殺害。有殺害已則顏色憔悴。壽命短促。（姚秦佛陀耶舍共竺佛念譯·長阿含經 T01n0001_p0040c20）

（例 201）兒歸陳之。父驛馬追兒已爲灰矣。父投躬呼天結氣內塞。遂成癈疾。又生毒念曰。吾無嗣已。不以斯子爲必欲殺之。（吳康僧會譯·六度集經 T03n0152_p0026a25）

（例 202）又於此彼而無所住。正立法界以無所住。亦無所著。亦無文字。無所頒宣。無文字已。不復舉假一切思想。若能啓受於此法者。爾乃名曰智度無極。六度無極亦復如是。（西晉竺法護譯・佛說無言童子經 T13n0401_p0525a04）

（例 203）彼若修行無貪思想。淨導隨順不計吾我。不住諸見捐捨顚倒棄捨無明愚癡之冥。不爲二行塵勞不興亦無諍亂。無諍亂已究竟永安。是謂開化塵勞之律。（西晉竺法護譯・佛說文殊師利淨律經 T14n0460_p0451a09）

有無句「主要表示與存在、出現或領有等有關的事實。」〔註 28〕就上文所舉例子來說，例 198 至 200，動詞是「有」，表達「從無到有」的概念。例 201 至 203，動詞爲「無」，表達「從有到無」的意義。例 198「是二兒各各有是願已」一句，賓語「是願」並非本來就「存在」，動詞「有」的語義也與「領有」的概念無關，而是表達「出現、發出」的意思。而例 202「吾無嗣已」一句，賓語「嗣」原本「存在」，動詞「無」表示「失去」的涵義。例 199、202「已」表示「出現」、「失去」，即「從無到有」、「從有到無」狀態的實現，故具有「動相補語」的功能。

（例 204）威勢無幾隨惡名焦。身坐勞苦久後大劇。自然隨逐無有解已。（吳支謙譯・佛說阿彌陀三耶三佛薩樓佛檀過度人道經 T12n0362_p0315b18）

（例 205）命終之後更相怨嫉。與怨相報無有窮已。是故大王。汝當遠離殺生之罪。捨離刀杖無起害心。（元魏菩提留支譯・大薩遮尼乾子所說經 T09n0272_p0328b09）

（例 206）是者凡之所作。從本至本。從生至老無有已。（東漢支婁迦讖譯・佛說伅眞陀羅所問如來三昧經 T15n0624_p0352a25）

（例 207）一者若諸比丘。從遠方來。欲問訊我。次見阿難。皆生歡喜。聞其說法及見默然。亦復欣悅。辭別而退。戀德情深。不能有已。（東晉法顯譯・大般涅槃經 T01n0007_p0200c12）

（例 208）而太子薨。魂靈變化。輪轉無已。値佛在世生舍衛國。早喪其父。孤與母居。（吳康僧會譯・六度集經 T03n0152_p0023a25）

（例 209）譬如駛水流　流流無絕已（東晉佛陀跋陀羅譯・大方廣佛華嚴經

〔註 28〕李佐豐《古代漢語語法學》頁 56，商務印書館，2004。

T09n0278_p0427a15）

例204至209，句中的「已」都表達「停止、終止」的意思。其中例204至207，「無有解已」指「沒有解脫、停止的時候」，「無有窮已」指「沒有窮盡、終止之時」，「從生至老無有已」指「從出生到年老都沒有停止」，「不能有已」指「(戀德情深之情) 不能有停止的時候」。這些「已」字在句中都擔任存現動詞「有」的「賓語」。例208、209「輪轉無已」與「流流無絕已」，「已」同樣爲「停止、終止」的概念，但就句法結構來說，仍屬「謂語動詞」的用法，這裏的「VP無已」與「VP不已」的結構實際具有相同的意義。從208、209兩個例子，可以推知出現在如例204這種「無有解已」句式中的「已」，仍具有強烈的詞彙意義及動詞性特徵，故將其視爲「謂詞性賓語」〔註29〕的用法。

（例 210）世間愚人亦復如是。終身殘害作眾惡業。不習心行使令調善。臨命終時方言。今我欲得修善。獄卒將去付閻羅王。雖欲修善亦無所及已。如彼愚人欲到王所作鴛鴦鳴。（蕭齊求那毘地譯・百喻經 T04n0209_p0550b16）

例210「雖欲修善，亦無所及已」意指「雖想要修善，也已經來不及了」。「已」字擔任「句末語氣詞」，表達陳述的語氣。此一用法乃沿用上古漢語句末語氣詞「已」的功能。如《晏子春秋・內篇諫下》:「傲細民之憂，而崇左右之笑，則國亦無望已。」〔註30〕

五、被動句

上古漢語有以「爲……所V」做爲構成被動式的主要形式，中古時期以後，「爲……所V」逐漸被「被V」的句式給取代。「已」則可以出現在這兩種被動句式的句末，如：

（例 211）最後若書持經卷者。當知是輩悉爲怛薩阿竭眼所見已。（東漢支婁迦讖譯・道行般若經 T08n0224_p0446a24）

（例212）於是。罪人爲灰河所煮。利刺所刺。洋銅灌口。犲狼所食已。即便驗馳

〔註29〕朱德熙《語法講義》，頁122，商務印書館，北京，2004。

〔註30〕引自中國社會科學院語言研究所古代漢語研究室編《古代漢語虛詞詞典》，頁712，商務印書館，北京，2002。

走上劍樹。（姚秦佛陀耶舍共竺佛念譯・長阿含經 T01n0001_p0123a02）

例 211「已」出現在被動句式「爲……所 V」句末的位置，其後不再接上表達另一新狀況發生的句子，處於此一句式中的「已」，屬於「句末語氣詞」的用法，表達事態已然的意涵。例 212「罪人爲灰河所煮。利刺所刺。洋銅灌口。豺狼所食已」，「已」處於幾個並列聯合的句子所構成的被動句式之後，亦具有「句末助詞」的功能。而根據上下文語境的文義觀察，此處「已」的作用在描述罪人經歷了「爲灰河所煮、爲利刺所刺、爲洋銅灌口、爲豺狼所食」這些事件「以後」，於是「驊馳走上劍樹」，其語義功能與「VP 已，VP」句式中的「已」字相當，因此應屬於「體貌助詞」的用法。

（例 213）時諸婆羅門等聞是偈已。咸共同聲呵優婆塞言。是癡人。彼阿修羅有大勢力好爲惡事。我天神德力能殺害。云何乃言非有智耶。時優婆塞被呵責已。喟然長歎。而說偈言。（姚秦鳩摩羅什譯・大莊嚴論經 T04n0201_p0257b14）

（例 214）眾人見之咸皆罵辱而語之言。汝非旃陀羅夜叉羅刹。云何乃捉死人頭行。被罵辱已還詣王邊。而白王言。（姚秦鳩摩羅什譯・大莊嚴論經 T04n0201_p0274a29）

（例 215）昔有一人。爲王所鞭。既被鞭已。以馬屎拊之欲令速差。（蕭齊求那毘地譯・百喻經 T04n0209_p0547a14）

（例 216）爾時王舍城中諸婆羅門刹利長者居士等。被魔勸已。持諸香華塗香末香燒香繒幡寶蓋衣服等。從王舍大城出已。至耆闍崛山。（梁僧伽婆羅譯・佛說大乘十法經 T11n0314_p0769b28）

（例 217）耆婆白言。大王。愼莫害母。王聞此語懺悔求救。即便捨劍止不害母。敕語內官。閉置深宮不令復出。時韋提希被幽閉已。愁憂憔悴。遙向耆闍崛山。爲佛作禮而作是言。（劉宋畺良耶舍譯・佛說觀無量壽佛經 T12n0365_p0341a28）

（例 218）我見已捨住者。如世間人見諸伎女種種歌舞。作是計云我已見足直捨心住。伎女念云。我事已被見即隱離是處人我亦如是。見自性已

直捨而住。自性亦如是。既被見已即捨離住。（陳眞諦譯・金七十論 T54n2137_p1261b21）

例 213 至 218，「已」皆位於「被 V」句式的句末。就語義來看，例 213 至 216 的「已」，語義指向前面的持續性動詞「呵責」、「罵辱」、「鞭」、「勸」，在句中可詮釋爲「完」的意思。如「被呵責已」可以說成「被呵責完」，「被罵辱已」可說成「被罵辱完」，「既被鞭已」可說成「已被鞭打完」，「被魔勸已」可說成「被魔勸說完」，故具有「結果補語」的性質。例 217 的動詞「幽閉」表達處於被「囚禁、幽禁」的狀態，例 218 動詞「見」則爲瞬間動詞，因此「已」字在例 217、218 中無法當做詮釋爲「完」義的結果補語，它的意義已虛化爲只表動作的「完成」或狀態的「實現」，故爲「動相補語」的用法。

6.1.3 其他語境之動詞「已」

佛經中，動詞「已」除了位於單一動詞之後，以及出現在句末的位置以外，還有底下幾種情形。

1、S，已，S

此一結構中的「已」位於兩個分句之間，「已」的作用在於表達前一分句所描述事件或動作行爲的完成，接著帶出下一分句所描述的新狀況。在語義功用上，它與附於句子形式之後的功能是相同的。不同的是，就句讀的角度而言，「已」在佛經經文當中爲單一獨立的語法成分，而不附屬於前一分句之末。此時「已」可分析爲「謂語動詞」。不過處於此一經文中的「已」，也有可能是句法結構「省略」所造成的結果。以下舉例並加以分析、說明：

（例 219）須臾之頃。蜂王睡眠。墮污泥中身體沐浴。已復還飛住其華上。（吳康僧會譯・六度集經 T03n0152_p0034c06）

（例 220）五家分者。一水。二火。三賊。四官。五爲命盡。身逮家寶捐之於世已當獨逝。殃福之門未知所之。睹世如幻故不敢有之也。（吳康僧會譯・六度集經 T03n0152_p0003b22）

例 219、220 就佛經經文的斷句而言，「已」字皆單獨構成謂語結構，一方面描述前一分句狀況之完成，另一方面後接下一分句的新狀況。如例 219 之「已」，指「身體沐浴」事件完了以後，又發生次一分句「復還飛住其華上」所描述的新狀況，此時「已」爲「謂語動詞」的功能。但是我們也不排除此處的經文有承前省略的現象存在，如例 219 可分析爲「身體沐浴，（沐浴）已，復還飛住其華上」，例 220 也可分析爲「捐之於世，（捐）已，當獨逝」，此時「已」在句中則是「結果補語」的功用，它與附於單一動詞之後的「已」，爲同一性質的語法成分。

（例 221）佛言。汝等能有善意。必以現世得福見諦。眾女遙拜而退。佛便食糜已。念先三佛初得道時。皆有獻百味之食并上金缽如此器者。今皆在文鄰龍所。佛即擲缽水中。自然逆流。上水七里。（吳支謙譯・佛說太子瑞應本起經 T03n0185_p0479a11）

例 221「佛便食糜已，念先三佛初得道時」，就經文上下文義觀察，同樣可以讀爲「佛便食糜，已，念先三佛初得道時」，但也不排除斷爲「佛便食糜，（食糜）已，念先三佛初得道時」的可能。它與例 219、220 的狀況相同，也具有「謂語動詞」、「結果補語」兩種可能的分析方式。

2、NP＋已

此一結構中的「已」單獨位於名詞詞組之後。不過在語義上可以有「停止」、「完了」與「以後」等概念。其中「停止」、「完了」義的「已」具有「謂語動詞」的功能，表「以後」概念的「已」則可能是受到佛經節律的影響，產生動詞省略的情形。底下分別列出例句，並加以討論：

（例 222）諸美人妓女聞之語即慚愧。長跪低頭以手覆面。言以不用。我曹作妻反呼我曹爲姊。賴吒和羅語父母言。何爲致相嬈。欲作飯者善。不能者已。（吳支謙譯・佛說賴吒和羅經 T01n0068_p0870b25）

例 222「欲作飯者善。不能者已」完整的句式應爲「欲作飯者，善；不能（作飯）者，已」，「善」與「已」對文，可知「已」在句中擔任「謂語動詞」的性質。其核心語義爲「停止」的概念，可詮釋爲「不能作飯的，就算了」的意思。

（例 223）爾時即無滅相。破生故無生。無生云何有滅。若汝意猶未已。今當更說破滅因緣。（姚秦鳩摩羅什譯・中論 T30n1564_p0011c19）

（例 224）但念汝等爲狂心所欺。忿毒所燒罪報未已。號泣受之。受之者實自無主。（姚秦鳩摩羅什譯・提婆菩薩傳 T50n2048_p0187c15）

（例 225）爾時有一家爲非人所害。唯有父子二人。父作是念。我家喪破恐殃

未已。且復飢窮當於何處得免斯患。（劉宋佛陀什共竺道生等譯・五分律 T22n1421_p0115c22）

例 223 至 225，副詞「未」直接處於「已」字之前，顯示「已」在句中充當「謂語動詞」。就語義層面而言，例 223「汝意猶未已」，「已」可解釋爲「停止」。例 224「罪報未已」、例 225「恐殃未已」，「已」則具有「完了」義，分別指「罪報未完」、「害怕殃禍未完」的意思。〔註 31〕不過在佛經中，這一用法僅有這三個例子。故推想其語法功能的使用，乃上古漢語謂語動詞「已」的殘留形式。

（例 226）我爲弟子說　念展轉生滅　色色分別有　生及滅即已　分別即是人離分別無人（元魏菩提留支譯・入楞伽經 T16n0671_p0581a18）

例 226「生及滅即已」意指「生與滅就停止」的意思，亦屬「NP＋Adv＋已」的結構，「已」在句中擔任「謂語動詞」。

（例 227）佛言。阿難。是闍耶末族姓子。後當見奉事五恒沙等如來。供承教述清淨行。當教授無央數菩薩。然後積累覺意之法。無數劫已。得作佛號曰慧王如來無所著等正覺在世教授具足慧行天人師無上士道法御天上天下尊佛天中天。其世界名曰喜見。劫號一寶嚴淨。（西晉竺法護譯・文殊師利現寶藏經 T14n0461_p0465c04）

（例 228）是阿耨達後無數世。奉諸如來事眾正覺。修梵淨行常護正法勸進菩薩。然後七百無數劫已。當得作佛號阿耨達如來無著平等。正覺通行備足無上法御天人之師爲佛世尊。（西晉竺法護譯・佛說弘道廣顯三昧經 T15n0635_p0505c01）

例 227「無數劫已」與 228「七百無數劫已」，「已」位於名詞組「無數劫」與「七百無數劫」之後。就表面的句法結構而言，此處「已」應視爲「謂語動詞」，但就上下文語義層面來看，「已」乃表「以後」的概念，因此「已」字實際上並非「謂語動詞」的用法。在《大方廣寶篋經》中，有一段與例 227 相對的經文：「過是無量阿僧祇劫。集菩提道已。當得無上正眞之道成最正覺。」〔註 32〕當中「無

〔註 31〕按：「罪報未已」、「恐殃未已」兩句，如將「已」字解釋爲「停止」，在意思上仍符合上下文之文義。

〔註 32〕呂澂《新編漢文大藏經目錄》云：「大方廣寶篋經，二卷，劉宋求那跋陀羅譯〔房〕。先失譯。勘同文殊現寶藏經〔經〕。」（呂澂《新編漢文大藏經目錄》，《呂澂佛

量阿僧祇劫」前面，確實有謂語動詞「過」，因此我們認爲例227、228在「無數劫已」與「七百無數劫已」之前，應有省略的謂語動詞存在，〔註33〕這兩個例子中的「已」仍應分析爲補語性質的語法成分。

（例 229）於是和伽婆。日日恒往取食。婆羅門見和伽婆威儀具足。發大歡喜心。歡喜心已。復更請曰。（蕭齊僧伽跋陀羅譯・善見律毘婆沙 T24n1462_p0679a11）

例229當中的「已」也表達「以後」的意思，此時「已」字在句中並非擔任「謂語動詞」，而是受到句法結構省略的影響，使得「已」字單獨位於名詞組之後。「歡喜心已」實際爲「（發）歡喜心已」，其爲省略動詞「發」的結果。試比較底下兩個例子：

（例 230）令諸龍王離熱沙苦金翅鳥怖。滅瞋恚熱身體清涼。發歡喜心。發喜心已。而爲說法。（東晉佛佛陀跋陀羅・大方廣佛華嚴經 T09n0278_p0701b23）

（例 231）即往佛所以是因緣而白世尊。佛爲隨順說法。發喜心已禮佛而退。（東晉佛陀跋陀羅共法顯譯・摩訶僧祇律 T22n1425_p0505b04）

例230「發歡喜心，發喜心已」，正是受到佛經四字格的影響，而省略「歡」的結果。例231「發喜心已」一句，「南宋思溪藏」、「元大普寧寺藏」、「明方冊藏」及「宮內省圖書寮本」皆作「發歡喜心已」，可證例229「歡喜心已」乃省略動詞「發」而形成的句式。

6.2　「已」之其他語法功能

「已」字在中古佛經裏，除了表「完成」義的動詞用法之外，還具有「副詞」的語法功能。副詞「已」出現在動詞或謂語結構之前，表「已然、已經」的意思。「已」也往往與連詞「以」混用，屬文字通用的現象。同時「已」還與

學論著選集》（三），頁1667，齊魯書社，山東，1996。）

〔註33〕按：此一省略的動詞可以與《大方廣寶篋經》一樣是動詞「過」，也可以是承前省略的動詞「積累」與「修」。也就是完整的經文爲「（過）無數劫已」（或「（積累）無數劫已」）與「（過）七百無數劫已」（或「（修）七百無數劫已」）。

連詞「而」連用，凝固爲「而已」一詞。「而已」出現在句末，擔任句末語氣詞的功能，表限止的語氣。以下透過分類舉出例句，並加以討論、說明：

1、已＋Predicate

此一結構中的「已」位於動詞或整個謂語結構之前，擔任副詞狀語的語法功能，語義上表「已經」的概念。其例子如下：

（例 232）佛告迦葉。三界欲火吾已滅之。（東漢曇果共康孟詳譯・中本起經 T04n0196_p0150b06）

（例 233）毗婆尸佛於閑靜處復作是念。我今已得此無上法。甚深微妙。難解難見。（姚秦佛陀耶舍共竺佛念譯・長阿含經 T01n0001_p0008b15）

（例 234）作如是言。天今當知。惡星已出於天不祥。應十二年天不降雨。（元魏瞿曇般若流支譯・金色王經 T03n0162_p0388c08）

（例 235）瞿曇漏已盡　已得無漏身（元魏菩提流支譯・大薩遮尼乾子所說經 T09n0272_p0357b18）

（例 236）如十二部經修多羅中微細之義。我先已爲諸菩薩說。（北涼曇無讖譯・大般涅槃經 T12n0374_p0560b29）

例 232 至 235「已」都出現在動詞之前，例 236 副詞「已」則位於整個謂語結構「爲諸菩薩說」之前，此五例中的「已」字，都是表達「已經」的意思，在句中做爲副詞狀語的修飾成分。

2、「已後」、「已來」、「已去」、「已往」

佛經中的「已」也常與「後」、「來」、「去」、「往」、「上」、「下」等詞連用，構成「從……已後」、「自……已來」等固定句式。此一用法當是「已」與「以」文字互相通用的結果。例如：

（例 237）王甚戒之。自今以後若有驚恐。常念孛者。（吳支謙譯・佛說孛經抄 T17n0790_p0734a25）

（例 238）從是已往。汝當遭値三萬八千億諸佛之眾供養奉事。（西晉竺法護譯・正法華經 T09n0263_p0106b21）

例 237「自今以後」，在「南宋思溪藏」、「元大普寧寺藏」、「明方冊藏」及「宮內省圖書寮本」等版本中作「自今已後」。例 238「從是已往」，在「南宋思溪藏」、

「元大普寧寺藏」、「明方冊藏」及「宮內省圖書寮本」等版本中則作「從是以往」。可知此一格式中的「已」與「以」是互相通用的，屬於文字通假的現象。

3、「而已」

「已」在佛經裏還與「而」字連用，構成「而已」一詞，出現在句末的位置。例如：

（例 239）譬如防水。善治堤塘。勿漏而已。其能如是者。可入我律戒。（東漢曇果共康孟詳譯・中本起經 T04n0196_p0158c18）

（例 240）王躬欲往討伐其城。輔相諫言。王不須往。可遣一子征撫而已。（西晉安法欽譯・阿育王傳 T50n2042_p0108b16）

Harbsmeier（1989）認爲上古漢語「而已」的「已」是個動詞，他說：

> The construction er yi（yi）而已（矣）'and that is all'is current enough, but it still remains less than adequately understood. Yi 已 is, I suppose, generally recognized as a verb here which is linked with the preceding sentence by the anaphoric connective er 而 'and/but it/he'. That is why we can have the verbal particle yi 矣 after er yi 而已。〔註 34〕

不過在整個中古佛經中，位於句末的「而已」一詞，基本上都已凝固爲句末語氣詞的用法，表限止語氣的功能。如上舉 240、241 兩個例子，在語義上都僅表示「……而已」的語氣。

6.3　佛經之「既」與「已」

「已」除了完成動詞的功能外，在佛經裏，它也做爲「時間副詞」的用法，表達「已然、已經」的意涵，在 6.2 小節中，本文已經詳述。而「既」在佛經裏，也同樣具有「時間副詞」的功能，也是表達「已然、已經」的概念。例如：

（例 241）眾坐既定。佛知種德婆羅門心中所念。而告之曰。（姚秦佛陀耶舍共竺佛念譯・長阿含經 T01n0001_p0095c23）

〔註 34〕Harbsmeier, The Classical Chinese modal particle yi（Proceedings of the Second International Conference on Sinology, Section on Linguistics and Paleography, Taipei, Academie Sinica，1989），頁 476。

（例 242）爾時迦葉既聞此語。心懷惆悵。怪責阿難曾不呵止致此點汙。（東晉法顯譯・大般涅槃經 T01n0007_p0207a08）

「既」和「已」這兩個詞，在漢語語法史上，有許多相似之處。在上古漢語裏，「既」和「已」同樣都具有「副詞」與「動詞」的詞性，如：

1、副　詞〔註 35〕

九族**既**睦，平章百姓。（《尚書・堯典》）

舟**已**行矣，而劍不行。（《呂氏春秋・察今》）

既見君子，我心則降。（《詩・小雅・出車》）

道之不行，**已**知之矣。（《論語・微子》）

前兩例「既」和「已」都是處於述語之前，後兩例的「既」和「已」都是位於「動賓結構」前，做爲副詞狀語之修飾成分，表示狀況或動作行爲已經出現或完成。

2、動　詞〔註 36〕

視之不足見，聽之不足聞，而不可**既**也。（郭店一老子丙 121,5）

君猶父也，……所以異於父，君臣不相才（在）也，則可**已**；不悅，可去也；不我（義）而加者（諸）己，弗受也。（郭店一語叢三 209,3-4-5）

上述的「既」和「已」則都位於助動詞之後，表示「停止」的意思。此外，「既」和「已」兩者同樣都可與連詞「而」組合，構成「既而」、「已而」，以做爲複合詞使用，表示不久、隨即的意思。例如：〔註 37〕

遂置姜氏於城潁，而誓之曰：「不及黃泉，無相見也。」**既而**悔之。（《左傳・隱公元年》）

〔註 35〕此四例引自中國社會科學院語言研究所古代漢語研究室編《古代漢語虛詞詞典》，頁 275、711，商務印書館，北京，2002。

〔註 36〕此二例引自周守晉〈戰國、秦漢表示完結的“已”補正〉，《語言學論叢》第二十七輯，頁 319，商務印書館，北京，2003。

〔註 37〕此二例引自中國社會科學院語言研究所古代漢語研究室編《古代漢語虛詞詞典》，頁 276、711，商務印書館，北京，2002。

始鄭、梁一國也，已而別，今願復得鄭而合之梁。（《韓非子·內儲說上》）

上述的「既而」、「已而」都是處於謂語結構中，表示描述的事情是在前一狀況出現後不久產生的。由此看來，這兩個詞在語法功能上，確有相似之處。並且在語法演變上，也有相同的發展，如魏培泉（2003）即認爲，中古表完成貌的體貌助詞「已」，在語法演變上，有由副詞向句末助詞變動的詞序發展，此一詞序上的變動，也曾經發生在先秦的副詞「既」。〔註38〕

周守晉（2005）指出，先秦時期的「既」跟「已」，基本上各司其職，並且兩者有一時間先後發展的現象存在。他說：

概括地說，西周、春秋是時間副詞"既"最爲活躍的時期。春秋以來"已"出現了，但是從出土文獻來看，直到戰國早、中期，"既"、"已"還是各司其職。〔註39〕

先秦時期「既」跟「已」的分工情形，可由漢代經傳注疏的語料，得到印證，故周守晉（2005）提出：

漢人的注解有兩處值得注意：一是作動詞時，兩者並不互相訓釋……；"既"一般解爲"盡"，"已"一般解爲"止"，意義還是有差別的。二是作副詞時一般只用"已"來解釋"既"。〔註40〕

而「既」、「已」這一分工格局的變化，則是在戰國中期以後產生。也就是「已」由原本表「停止」的概念，發展出表「完結」的意思，並進一步取代動詞「既」，同時產生出副詞用法的「已」，表「已然」的涵義。〔註41〕

正如同周守晉先生所指出的，動詞「既」於戰國中期以後逐漸消退，因此在中古佛經裏，「既」只有副詞與連詞的用法，而沒有動詞的用例。然而副詞「既」

〔註38〕魏培泉〈上古漢語到中古漢語語法的重要發展〉，《古今通塞：漢語的歷史與發展》，頁75～106，中研院語言學研究所（籌備處），台北，2003。

〔註39〕周守晉《出土戰國文獻語法研究》，頁94，北京大學出版社，北京，2005。

〔註40〕周守晉《出土戰國文獻語法研究》，頁87～88，北京大學出版社，北京，2005。

〔註41〕周守晉〈戰國、秦漢表示完結的"已"補正〉，《語言學論叢》第二十七輯，頁322，商務印書館，北京，2003。又，周守晉《出土戰國文獻語法研究》，頁87～103，北京大學出版社，北京，2005。

與副詞「已」，雖然都可以表達「已然、已經」的概念，但在與完成動詞搭配的使用上，卻有很大的不同。

在中古佛經裏，副詞「既」跟「已」，都可以出現在「Adv＋V＋（Object）＋X」的結構裏，〔註 42〕但是當此一結構的副詞爲「既」字時，只有完成動詞「已」可以出現在「X」的位置，並且其後都會接上另一分句。〔註 43〕例如：

（例 243）其母復與外人共通。子既知已便復害之。（北涼曇無讖譯・大般涅槃經 T12n0374_p0479a23）

（例 244）王見此事即勤修福。既修福已。復更鑄像。（西晉安法欽譯・阿育王傳 T50n2042_p0131a13）

例 243、244，「子既知已，便復害之」與「既修福已，復更鑄像」，屬「既 V＋（Object）＋已，便（復）VP」的句式。連接詞「便復」、「復」介於兩個分句之間，使上下兩個分句在時間上，具有順承的關係，表達完成了某一事情之後，再進行另一事項的意思。有時連接詞可以不出現，但上下兩分句，仍具有時間先後的語義關係。例如：

（例 245）爾時梵志又見其王血污其身。四方馳走面首似豬噉種種蟲既噉蟲已。坐伊蘭樹下。（北涼曇無讖譯・悲華經 T03n0157_p0177a03）

（例 246）莫睹法師種姓好惡。既聞法已莫生憍慢。（北涼曇無讖譯・大般涅槃經 T12n0374_p0490a17）

例 245、246，雖然沒有連接詞，但就上下文義來看，「坐伊蘭樹下」與「莫生憍慢」，是在「既噉蟲已」與「既聞法已」完成以後，所產生的狀況。而當副詞「已」出現在此一結構時，「X」可以是「畢」、「訖」、「竟」、「已」中的任何一個，〔註 44〕但是其後往往都沒有另一分句的出現。例如：〔註 45〕

〔註 42〕「X」表完成動詞「畢」、「訖」、「竟」、「已」等，可出現的位置。

〔註 43〕中古佛經裏，在「既＋V＋Object＋X」結構當中，出現其他完成動詞的例子，只有吳康僧會譯《六度集經》裏的「愚欺聖人原其重尤。既悔過畢。稽首而退」一例。其餘完成動詞「訖」「竟」都沒有出現。當副詞「既」與「畢」、「訖」、「竟」搭配時，「既」字都直接位於完成動詞「畢」、「訖」、「竟」之前。

〔註 44〕完成動詞「畢」字出現在「已＋V＋Object＋X」結構中的例子，只有元魏慧覺等譯《賢愚經》裏的「父母愛念。合國敬畏。後爲納娶。各已備畢。純是國中豪賢

（例 247）譬如商主遠遊道路。所應作者皆已作訖。阿難。於意云何。而彼商主。爲當還家爲在道住。（高齊那連提耶舍譯・大悲經 p0965a）

（例 248）我時即還。欲趣小兒。狼已噉訖。但見其血流離在地。（元魏慧覺等譯・賢愚經 p0367c）

（例 249）即案限律。殺人應死。尋殺此人。王博戲已。問諸臣言。向者罪人。今何所在。我欲斷決。臣白王言。隨國法治。今已殺竟。王聞是語。悶絕躃地。（元魏慧覺等譯・賢愚經 p0379b）

（例 250）若撿挍若不撿挍者。此令人知已得罪也。當時說已得波羅夷罪。已得竟。或有撿挍或不撿挍。自向他說。是故律本說。或撿校或不撿校。（蕭齊僧伽跋陀羅譯・善見律毘婆沙 p0756b）

（例 251）時大臣受王敕已。多集眾盲以象示之。時彼眾盲各以手觸。大臣即還而白王言。臣已示竟。爾時大王。即喚眾盲各各問言。汝見象耶。（北涼曇無讖譯・大般涅槃經 p0556a）

（例 252）阿難聞已。作是念。奇哉已壞僧竟。即還以上因緣具白世尊。（東晉佛陀跋陀羅共法顯譯・摩訶僧祇律 T22n1425_p0443a19）

例 247 至 252，「皆已作訖」、「狼已噉訖」、「今已殺竟」、「已得竟」、「臣已示竟」、「已壞僧竟」等，完成動詞「訖」、「竟」都位於句末，其後不再接上表達新產生狀況的另一分句。以例 252 來說，「奇哉！已壞僧竟」一句，描述阿難內心所思惟之事，其後「即還，以上因緣具白世尊」一句，則是阿難接下來向世尊稟告的行動，它與「已壞僧竟」之間，沒有順承的關係，「奇哉！已壞僧竟」爲語義、語氣完整的句子，與下句所表達的，乃是兩件不同的事情。

上述副詞「既」和「已」與完成動詞的搭配情形，顯示「既」跟「已」在

之女」一例。

〔註 45〕完成動詞「已」字位於「已＋V＋（Object）＋X」結構中的例子，見本章 6.1.2 小節所舉例 93、94、113、114、115、175 等，有「我已知已」、「我已解已」、「我已奉受此經本已」、「我今已得過已」、「如人已生第二定已」、「已具足爲供已」等用例。不過，此一結構中的「已」字，與「畢」、「訖」、「竟」仍有區別，它在句中應是擔任句末語氣詞的用法，「畢」、「訖」、「竟」則爲謂語結構內部的語法成分。

語義上仍有細微的差別。特別是當它們出現在完成貌句式時，副詞「既」在語義上，較偏重於表達動作發生了以後，所產生的狀況。副詞「已」，則強調已經發生的事實。此一分佈情形，同時也呈現出完成動詞「已」，與「畢」、「訖」、「竟」之間的差異。即「畢」、「訖」、「竟」語法化爲「結果補語」或「動相補語」時，都只出現在單句句末的位置，其後不再接續另一分句，以表達新情況的產生。在語義上，「畢」、「訖」、「竟」的描述都只強調前面的句子，所表達之動作行爲的「完結（完成）」或狀態的「實現」，並沒有隱含新狀況出現的概念。「已」則除了強調動作行爲的「完結（完成）」或狀態的「實現」以外，亦顯示有新狀況產生的意思。

觀察完成動詞「已」，出現在「既 V＋（Object）＋已，VP」格式中的情形，在中古佛經裏，可說有愈來愈多的使用趨勢。它在「古譯時期」、「舊譯時代前期」與「舊譯時代後期」三個階段的使用情況，經歸納、統計後，大致上有如下的分佈：

表 6.3-1　副詞「既」與完成動詞「已」之配合統計表：〔註 46〕

		古譯時期	舊譯時代前期	舊譯時代後期
既 V（O）已	次數	14	453	646
	比例	6.5%	26.0%	43.4%
既 V（O）	次數	199	1284	841
	比例	93.4%	73.9%	56.5%

從表 6.3-1 所呈現的數據來說，副詞「既」與完成動詞「已」搭配使用的比例，隨著時間的發展，有逐漸上升的趨勢。此一發展趨勢，或許也可以用來解釋，爲何完成動詞「已」最終可發展出「體貌助詞」的功能，而「畢」、「訖」、「竟」卻只能停留在「結果補語」與「動相補語」的階段。因爲在此一句法格式裏，副詞「既」與完成動詞「已」，都含有新狀況出現的意義，使得「已」字的詞彙意義漸趨消失，語法意義逐漸增強，並且在對連續事件，設定時間參考點

〔註 46〕按：表 6.3-1 第一欄的數字是根據完成動詞「已」搭配副詞「既」，在中古佛經裏的使用次數，統計而成。第二欄「既 V（O）」的數字，實際上包含了副詞「既」，與連詞「既」兩種用法的出現次數。至於「既已」連用，擔任副詞狀語的例子，則不納入統計的範疇之內。

的語法功能上，有愈來愈強的發展。「畢」、「訖」、「竟」則不出現在此一句式當中，因此在句法結構上，始終處於謂語結構的內部，擔任補語性質的語法成分。

6.4 小　結

本章全面地整理了「已」字在中古佛經裏出現的語法環境，並透過上述三小節，對「已」字用例進行了語法描述、分析與討論，「已」字所使用的語法功能與發展演變如下：

1、語法功能

根據上文的論述，佛經中「已」字的語法功能有幾種情形。第一種是動詞性的「已」，第二種是副詞性的「已」，第三種爲助詞「已」，第四種爲受文字通假影響與「以」互通的「已」，第五種爲「而已」一詞的用法。其中動詞性的「已」又可分爲「謂語動詞」、「結果補語」及「動相補語」。就語義概念區分，擔任「謂語動詞」的「已」一般具有「停止」的意義，如「數譖不已」。少數幾個例子則有「完結」的概念，如「臣殺未已」。副詞「已」在句中表達「已經、已然」的意思。助詞「已」則可分爲「體貌助詞」與「句末語氣詞」兩種。體貌助詞「已」是從完成貌句式中的完成動詞「已」，進一步發展演變而來，句末語氣詞「已」則是承襲上古漢語的語法功能。

關於完成動詞「已」，歷來有許多前輩學者作過討論。而對於「已」字位於中古完成貌句式中的語法功能，大致上可歸納爲幾種不同的說法：

（1）「已」屬「謂語動詞」說

此一說法以梅祖麟（1981）、吳福祥（1999）爲代表。吳福祥（1999）認爲中古時期出現在「Vt＋O＋Vi」格式中的「畢、竟、已、訖」仍屬於謂語動詞的性質，他所提出的理由有兩點：（1）「Vt＋O＋Vi」格式中「O」與「Vi」之間往往可以插入一些修飾成分。（2）Vi（畢、竟、已、訖）語義指向是前面的「Vt＋O」所表達的某一事件，「Vi」的功能是把該事件作爲一個話題來加以陳述。這類「Vt＋O＋Vi」實際上是一個主謂結構。

（2）「已」屬「動詞補語（動相補語）」說

此一看法雖然也將「已」視爲動詞，但認爲「已」在句中並不擔任謂語動詞的功能，而是具有補語動詞的性質。此說以馮春田（1992）、吳福祥（1999）、蔣紹愚（2001）、龍國富（2004）爲代表。馮春田云：

> 這些「完成動詞」在以上兩式中（指「V 完」、「VO 完」），當看作補充成分（補語），它與具有同類含義或同一動詞充當句子謂語時的區別是很清楚的。〔註 47〕

吳福祥（1999）雖然把出現在「Vt＋O＋Vi」格式中的「已」視爲謂語動詞，但是當完成動詞處於「V＋完成動詞」格式中時，則把「V＋完成動詞」視爲一種特殊的動補結構。蔣紹愚（2001）將「已」字的語法功能視爲「動相補語」，並提出：

> 我認爲動相補語可以分兩種：（A）表示完結。前面是持續動詞。就是我前面所說的『已 1』和『了 1』。（B）表示完成。前面是非持續動詞。就是我前面所說的『已 2』和『了 2』。〔註 48〕

龍國富（2004）也將「已」區分爲「已 1」和「已 2」，「已 1」出現在「V1（瞬時性動詞）＋（O）＋已」格式中，〔註 49〕「處於兩個小句之間，『已』在前一個小句，後面再接另一個小句」、「表動作或狀態的實現」。「已 2」出現在「V2（持續性動詞）＋（O）＋已」格式，「它表示動作的完結，在句末，表示一個句子終了，後面不接另一個小句」。並且認爲「『已 1』和『已 2』都是完成動詞」、「不具備謂語動詞的功能，是一個具有補語性質的動詞」。〔註 50〕

（3）「已」屬「時態助詞」說

〔註 47〕馮春田〈魏晉南北朝時期某些語法問題探究〉，程湘清主編《魏晉南北朝漢語研究》，頁 202，山東教育出版社，濟南，1994。

〔註 48〕蔣紹愚〈《世說新語》《齊民要術》《洛陽伽藍記》《賢愚經》《百喻經》中的“已”“竟”“訖”“畢”〉，《中古漢語研究（二）》，頁 319～320，商務印書館，北京，2005。

〔註 49〕龍國富在《姚秦譯經助詞研究》中，雖然就「瞬時性動詞」與「持續性動詞」加上「已」兩種格式區分「已 1」和「已 2」，不過在文章中又提到「『已 1』可以用在持續動詞後面的例子不在少數，看樣子翻譯『絕對分詞』爲『已』，根本不論前面的動詞是什麼類型的詞，只要能表達完成和先時時間關係，便是譯者的目的。」因此他所謂的「已 1」似乎僅指用來翻譯佛典「絕對分詞」的「已」。

〔註 50〕龍國富《姚秦譯經助詞研究》，頁 82，湖南師範大學出版社，長沙，2005。

這一種說法可以朱慶之（1993）、辛島靜志（2000）爲代表，朱慶之認爲：

> 用在動詞後或句末的「已」都是表示時態的助詞，意思相當於「……了以後」。這種「已」在同期的中土文獻中很少見到，但在漢譯佛典裏十分常見，顯得很特別。〔註51〕

辛島靜志（2000）也認爲：

> 在漢譯佛典裏，在句末用「已」的例子十分常見。這種「已」的用法相當於現代漢語：「看見了他就開始哭」的「了」，是一種時態助詞。〔註52〕

(4)「已」屬「體貌助詞」說

把「已」字視爲「體貌助詞」的語法功能詞，可以魏培泉（2003）爲代表，魏培泉先生云：

> 筆者以爲，這種「已」無疑是來自動詞（其論元爲句子），但在中古時已相當虛化，有不少例子已不能以實義解之，因此可歸爲功能詞。「已」的這個功能當屬「完整體」（perfective），因此這裡稱作體貌助詞。「已」的主要功能是對連續事件設定參點，在「S已，S」中，第一個S是第二個S的參考點（也可以說是給第二個S作時間的定位之用）。

又云：

> 這種「已」的功能和先秦表示體貌的副詞「已」功能相當。……初步看來，似乎有一個語序的變動在進行。同樣的語序變動似乎也發生在先秦的副詞「既」上。……往下發展，用爲副詞和用爲助詞的「既」「已」甚至可以在同一句中一起出現。……「已」的虛化可能經由「S，已，S」的過程，也就是由獨立的動詞而轉爲前附的句末助詞（這裡的「已」兼「既」而言，下同）。無論過程如何，助詞「已」的產生爲漢語的句子創造了一個新成分，並成爲近代漢語動詞詞尾「了」的前導。如果我們把「已」析爲以句子或VP爲論元的中心

〔註51〕朱慶之〈漢譯佛典語文中的原典影響初探〉，《中國語文》第5期，頁380，1993。

〔註52〕辛島靜志〈漢譯佛典的語言研究〉，《文化的饋贈‧語言文學卷》，頁512～513，2000。

語，那麼就這個層級而言，助詞「已」和副詞「已」是呈現中心語對反的局面，而助詞「已」接替副詞「已」也就是一種中心語在首到中心語在尾的轉變。不過這種轉變未必是一個方言內部自我發展出來的，而可能是在語言「參數」（parameter）上選擇有異的不同方言相互競爭的結果。〔註 53〕

關於以上這四種說法，我們可以根據前三小節的描述作一審視。首先就「已」字單獨位於動詞之後的位置來看，把「已」分析爲「補語」性質的語法成分，有關這一點，基本上學者之間的看法一致，因爲「已」的功能主要在描述動詞的時相概念。如上文所舉例 1 與例 21：

（例 1）其佛言。有不可議怛薩阿竭署。若當學。學已便能作火而不用薪。（東漢支婁迦讖譯・文殊師利問菩薩署經 T14n0458_p0438b23）

（例 21）是時菩薩於夢中聞佛名即覺。覺已即大歡喜踊躍。（東漢支婁迦讖譯・道行般若經 T08n0224_p0471a12）

例 1「學已」之動詞「學」，明顯即爲前文「若當學」之動詞，「已」位於其後，補充說明動作動詞「學」的完結。在語義表達上，「已」仍具有實際的詞彙意義，故可將「學已」解釋爲「學完」的意思。例 21「覺已」之「已」同樣屬補語成分，但動詞「覺」爲一瞬間動詞。在時間軸上，瞬間動作的起點與終點幾乎重疊，因此「已」字不再具有表達動作過程「完結」的概念，而是表示瞬間動作的「完成」。語義上，「已」字實際的詞彙意義已經虛化，「覺已」無法解釋爲「覺（醒）完」，只能詮釋爲「醒了以後」。蔣紹愚（2001）把這兩種補語成分都視爲「動相補語」，在「動相補語」之內再區分爲「完結」與「完成」兩種語義表達的功能。本文則採用吳福祥（1998）的說法，將它們區分爲「結果補語」與「動相補語」。「結果補語」表持續性動作之結果，「動相補語」則表瞬間動作的完成或狀態的實現。

其次就「V＋Object＋已」結構中的「已」來說，在語法功能上，有「謂語動詞」與「動詞補語」兩種不同的意見。蔣紹愚（2001）指出完成動詞「畢」、「訖」、「竟」前面可以加上時間副詞，而「已」的前面一般不能加副詞。這

〔註 53〕魏培泉〈上古漢語到中古漢語語法的重要發展〉，《古今通塞：漢語的歷史與發展》，頁 88～89，中央研究院語言學研究所（籌備處），2003。

一語法形式分布上的差異，明顯呈現出完成動詞「已」乃是「動詞補語」的性質。

在本文所觀察的中古佛經語料裏，時間副詞「既」、「未」直接位於完成動詞「已」字之前的例子，總共只有八個。這些例子中的「已」確實具有「謂語動詞」的功能，但是此一語法功能乃是上古漢語的殘留，〔註 54〕在中古時期的語法體系裏，不具有能產性。因此中古時期位於「V＋Object＋已」結構中的「已」，主要仍是補語性質的語法成分，並且同樣具有「結果補語」和「動相補語」兩種不同的語法功能。

除了「結果補語」和「動相補語」的功能之外，中古佛經顯示完成動詞「已」也已經發展出句末「體貌助詞」的用法，例如前文所舉例 56 與例 76：

（例 56）懊惱而言。我所爲非。我父去時。具約敕我。守護此火。愼勿令滅。而我貪戲。致使火滅。當如之何。彼時。小兒吹灰求火。不能得已。便以斧劈薪求火。復不能得。又復斬薪置於臼中。擣以求火。又不能得。（姚秦佛陀耶舍共竺佛念譯・長阿含經 T01n0001_p0044b28）

（例 76）阿闍世王夢見爲王捉蓋之人折於蓋莖。王夢見已恐怖即覺。守門者言向者阿難故來辭王欲入涅槃。王聞此語悶絕躄地。（西晉安法欽譯・阿育王傳 T50n2042_p0116a04）

在語義的表達上，「動相補語」與「體貌助詞」都具有表達「完成」、「實現」的概念，因此都可詮釋爲「……了以後」的意思。它們之間的語法功能，實際上非常接近。但從語義關係來看，「動相補語」屬於「指動補語」，語義指向爲前面的「謂語動詞」；「體貌助詞」則屬句末助詞，語義指向不再是「謂語動詞」，而是前面整個句子或詞組單位。就句法結構來說，「動相補語」既爲補語性質，當然就是隸屬於謂語結構內部的語法成分；「體貌助詞」則是以前面整個句子或詞組單位爲其論元加以描述，故它是在謂語結構之外的語法成分。從這三個角度切入，可以看出例 56「不能得已」，「已」表達「……了以後」的意思，語義指向爲描述整個「不能得」狀態實現以後的情形，而不

〔註 54〕如《詩經・秦風・蒹葭》：「蒹葭采采，白露未已」的「已」。

是動詞「得」的完成。更具體的說，「不能得已」是表「不能…了以後」而不是「得了以後」。例 76「王夢見已」，「已」同樣表「……了以後」的概念，語義指向爲敘述「王夢見」狀態實現以後的情況。而在句法結構上，「見」已是謂語結構內部的補語，故「已」是處在謂語結構之外的語法成分。因此在這兩個例子裏，「已」都已經是「體貌助詞」的功能，而不再是「動相補語」的用法了。

佛經中的「體貌助詞」，正如同魏培泉先生所指出的「和先秦表示體貌的副詞『已』功能相當」。因此在佛經語料裏，也可以出現如上舉例 160、161 這種副詞「已」和體貌助詞「已」對應的現象：

（例 160）具此八法已　當自發願言　我得自度已　當復度眾生（姚秦鳩摩羅什譯・十住毘婆沙論 T26n1521_p0023a27）

（例 161）具此八法已　當自發願言　我已得自度　當復度眾生（姚秦鳩摩羅什譯・十住毘婆沙論 T26n1521_p0089a10）

從例 160、161 佛經經文的對照，可以很清楚的看出副詞「已」與助詞「已」語法功能相等同的現象。〔註 55〕由於「體貌助詞」是由「動相補語」進一步語法化之後的結果，因此在語法體系裏，它是屬於「體貌範疇」裏的功能詞，而非「時態範疇」，故本文依據魏培泉（2003）的說法，將它稱爲「體貌助詞」。〔註 56〕

根據上面的討論，我們認爲在中古佛經裏的完成動詞「已」，實際上同時存在著「謂語動詞」、「結果補語」、「動相補語」與「體貌助詞」等不同的語法性質。

2、歷時演變

從歷時的角度觀察，在句法結構上，「古譯時期」、「舊譯時代前期」與「舊

〔註 55〕雖然在表達體貌範疇上，副詞「已」與體貌助詞「已」功能相同，不過語義方面仍有細微的差別，副詞「已」主要仍是表達「已經」的意涵，體貌助詞「已」在詮釋上則具有「……了以後」的意思。

〔註 56〕根據朱慶之〈漢譯佛典語文中的原典影響初探〉與辛島靜志〈漢譯佛典的語言研究〉將「已」詮釋爲「……了以後」與「看見了」的概念，可知他們所說的「時態助詞」實際應爲「體貌助詞」。

譯時代後期」三個階段的「已」，所處的句法結構大體是相同的。但在使用上仍有一些細微的變化。如「古譯時期」與「舊譯時代前期」，雖然數量不多，但還可以發現副詞修飾謂語動詞「已」的例子，如「洗浴既已」、「臣殺未已」等，副詞「既」、「未」修飾動詞「已」（語義爲「完」）的情形。但是在「舊譯時代後期」的譯經資料裏，這種用法就不再出現了。

上古漢語表「停止」義的「已」，在中古佛經裏同樣呈現出逐漸衰退的趨勢。它在「舊譯時代前期」的佛經裏，還可以發現爲數不少的例子，例如：

至三日時白言。丈夫可起飲食。化人即起纏綿不已。女生厭悔白言。（東晉佛陀跋陀羅譯・佛說觀佛三昧海經 T15n0643_p0685c15）

爾時河邊有一仙人。此二小兒諍之不已。詣彼仙所決其所疑。（蕭齊求那毘地譯・百喻經 T04n0209_p0550c03）

這種用法在「舊譯時代前期」共出現 63 次。但是到了「舊譯時代後期」的譯經裏，則僅有陳・眞諦所譯《隨相論》中的「若果更生喧動不已。豈稱寂靜」一個例子。

從「已」字與副詞搭配使用的情形來說，完成動詞「已」出現在「既＋V＋Object＋已，VP」格式中的例子，有愈來愈多的趨勢。這也爲「已」字在語法化的過程中，提供有利的語法環境。

吳福祥（1998）討論體貌助詞「了」的產生過程時，提出「了」字虛化的過程爲「動詞＞結果補語＞動相補語＞完成體助詞」。〔註 57〕而從上文的討論中，可以發現中古佛經裏的「已」同時存在著「謂語動詞」、「結果補語」、「動相補語」與「體貌助詞」等的語法功能。〔註 58〕這些不同性質的語法功能，正好呈現出完成動詞「已」語法化的過程，構成一完整的虛化鏈。

3、動詞搭配

從動詞搭配的狀況來看，可以出現在「已」字之前的動詞如下表：

〔註 57〕吳福祥〈重談“動＋了＋賓”格式的來源和完成體助詞“了”的產生〉，《語法化與漢語歷史語法研究》，頁 168，安徽教育出版社，合肥，2006。

〔註 58〕按：吳福祥（1998）所指「完成體助詞」乃指「動態助詞」，本文所討論之「已」，則爲句末之「體貌助詞」，兩者在語法功能上仍有區別。

表 6.4-1、「已」之動詞配合表：〔註 59〕

<table>
<tr><th>結　構</th><th>音節</th><th colspan="2">動相</th><th>搭　配　動　詞</th></tr>
<tr><td rowspan="4">V＋已</td><td rowspan="3">單音節</td><td rowspan="2">動態</td><td>持續</td><td>食、飯、說、言、語、白（說）、解（解說）、問、答、請、議、呵、歎、讚、謗、咒、屬（囑咐）、敕、受、學、持、誦、報、書、寫、持、攝、擲、捉、收、取、浴、澡、洗、灑、坐、乘、念、思、憶、產、施、與（給與）、整（整頓）、相（占相）、過、渡、被（覆蓋）、禮、揖、拜、伏、遶、爲（做）、行、修、調、敷、護、檢、倚、臥、坐、觀、辦、集、聚、截、教、照、雨、摩（撫）、發、就、嗽、種（栽）、塗、鞭、縛、乞、制、隨、付、用、壓、息、合（相乘）、棄、脫、拔、盛、治、分、試、然（燃）、燒、流、吹、嗅、牽、出、入、來、看、睹、散、聽、放、殺、度、</td></tr>
<tr><td>瞬間</td><td>信、滅、消、息、去（離開）、見、厭、生、成、覺、醒、寤、悟、至、到、輕（輕視）、知、解（解知）、聞、斷、捨（捨離）、得、獲、畢、訖、盡、竟、終、起、死、除、下、興、沒、現、等（平等）、許、出（出現）、現、觸、臨、著（碰觸）、失、悔、</td></tr>
<tr><td>靜態</td><td>狀態</td><td>絕、破、滿、住、安、止、顯、化、動、熟、乾、燥、足、覆、蔽、差（癒）、壞、柔、近、空、定、微、短、少、厚、香、沸、悶、喜、悅、適（滿足）、有、著（執著）</td></tr>
<tr><td>雙音節</td><td>動態</td><td>持續</td><td>勸助、供養、諷誦、布施、長跪、飲食、吞食、教授、教化、教取、洗浴、沐浴、調順、問訊、出家、莊嚴、娛樂、分衛、分別、鬥諍、更令、觀察、省察、造行、勤修、勤行、書寫、耶維（燒）、誘進、勸進、勸喻、迴向、安坐、安居、歌頌、歌歎、讚歎、思惟、憶念、籌量、誓願、修習、修護、守護、敬禮、隨喜、懺悔、降伏、掃灑、洗除、浣染、剋責、呵責、還坐、擇取、慰喻、妄語、處分、劫奪、迎接、修忍、增長、隨從、往住、登位、受用、號哭、現變、建立、來出、拔出</td></tr>
</table>

〔註 59〕按：本表根據中古佛經「已」字出現在「（Subject）＋V＋（Object）＋已」結構的使用情形歸納而成。表內「搭配動詞」一欄，爲出現在「（Subject）＋V＋（Object）＋已」結構裏「V」位置的動詞。動詞後「下標」的部分乃注明此一動詞在句中所表達的意義。「其他」一項，則爲整個位於動詞「已」之前的並列詞組或句子。

			瞬間	遙見、聽聞、來見、夢見、醒悟、覺見、發起、滅度、來及、成就、照見、示現、震動、滅盡、捨離、發露、獲得、蘇息、除去、還到、聞受、覺喜、遠離、覺了、覺知、覺悟、終亡、
		靜態	狀態	眾多、歡喜、三昧、坐定、安住、自在、滿足、充足、備足、涅槃、泥曰（泥洹）、慚愧、怖畏、悔恨、柔軟、淨潔、清淨、成熟、增長、寂滅、破壞、圓滿、吝著（吝嗇執著）
V＋Object＋已	單音節	動態	持續	食、飲、服（吃）、噉、說、白、誦、答、對、譏、唱、講、問、勸、敕、囑、啓（稟告）、歎、宣、稱、受、授、施、作、遶／繞、行、取、度、著（穿著）、燒、燋、焚、學、習、教、療、視、升、登、補、禮、念、省（省思）、思、想、夢、立、制、修、灌、洗、浣、設（陳設）、過、經、渡、讚、發、觀、察、爲（做）、辦、遵、捶、犯、書、印、分、別、供、獻、選、捨、求、備、積、建、造、起（建造）、懷、更（經歷）、越、還、演、化、照、與（給與）、獻、集、攝、救、摩（撫）、雨、轉、擬、捉、乞、遣（派遣）、結、付、掘、剃、買、置、寄、增、持、還（償還）、打、布、種（栽）、證、示、引、覓、開、聽、睹、入、出、殺、散、放、
			瞬間	信、得、獲、逮、聞、斷、見、離、知、了（知）、上、閉、悟、到、至、達、起、出（出現）、毀、悔、樂、愛、滅、破、墮、除、具、定、竟、畢、訖、盡、現、生、現、成、覺、值、遇、
		靜態	狀態	滿、盈、處、住、留、安、充、淨、無、有
	雙音節	動態	持續	供養、供給、合會、合集、往還、讚歎、嗟歎、嘆說、頌讚、分布、付囑、莊嚴、敬禮、恭敬、思慮、思惟、憶念、分別、降伏、摧伏、遵奉、開度、聽受、聽聞、奉受、攝取、建立、觀察、修習、修治、修學、修集、觀念、圍遶、化度、歸依、教化、示教、呵責、送付、受取、問訊、頂禮、持受、受持、闍維（燒）、安置、利益、
			瞬間	入至、成就、成得、滅度、蠲除、來下、逮得、取得、化沒、化作、變出、撲著、明曉、體了、曉了、了知、許可、示現、顯明、見聞、深解、通達、行至、喪亡、發起、睹見、
		靜態	狀態	具足、究竟、安住、幽閉、涅槃、滿足、成熟、

其　他	動態	持續	掃除整頓、沐浴澡洗、學持諷誦、持諷誦讀、作禮諷誦、重問意解、般泥洹、常誦用調、恭敬禮拜、禮拜供養、供養奉事、悔過自首、供養恭敬禮拜、恭敬供養、稱讚歌頌、來觸擾、修理成就、料理裝束、
		瞬間	破滅盡、終亡破壞

上表顯示完成動詞「已」在佛經文獻裏，可以出現在「持續性」、「瞬間」、「狀態」動詞之後。位於「持續性」動詞之後的「已」表達「完結」的功用；位於「瞬間」動詞之後的「已」表達「完成」的概念；位於「狀態」等動詞之後的「已」則表達「實現」的意義。